黑夜之上是星辰

唐卡　著

中国盲文出版社　花城出版社

图书在版编目（CIP）数据

黑夜之上是星辰：大字版 / 唐卡著. —北京：中国盲文出版社，2018.7

ISBN 978-7-5002-8226-6

Ⅰ. ①黑…　Ⅱ. ①唐…　Ⅲ. ①长篇小说—中国—当代　Ⅳ. ①I247.5

中国版本图书馆 CIP 数据核字（2017）第 300045 号

黑夜之上是星辰

著　　者：唐　卡
责任编辑：李　爽
出版发行：中国盲文出版社
社　　址：北京市西城区太平街甲 6 号
邮政编码：100050
印　　刷：北京新华印刷有限公司
经　　销：新华书店
开　　本：710×1000　1/16
字　　数：185 千字
印　　张：21
版　　次：2018 年 7 月第 1 版　2018 年 7 月第 1 次印刷
书　　号：ISBN 978-7-5002-8226-6/I・1715
定　　价：58.00 元
编辑热线：（010）83190273
销售服务热线：（010）83190297　83190289　83190292

这是部关注特殊人群——盲人的独特作品。唐卡从关注都市女性情感命运转至对底层人群的人文关怀，是个进步。体现着作家的担当。她文笔朴素流畅，又不乏繁盛灿烂，充满着女性的细致温婉。在当今这个浮躁的时代，推荐这部能给人带来光亮和抚慰的新小说。

——贾平凹

唐卡的长篇小说，差不多都拜读过。但新作《黑夜之上是星辰》，无论是所反映的题材，还是作者的写法，感觉都比较特别。

作品对于慈颜在新婚之时遭受蹂躏，刺瞎眼睛的惨烈情形的状写，对于孝华年幼因病失明，又遭母亲遗弃的悲情命运的描述，不动声色中可谓饮恨吞声，凛若冰霜；而对于慈颜从直面人生惨状的现实中进行的挣扎与拼搏，孝华从人生低谷开始的奋起与攀爬，又叙述得可喜可敬，诉说得可歌可泣。正是这种大开与大阖的交接，大悲与大喜的替嬗，男女主人公特有的追梦不已、奋争不懈的精神气韵，越来越凸现出来；作品由此添加了苦难的超越，自我的救赎等丰厚的人生意涵，而作者也由此显现出笔走龙蛇、力透纸背的不凡功力。

因此，无论是从题材上的拾遗补缺看，还是从写法的不法常可看，《黑夜之上是星辰》都是近年值得关注和重视的一部长篇小说。

——中国当代文学研究会会长 白烨

自序

书住在书房，心住哪儿

唐　卡

临风阁

楼下是滚滚红尘，站在热闹之上，这里是我的临风阁，我的书房。

因为高居二十六层，多风，而有了这个名。

北向的房子，没有阳光，晒不到太阳，只是能奢侈地看到明代古朴的城墙。这给我带来不少安慰。

北方的冬天阴冷难耐，宽敞明亮的书房，于我总有些许小小的怨怼。

可我依然喜欢在这里读书写字静思。

哪怕有时候会消沉抑郁。

喜欢英国作家萧伯纳那样的书房——可以随处移动的木制斗室。冬天的时候，把小房移到向阳的地方，夏天时则把它移到阴凉处。真是物随人愿的便利。

真想像萧伯纳那样把书房推到有阳光的地方。如果我成了一个阴郁的作家，这间北向的书房应该负责。我有过这样的抱怨。

曾经的我，爱书、爱读书，立志做一个优秀的写作者。

作家虹影曾说过：“我存在于世上的目的不是为了一个家，而是为了寻找一个书房，孤独地创造文学。”

那一度也是我的写照。

因为有着“腹有诗书气自华”的观点，想要饱读诗书，对书房的要求也格外贪婪。两间屋子打通做了书房，实木地板，三面墙都定做了直抵天花板的书橱，做工精良的橡木书桌……似乎要在这里读遍天下书，写出什么惊天巨著。

喜欢哲学的我，搬回许多商务印书馆的汉译名著、一些作家的全套文集、好的诗歌译本等等。

书林林总总，宗教、哲学、文学、画册、养生等等，还有朋友送的书，自己写的书，码在不同的书架上。很有些满足。

坐在整块树根雕成的椅子上，或者席地而坐，喝着酒红色茶汤的普洱，手握一卷书，于我是享受，亦是学习。

许多个午后，独自在这个北书房，读书，写作，喝茶，抚琴。

书是读了一些，书是写了一些。仅此而已。

岁月提醒着，我是一个普通的人，普通的作家。

曾经的血气方刚已经退散下去。透过窗，看不远处被层层叠叠高楼遮蔽依稀的城墙，我问自己："先有好文，还是先有好书房?"

是啊。是啊。

这不需要答案。

"士而怀居，不足以为士矣。"原来曾经对书房的奢侈要求是误区。

也想起民国时期有名的作家张爱玲，她没有独立的书房，亦不存书，但并不影响她是优秀的作家。恍然明白："学道而不能行之，病也!"

反思自己。

这一两年，艺术家都不约而同地在写字楼拥有了书房。说的低调了，可需索并不低调。

问舍求田，何时是足?

我不断提醒自己。

做一个自我修行者，不苛求别人，只要求自己。

有一天，我开始清理自己的书房，三分之一的书被我清理出去。

应该可以继续清理的，有些书根本没有必要摆在书橱了。

现在想来，真不该做这么多的书橱。当时的贪念，现在都是浪费。

书摆在架子上，大部分是不动的，经常看的，也就几本。后来读佛经、国学以后，发现大多数书是可以不看的。

少读杂书，多做些心的修习。

如同，我空了的书架，让心也空一空。

读　书

唐代刘禹锡在他的《陋室铭》里说："斯是陋室，惟吾德馨。"修德、修道，又有谁能耻笑他呢？而通过调素琴、阅金经使自己修行，那是一种士人追求的质朴境界。

年轻时候的我，喜欢的是西方哲学，推崇西方文明和宪政。后来，才发现，多年以来，我的阅读和个人学习绕了个大弯子。东方文明、东方哲学，佛家、儒学、道家无不是修行的至高。

那样强调开卷有益的我，其实错过了最好的书。

年少时，看哲学，读文学，朗诵诗，写诗，写小说。因为喜欢西方，也喜欢特立独行，喜欢布尔乔亚式的小资情调，读激越的书，写苦痛的诗，写小资女人的散文，写那样的小说。以为自己在行正道。大把的时间跟所谓的有志者大谈民主、宪政、自由、西方的文学精神、西方的小说技巧等等。不晓得，就在那些夸夸其谈中，错过了东方文明，也错过了最本质的所在。

很长时间都不觉知。

“不怕念起，只怕觉迟”。可又有什么办法呢？

直到有一天，看到《金刚经》。欢喜得潸然泪落。突然明白了为什么“英雄到老皆归佛，宿将还山不论兵”。

有一天我写《问佛》——

寂静的夜里
我问禅堂的佛
为何我的心里满是忧伤
佛曰：因为你执着难消

不断地修习，我慢慢懂得，所谓的苦痛缘于执着。放下即是菩提。

后来再读儒家的《大学》《中庸》《论语》等，道家的《老子》《庄子》等，也懂得了儒释道最终是殊途同归。

因为觉知得晚，没有时间可以浪费。提醒自己，不去看杂书，不再写那些无味、影响人心灵的东西。

有诗云：“名须没世称才好，书到今生读已迟。”

先不说名，益书的确是要抓紧时间读，为此生也好，为来世也罢。

不问果报，只种善因。

总之会有无量欢喜。

忧　道

君子忧道不忧贫。

现在坐在这有北向之窗的书房里，不再是曾经心情阴郁的状态。既上不怨天，亦下不怨人。虽没有阳光，但能临风看到日益变化的古城美景，很可以说“苟合矣”。何况还有素琴一张，供我抚玩，“可以导养神气、宣和情志、处穷独而不闷”。真是“苟美矣”。

在家，放松地生活，自我修习。诵经、读书、抚琴、还有闲暇之余的事茶品茗。乐哉。

要学会不指责什么，不怨怼什么。

就做一个自我的修行者。不随波逐流。

穿宽松的衣服，舒服的平底鞋，头发简单绾起，让生活慢下来。

慢生活有助于心灵的成长。

时时检讨自己，不盲目从众。

“是非审之于己，毁誉听之于人，得失安之于数！”

作为一个普通人，不要求自己做大事，去做力所能及的小事。

“见善如不及，见不善如探汤。”

不要求别人，不责怪他人。知道别人自有别人的标准和选择。

别人宴乐，我读书。

别人炒股，我静思。

别人抱怨，我一笑而过。

尽可能做些善事，比如资助需要帮助的人，助印一些有益的书籍，向遇到的行乞者布施。

从自己的书房做起，端正心念，然后力求明心。

如果机缘成熟，写利益众生的书。

这于我便无憾了。

2017 年 9 月于古长安

目　录

Contents

第一章 慈　颜

归妹：征凶，无攸利

1

缓缓走在熙熙攘攘的人群中，慈颜恍惚记起出嫁以前的事情。

她摇摇头。肚子里的娃娃扑通扑通踢她，心间的悲凉就这样迅速散去。吃食摊点旁边的皂角树下，她透过热气腾腾的雾气看见了妈妈在焦急地四处张望。快半年没有见了，慈颜急急加快步子。妈妈有些突兀的白发在阳光下分外显眼，慈颜心一酸，泪就要往下落。

她当然不知道，今天有个更大的灾难等着她。

此刻的她只是满怀爱、欣喜、平和，期待着与妈妈短暂的相会。

集市上人很多，不时碰到慈颜，她小心地用一只手护着肚子，另一只手提着刚刚给妈妈买的羊毛衫。

妈妈手里拎着麻绳串起来的油饼。肯定是桥头那漂亮跛子女人的油饼，整个镇上，只有她家的油饼，一咬一口油，酥而不绵，油而不腻，慈颜最爱吃这个。看到她过来，妈妈咧开嘴，无声地笑。没有过分的亲昵，她只是直冲冲地递过油饼，说：

“来，吃这个，味儿还是跟以前一样。”

慈颜乖乖地接过，分给妈妈一个，自己大口地吃起来。她知道吃得香，妈妈才高兴。

看到两个老头走了，树下空下了石头。妈妈赶快抢过去，赶在两个中年女人前占下位子。她这是为了慈颜。慈颜走了三个多小时的山路，加上挤在集市闹哄哄的人群中，有六个月身孕的她早都累了。在妈妈身边总是最舒服的。妈妈吃完油饼，随便把手往衣襟上一抹，就来摸她凸起的肚子。

“大了，显怀了。”妈妈眼睛笑眯眯的，满是倒刺老茧的手在她肚子上异常温柔温暖。

慈颜嚼着油饼，嘴角流着油，用手捂着嘴，打了个无声的嗝。

“村上的赵婆婆说是双胞胎。我婆婆上次把我领到她窑洞去了。她用手量了几下，耳朵贴了贴我肚子时说的。”

妈妈笑得更好看了，再一次把手放在她肚子上，说：“两个娃好，现在计划生育抓得紧，一生娃，乡镇那些干部到处抓女人结扎呢。那接生婆看得准不？听说城里医院有机器，一照就啥都知道了。”

高中毕业的慈颜，当然知道这个，笑了笑道：“妈，那叫B超。我婆婆说，到时候就叫赵婆婆接生。”

“哪能行？现在咱村上，生娃都去乡上县上医院呢。”妈妈好像有些紧张。

“我婆婆说，他们村里的娃娃都是赵婆婆接生的，金锁银锁铁锁都是的。”金锁是她丈夫，银锁铁锁是她两个小叔子。

妈妈摇了摇头，但随即撩了撩慈颜额头上的刘海儿：“你现在是人家孙家的人，咱家不好说啥。”

慈颜努力做出笑容，拉住妈妈粗糙的手：“妈，不就是生娃嘛，哪个女人没有生过？旧社会女人还自己生呢。”

“对，对，你这样想就对了。女人生娃跟猪下仔一样，也就难受疼一下子。”

慈颜读过三次高三，她本来一门心思要上大学的，每年都差一点，父母供养烦了累了，开始抱怨了，她不能再念了。到后来全家上下都看着她烦，俗话说女大不中留，还好，很快有媒人来说媒。她还能说啥，在村里像她这么大的女子，早都成娃他妈了。她挑都没敢挑，在一个月时间里嫁了出去。三千块钱的彩礼，等于卖了她，刚好用这钱给她哥哥娶了个媳妇。是她欠家里的，不能抱怨啥。

她把羊毛衫给妈妈，就在这树下，慈颜让妈妈脱下外套，把羊毛衫套了上去。妈妈说这羊毛衫奇怪得很，这么薄，但就是暖和。慈颜泪水打了两转，还是没有忍住，噗噜噜掉了下来。妈妈一辈子都没有穿过羊毛衫。其实她慈颜也没穿过，和金锁结婚，金锁给她买过一件腈纶毛衣。她一直跟宝贝一样挂在柜里，舍不得穿。其实，今天本来想用婆婆给的二十块钱给就要出生的娃娃买些毛线啥的。十七块钱买了羊毛衫，剩下的就只能买些花布头。还得留一块钱，回去时给公公婆婆买些山里没有的吃食。

妈妈没有再说啥，最后拉住她手，塞给她一个红布包包。妈妈一再交代，这是她背着她爸攒的一点私房钱，不要随便花。妈妈的一番话，把慈颜说哭了。

妈妈抹了抹慈颜眼角的泪，说她会给娃娃做棉袄、棉裤和鞋，过些时候给她送去。慈颜忙点头，她不能推，怕妈妈伤心。本来把她嫁到山里，妈妈和她就哭了好几回。不都是因为钱吗。有啥办法。曾经意气风发、胸怀大志的慈颜，现在是欲哭无泪。她只能认命了。上不了大学，改不了农民这个身份，只能认这山里人的贱命。

和妈妈告别，她又在集上转了一会儿。这小镇离她娘家有十里地，也是方圆十几二十里最繁华的地方。慈颜最怕碰到熟人。在山里生活了整一年了，她感觉自己成了真正的山里人。她其实很怕人说她是山里的蛮女子。

城里人骂人都不吐脏字，但伤人硬渣渣的。

走在街上，慈颜总想以前的事。同学李明，他爸是镇粮站的。他高中没毕业就顶替上班了，一个月几十元工资呢。在学校时，他还追过她。十八岁的慈颜爱文学，想要爱情，就像罗切斯特和简·爱、罗密欧与朱丽叶那样，那才是真正的爱呢。李明哪配她。她要上大学，去中国最繁华的大城市。谁知道命运弄人，四年后她嫁到了从来梦里都没出现过的大山里。要知道这样，还不如当时跟李明呢。不过，再一想，人家李明也不可能真会要她。听说他找了个小学老师，而且是公办学校的。慈颜想自己，唉，这一辈子都再也不要想吃商品粮这样的好事了。

慈颜寻思以前的梦想，有点落寞地走在坑坑洼洼的街上。都半下午了，逛集的人还不见少。有的人吃得心满意足，有的人眼睛四处张望，小孩子三三两两奔跑打闹。远远地她看到李明双手插在裤兜里，摇摇晃晃朝她这边走来。

人真是会变呀。李明现在是油头粉面，胸脯挺得高高的，不太好看的小眼睛竟朝上看着。慈颜想躲起来，但一想，自己又不欠他啥，怕他干啥。其实，人家李明根本就没认出她来。他的眼睛都瞟到天上去了。等李明走过去，她回头看他，在心里感叹：真是人靠衣装马靠鞍，崭新的衣裳，不沾一点灰，不打一点皱皱，李明现在也人模狗样了。这都是命。一贯满脑子唯物主义思想的慈颜现在最爱说的就是这个。人要认命。就要生娃了，一个女人还能想啥。她把自己的长辫子往身后甩了甩，走到合作社里。

两块布头，一块红花花，一块蓝花花。剩下的钱她又拿出来买了两个油饼，一包镜糕，半斤蓼花糖。格子布包包装得鼓鼓囊囊。她舍不得跟其他人那样坐一段三轮车，一个人往山里的方向走去。有些寂寞地、忧伤地、孤孤单单地走着。

2

在开始的四五里平路上，来来去去的人不少，有些和慈颜一样是逛集回家的，有的是从田地里干活回来的。也有些学生娃，背着大大的布口袋，往镇子的方向走。慈颜知道，那是往学校赶的学生，大口袋装的是馍，是学生娃一个礼拜的伙食。跟她以前上学一样。

她再也不是学生了。她成了一个妇女，一个要生娃的女人。可是她一点都不喜欢她的男人金锁。虽然他长得高大，脸也不难看，但没念过书，不认字，呆板的眼神一看就是山里蛮子。他虽然五大三粗，对她倒是很好。

金锁人很善良，但人不活泛，不会折腾，不知道弄啥去挣钱。窝在山里，跟着他爸，侍弄那巴掌大的几块山地，勉强够他们吃。倒是他两个兄弟银锁铁锁，有点像混混，跟外头的人倒卖些山货，后来都到南方打工去了。家里能盖起这三间平房，都是他俩挣的。

不能挣钱的金锁，虽说是长子，在家里却没有发言权。其实他爸也没有发言权，大小事都是他妈说了算。

慈颜对于婆婆的厉害，早就领教了。第一次是洞房花烛夜，她一个劲儿地哭。她当时受不了没有几户人家的大山，沟沟坎坎到哪里都得凭着两条腿，而大字不识一个的文盲更是让她无语。她不情愿被这样一个男人破了身子，即使是丈夫。金锁那个晚上见她反抗得厉害，就没有再招惹她。这大概被婆婆偷听了去，第二天晚上刚喝了汤，金锁就被婆婆叫了过去。婆婆大声教训儿子，说打倒的媳妇，揉倒的面。女人，就是要像顺毛一样收拾顺当。金锁回到他们房间，看着哭着的她，故意拍墙、打桌子，并没有动她一下。奇怪得很，慈颜不哭了。她不是被他的威力吓着了，而是体谅了他。金锁是为了保护她。对这个陌生的文盲男人，她有了一丝好感。那个晚上，她没有反抗，接纳了他莽撞的身体。他一晚上弄了四回，弄得她脊背像断了一样地疼，两条腿都抬不起来了。

身子不再是以前的姑娘身子了，女娃娃纯净的身体，就在那个夜里，随着山里野兽的叫声一去不复返了。

几个月后的一天，她一吃东西就吐。婆婆很高兴，说可能她是害喜。经赵婆婆一确定，婆婆对她的态度也发生了改变。让公公和金锁给她打野鸡野兔，婆婆亲自炖了给她吃。特别是有一天赵婆婆说她怀的是双胞胎时，婆婆更是合不拢嘴，她固执地认为有个是男娃。还说女人只有生了男娃娃，才算给婆家传宗接代。慈颜根本不在意。她想，自己在求学上没有好运气，在生娃上肯定能成。上天不可能老亏待她吧，都一股脑儿地把她赶到山里了，还想干啥。

都把她赶到山里了，还想干啥，还能干啥！慈颜拿这句话跟命运抗争，她这也是想着法子安慰自己。

山里的太阳说落山就落山，刚才还能看到太阳喜洋洋的红脸膛，现在只是一抹晚霞涂在靠近山梁上的天空了。前后没有路人，慈颜想加快步子。已经走了快三个小时了，她没有多少力气了。身子有些沉重的她满身是汗，步子根本迈不轻松。过了那片坟地，再走一里地就到村子了。真希望有个伴，说说话，就不胡思乱想了。

虽说她是拿了聘礼，坐着黄牛车正式嫁去的。不知为何，她总是不那么安心。怀了娃娃的她，安慰自己她已经不折不扣地是孙家媳妇。可是有些文学情结的她，总是有要逃离的冲动。她会跑吗？她能跑到哪里去？一想到，她跑了，孙金锁会带人打到她娘家要那三千块钱彩礼，说不定会把她爸妈打伤。没有钱，拿啥谈理想、谈自由。

想着这些，慈颜没了方才的笑容，脸色瞬间严肃起来。疲乏的她坐在路边的石头上歇脚。她摸摸肚子，捶捶腿，汗滴顺着脸颊往下淌。她取出手帕将汗擦去。

这时有个男的走了过来，两手空空，嘴里嚼着什么。从她前面走过时，微微向她一咧嘴，还点点头。那是一张没有什么特点的男人脸，既不英俊也不难看，三十岁上下的年龄，平平常常的山里人，穿着也不像山外头的人。奇怪得很，山里人和平原上的人，连眼神都不一样。慈颜想或许是邻村的人，她也友好地笑笑。

那男人没有停留，也没过分看她，一会儿工夫，消失在前面的拐弯处。

在这无人的山上，能碰到一个人，慈颜都觉得好，至少不那么无聊寂寞了。快到家了，休息这一阵，她就可以一气儿走回去。一早金锁说会在家门前那个山坡下接她。此刻，她甚至希望他能到这里来。已经沦为山妇的她还能祈求什么浪漫呢。

肚子里的娃娃又在踢她。此刻的她有了些微的幸福。

六个月，大大的肚子。两个娃娃，这会给她带来怎样的人生呢？

她总是这样期待美好。

然而危险在她要经过的坟地等着她。

夕阳依旧像血一样染红着西边山梁的那片天空。似血如荼。壮丽的晚霞，让人徒增一种凄凉。慈颜想到一句诗：霁色陡添千尺翠，夕阳闲放一堆愁。好像是唐朝诗人的诗句，她不记得作者的名字了。

三度高考落榜后，慈颜性情大改，不再开朗明亮，她总喜欢多愁善感的诗歌。她知道，作为山里女人的她再也没有忧愁的自由和资格了。

她摸着肚子，咧起嘴角，嘲笑起自己不切实际的傻样子。她坚实的步子向前迈去，仿佛这种坚实的步子可以带给她坚实的生活一样。

有喜鹊低低地从她眼前飞过。现在她也像其他农村女人一样有些迷信了，看到喜鹊有喜事哦。她真希望在枯燥的山里生活中能有些欢喜的事情。可是随即又有乌鸦在叫。她四处看看，没有发现乌鸦的踪影，可叫声不断。那一声声难听的鸣叫，令她打起寒战。她甚至有点希望刚才那个男人能等等她，陪她一起走过这片坟地。她害怕，紧张，想哭，身上出起了丝丝冷汗。

坟地就在前边。没有人的时候，走过这片坟地，真的让人心悸。

有个男的，突然从前方坟地的草丛中走出来。慈颜吓得叫了一声，仿佛白天遇到了鬼。再一看，是刚才那个人。她想他可能是解手去了吧。似乎遇到认识的人一样，她放下心来。那个人朝她走来，向她一笑。她友好地回应。

突然，他抓住她的胳膊，粗鲁地拉她往草丛掩映的坟地走。慈颜没有反应过来，她的笑还僵硬在脸上。身子一冷，她意识到了那男人想干啥。她死死抓住旁边的一棵松树，大呼救命，但迅即被那男人捂住了嘴巴。那人劲儿很大，硬是把她拖进了坟地深处的一个沟里。

她哀求他，叫着大哥哀求。说自己怀着两个宝宝，都六个月了。说她愿意以后报答他。

什么也打动不了这个恶魔。

那人不说一句。把她的上衣往上一撸蒙上她的脸。

整个过程粗鲁，野蛮，生硬，疯狂。

她反抗，谩骂，诅咒。没有用。

最后她乞求他轻点，不要弄坏了娃娃。

她已经哭不出来，泪水无声地流，流。

她瘫倒在草丛里。双手捂住肚子，保护着她的娃娃。

那人走了。过了一会儿，他又转回来。

她还没整理好衣服。

他说：对不起了，妹子。

说着，竹棍向她眼睛戳来。

妈呀，妈呀。慈颜痛彻心扉地大叫着。那绝望的凄惨比刚才还要凄惨。

眼睛的血流到脸旁边的草里，嘲笑着山里的寂静和刚刚才落去的绝美夕阳。

她被彻底打到了地狱。

3

她昏死了过去，不知道时间怎样走过，不知道夕阳是否还在。她看不到天亮还是天黑了，她什么都看不到。

只是疼，尖锐的疼痛，疼得麻木，疼得想要去死。

她手脚并用，摸索着爬着，想爬上沟，爬出坟地。

她忘记恐惧，忘记自己曾经害怕的鬼魂，忘记夜间坟地的凄惶诡异。

她看不见。她不敢摸自己的眼睛，血模糊了她的脸。这个她知道。

娃娃又在踢她了。是肚里的娃娃给她力量，她再次鼓足力气奋力爬着。

边爬边嘶哑地喊着：救命，救命！

她的声音消失在茫茫的夜里。

她昏过去又疼醒，爬着。

又昏过去。

在前梁下面村子帮亲戚盖房的兄弟俩石头石柱，提着马灯急急地往家赶。

这路他们很熟悉，只是山里人忌讳走夜路。

在这秦岭深处的山里，有各种各样的野兽——野猪、野鸡、猴子、蛇等，而且常常还有鬼魂出没。听说阎王爷在夜里会派黑白无常抓那些孤单和有病的人。人都怕死，不知道阎王那边是啥日子。

在这没有月亮的夜里，他们也害怕，情绪紧张不说话，只是加紧脚力。他们就住在金锁家下面的沟道旁，平时也会去金锁家串门。快走到坟地的时候，他们仿佛听见女人喊救命。俩人吓得一哆嗦。石柱轻声道：

“哥，是不是闹鬼呢？你听见女人声音了吗？”

石头点头，把食指放在嘴唇上：“嘘。”

虚弱的女声再次传来：“妈呀！救命！救命！”

声音真切凄惨，可他们觉得那是女鬼勾魂的声音，是鬼魅召唤。石柱抓住哥哥石头的手撒腿就跑，一阵奇怪的风刮过，马灯不耐烦地晃了几晃，像鬼火一样，突然灭了。

“大哥，救我。我不是鬼。”

兄弟俩跑得更快了。哪有鬼说自己是鬼的。

“就是。哥，你说会不会是后沟那个漂亮寡妇刚死的小女子出来吓人来了。听老人说没长成就夭折的娃娃，夜里爱出来索命。”石柱气喘吁吁地说。

“别胡说，小心脚底下。”

他们顾不上点马灯，摸着黑，就着模糊的月光连滚带爬地往前走。

“大哥，求求你。救命。我是慈颜，金……”慈颜的声音虚弱得就像蚊子嗡嗡。

石头石柱并没有听见名字。其实慈颜这个名字在这山里也没人知道，村里几户，都不叫她名字，见了她时，都叫她金锁媳妇。因为她高中毕业，有文化，山里人曾经像看西洋景一样来金锁家看她。他们并不同情她，还笑话她好端端地嫁到山里受罪，肯定是脑子有病。他们一向把从平原嫁到山里的女子叫“瓜女子”，在他们看来，平原上人就是生活在福窝窝里。老人都常常说“金周至银户县”，哪像这山里，沟沟坎坎上上下下地刨食，腿都成了罗圈腿了。没有几家能娶上媳妇，每家都有一两个光棍汉。就像他俩，石头都三十大几，石柱也快三十了，都还是孤单单地睡着没有女人的冷炕。金锁多亏他两个兄弟在外头挣钱，才娶上媳妇。

兄弟俩终于又点亮了马灯，不知啥时候石柱的鞋跑掉了一只，快到村口了手心还直冒汗。他们看见有个男的蹲在一个石头上，抽着旱烟。

“金锁，深更半夜的，还不好好跟你漂亮媳妇滚热炕。”

金锁站起来，揉了几揉眼，把手一摆，说：“唉，别胡说，你亲戚的房子还没盖好？你真是力气不够使。”

石头挠着头皮道：“咱不就只有一身力气吗？我二姨家没有壮劳力，就靠我和石柱。你到底在这弄啥呢？”

“我，我，我媳妇今儿赶集去了，现在还没回来。”金锁吞吞吐吐。

“人家说不定回娘家去了，不想跟你在这儿受罪。你看东坡狗蛋儿他老婆不是前阵子跑了吗？咱这大山留不住女人。”

金锁被说得脸发青，拳头攥得直响，气鼓鼓地说：“她不会，今早上跟我说得好好的。我要不是厨房漏雨，跟我爸给房顶铺草皮，就跟她去了。你们在路上没有碰见她？”

石柱头摇得欢得就像鸡被打了一巴掌：“黑咕隆咚的，哪有个人影。”

金锁手插在乱糟糟的头发里，狠狠地挠了几下，说：“奇怪，她说后晌会早早回来的。”

“是不是被谁拐跑了，你媳妇是文化人，长得也俊。”石头开玩笑道。

金锁生气地照石头胸前捶去拳头，嘭的一声，石头一个趔趄，往后退了两步。

“咋就开不起玩笑。真是的。”

石柱对金锁挥了挥手上的木棍，狠狠地说：“哼，让坟场上的女鬼跟你来索命。多长时间都没有闹鬼了，今儿女鬼又出来了。刚在坟场那儿又哭又喊，声音害怕得很。”

石柱还要说啥，被石头一拉，扭头向自家的沟道走去。

金锁在后头挥着拳头喊道：“女鬼爱光棍儿，你俩才要小心。”

其实金锁也有点害怕。从小他就怕鬼，万一那鬼不声不响地飘来找他咋办，不由得身子一哆嗦，往自己家的坡上跑去。

第二天早上，几个下山的村民在坟地跟山路相间的水沟里发现了奄奄一息的慈颜。她冻得嘴唇发紫，浑身哆嗦，牙关咬得直响。看到她血肉模糊的双眼，没人敢上前扶她。

慈颜大概感觉到有人来了，哇哇地哭。

“啊，啊，造孽呀。”一个男的说道。

“看着像是坡上孙家的媳妇，赶快去叫人。”一个年龄大的人凑到慈颜跟前看了看说。

就在这时，石头和石柱走了过来，他们看到人们围着啥。走到跟前一看，吓了一跳。

“这不是金锁的媳妇吗？咋成这样子了？”石头探过

身子问。

后边有人低声说：“可能让人糟蹋了，还把眼睛捅了。”

人们七嘴八舌：“真是个恶魔，良心让狗吃了。”

慈颜哭得泣不成声。

“你夜个黑里叫救命来着？”石头捂住自己的嘴小声问慈颜。

慈颜点头道：“哦，可能都把我当鬼了。”

石头捶胸顿足，没有说话。

慈颜又昏了过去。

有人喊道：“救人要紧，还是赶快送医院。”

四五个大男人抬着慈颜，急急地往山下跑。没人知道，那个丧尽天良的男人也在。他像其他人一样热心、焦急、舍得出力，完全像一个好人。石头朝山上方向奔，他去叫金锁。石头大概是受了刺激，连摔了两个跟头，就像真被鬼缠上一样。

4

在镇医院，慈颜依旧疼得死去活来。

医生给慈颜打止痛针，消毒，然后用纱布把整个眼睛包起来。摇摇头叹气说：“估计保不住眼睛。”可能是怕慈颜太伤心，又说，“娃娃目前还好，妇产科大夫检查了，没啥大问题。娃娃命大。”

慈颜抓住大夫的手，哭求着：“大夫，求你救我，让我眼能看。”

大夫叹了口气：“难呀。我这儿实在没有办法，你们到西安的大医院试试。不过……唉……”

慈颜哇哇大哭起来：“妈呀，我咋活呀，我，我以后啥也看不见了。”

周围的人都抹起眼泪。那个男人，可怕的男人，站在离病床不远的门口，也掉下几滴泪，悄悄走了。没有人知道那个人就是那个恶魔，乡里乡亲的，人们都把他当作热心帮忙的人。

金锁全家都来了。一家人哭成了一团。婆婆拉住慈颜的手，哭道：“我娃咋这么苦命呢。一定得抓住那个恶棍，千刀万剐。”

慈颜哭得说不出话。旁边有人给老人说了情况。

老实巴交的金锁气红了眼，眼睛冒着火，不停地拿拳头砸墙。

慈颜的婆婆一听说眼睛没救了，眼珠咕噜噜转了好几下，小声嘀咕道：“家里没钱，去西安大医院要花大钱呢。我们去不起。”

金锁抓住他妈的手，说：“送到西安治吧，她还怀着娃呢，说不定眼睛还有救。”

慈颜听到婆婆那样说，很伤心。医生不让她哭，不让她流泪，说是影响伤口愈合。可她眼睛怎么办？没有人真正为她伤心。

“给她娘家说吧。要治都得拿钱。”婆婆的声音无奈中透出狠劲。慈颜眼泪只有往肚子里咽，她哽咽地说：“不要给我妈说，我妈受不了。”

慈颜婆婆用很小的声音自言自语：“总归是要知道，瞒也瞒不住。”

金锁握着慈颜的手轻声道：“知道了。你放心，我送你到大医院，给你治。”

看着慈颜痛苦的样子和蒙着厚厚纱布的眼睛，他似乎不记得一个暴徒以强暴的方式给他戴绿帽子的屈辱。

其实金锁也不想给他丈人说，一是怕他们难受，二是让这天大的屈辱就放在山里吧。只要能治好慈颜的眼睛，他就啥都不奢望了。

来了两个警察，拿着本子，一副公事公办的样子。让慈颜讲当时的细节。除了对那个家伙的身高、胖瘦、年龄、衣着等外貌特征进行询问，他们更关心施暴的细节：咋脱她衣服，咋进去，弄了多长时间等。慈颜被逼得脸通红，说得结结巴巴。她真是痛不欲生。她所遭遇的耻辱，好像是她自己愿意，做了啥见不得人的事情一样。总算问完了。警察说一会儿到妇产科把从她身体里取出的精子化验一下。现在正在严打，抓住说不定会枪毙，性质太恶劣了，让人发指。其中一个警察给金锁说。

金锁送了警察回来，转身又出去跟石头去外头找车，他要尽快送慈颜到西安。大夫说第四医院眼科好，他们打算先去那儿。

在她婆婆出去借钱，金锁他们都不在的时候，妇产科女大夫，大概是同情慈颜，又过来看她。安慰她说："女子，你和你娃都命大，如果不是你以前身体结实，底子好，这回怕扛不住。在山里，有血腥气常常能招来猛兽。周至厚珍子乡的农民去山里打柴，摔折了腿，晚上在外头就被野猪还是野熊啥吃了，惨得很。娃呀，这都是命。你要想开些。"

"你是谁?"那个晚上出现的白衣人的样子又浮现在慈颜脑中，但她现在对谁都警惕，怕再受伤害。

女大夫拉住慈颜的手："娃呀，我是妇产科大夫，给你做过检查，两个娃娃都没啥问题。那个人还算有良心，如果他用劲再大些，估计娃娃就不行了。"

慈颜情绪突然有些激烈，手抖起来，呜咽道："他有良心？他是恶魔。"

"是恶魔，这种人就该当作渣滓铲除掉。娃呀，不要再哭了，你再哭下去，眼睛就更难恢复了。"说着，她的泪水不自觉落了下来，刚好落在慈颜的手上。"好了。娃，你跟我女儿年龄差不多，看着你现在的样子我也心疼。你就安心养病，不要胡思乱想。警察已经把证据都拿走了，说不定能抓住。俗话说恶有恶报，他会遭报应的。”

大夫要走时，慈颜反过来拉住她，问：“大夫，你女儿现在在哪儿？”

大夫柔声道：“她在杭州念大学，大二了。学的是英语。”

慈颜嘘出一口气，整个身子都为自己难过起来。只是流眼泪。

慈颜没有说啥。每个人命运不同，人家在大城市念大学，她在山沟里抱娃娃，现在还有可能眼睛……她不敢想太多，不敢想象如果没有了眼睛，她该怎样活。一个看不到世界的人，还有活着的理由和资格吗？身子遭受这等破坏，她都不想活了。如果不是肚子里的娃娃，那个晚上她可能就自己跳到沟里了。

模模糊糊，女大夫走了。大夫后来没有再说什么，大概这种安慰有些苍白和徒劳。慈颜在疼痛中睡去，转瞬噩梦又将她惊醒。

她清楚记得那个男人的脸，那双残酷又胆怯的眼。

那个不眠之夜，她疼得死去活来，又恐惧异常。看不见东西，啥都不知道了。有一阵子疼痛掩盖了恐惧，有一阵子恐惧又占了上风。身在坟场，她从小怕鬼怕走夜路。她拖着要死的身体，没有了力气，一会儿恍惚醒了，一会儿又迷糊过去。没有人来救她，没有人。她好像听见有男人说话走过，她一喊，又把人给吓跑了。哎呀，她现在这身子跟鬼有啥区别，不干净的身子，血肉模糊的脸。她真想一死了之。她知道夜里山里的危险，有野兽啥的。唉，这身子喂给野兽算了。她在绝望中，一会儿又有了活的力量。但是她根本爬不出去，她好像在坟场里打转。她睡着了，恍惚中有个白衣人拿了毯子盖在她身上，对她的脸温柔地吹了几口气，然后坐在她对面。白衣人轻盈美丽，身体看着就像仙女，但奇怪的是她怎么都看不清楚那张脸，也分不清是男是女。

“慈颜，你不要想着死，你的命长。”白衣人竟然知道她的名字，他声音很好听，清亮柔和得就像广播里传出的声音。

“你咋知道我名字？你是谁？”慈颜并不感到害怕，而是觉得很亲切。

“我来自另一个世界，我知道你，知道你们所有的人。”依旧是温柔的北京话。

“你是菩萨吧。菩萨，我要疼死了。”慈颜想去抓他，但扑了个空。白衣人像风一样，又飘到了她的另一边。

“不要动。不动，你就没有危险。已经有两头野猪跑过去了。它们都饿了，在找吃食。你以后会离开这大山，会在盲夜里展开你以后的生活。”

“你说明白些，我会不会瞎？”

白衣人突然没有了踪影，只听到空中传出他的声音：“你问得太多，天机不可泄露。”

病床上的慈颜抓住那条毯子，一再地想起白衣人。这应该是他留下来的。听金锁说是个黑底起红花的薄毛毯，而且是新的。没有人知道白衣人，连救她的那些人，都以为毛毯是她自己带的。她知道，如果没有这毯子，没有白衣人的保护，她可能早都让野兽吃了。也许这就是别人说的命大吧。

金锁跟石头找来了车，是个昌河面包，担架抬不进去，只好把后排座位卸了，给地上铺了些报纸，再垫上那个毯子，金锁抱着慈颜坐在上面。司机很有些不耐烦，但看到慈颜凄惨又痛苦的样子，没再说啥，发动好车，狠劲一踩油门，冲了出去。

面包车飞快地向西安开去。

第二章 孝 华

艮其限，列其夤，厉薰心

1

琅琅的读书声从低矮的土墙传出来。应该是二年级的同学在念唐诗：白日依山尽，黄河入海流。伙伴们的声音他能听出来，窝在校外墙根下的苏孝华马上接上下一句：欲穷千里目，更上一层楼。这是他曾经的同学，住隔壁的苏明教给他的。他们本来是同班的，可现在他再也不能进学校了。

他坐在土墙边的角落，眼睛望着太阳的方向，现在他只有一些光感，看不见任何东西。他现在很平静，不像刚开始发病、看不见东西时那样焦躁和恐惧了。没有人能救他。这世界没有救世主。曾经能看见美妙世界的他，现在只能生活在黑暗里。他平时拿着木棍，摸索着走路，学校是他最喜欢的地方，从家到这里的路他以前闭着眼睛都能走到，现在睁着眼也看不到啥。一到上课时间，他就不由自主地来到学校门口。他进不去了，学校对他关上了大门。此刻，那根不离手的木棍，坐在他的屁股底下。他不敢把棍子放在一边，一会儿一放学，那些调皮捣蛋的同学就来戏弄他，抢他的木棍玩，有时候还会故意把棍折断。他们曾经是他的玩伴，他当时还是头儿，玩什么他们都听他的。现在，他们不再当他是伙伴，拿他开玩笑，戏耍他，跟他恶作剧。他们已经不是一样的人了，他是残疾儿童，是个瞎子。

他最不喜欢这个称呼，他想念别人叫他孝华或者小名豆豆的日子。现在那些曾经的同伴不是叫他瞎子，就是喊他倒霉蛋。他本来是全村最可爱英俊最有出息的男娃娃，现在眼睛瞎了的他，还能有啥出息。他拿了个小树枝在地上写字，他熟悉的字。现在只传出老师的说话声，是在上数学课。他听不太清楚，心里一难受，眼泪不自觉地掉了下来。他听到有脚步声，在他身边停住。太熟悉了，他知道是他爸。爸爸蹲下身子心疼地抱住他的肩膀，说："豆豆，这不是你来的地方，咱回。"

爸爸这样来找他已经几十次了。他不再哭，不再激烈地怨天尤人，不再对爸爸拳打脚踢。他顺从地站起，拿起他的木棍，拉住爸爸的衣角，慢慢往家的方向走。爸爸走得很慢，说他会想办法给他找个师傅，准备让他学习算卦。孝华答应着，以前小时候经常看到有瞎子来村里给人算卦，很神秘。难道他以后也要做这样的事情吗？他想都不敢想。

这一年时间，他从发病到眼睛完全瞎，爸爸情绪无常，常常无端地发脾气。一到晚上，爸爸控制不住的哭声会传到他房间，那粗犷又压抑的哭声很悲凉，像刀子一样刮过孝华幼小的心。他怕伤了爸爸的自尊心，就装作没有听见。在这渭河边的仁厚庄他们父子俩相依为命，他似乎理解了爸爸。当然要听他的安排，爸爸是为了他好。孝华眼睛看不见，但心里跟明镜一样。

孝华他妈是最后一批来农村的知青，是上海人，爸爸是返乡知青，都是村里有名的知识分子。孝华有好的遗传基因，长得像他爸爸一样英俊，跟他妈妈一样聪明。他想当初如果不是爸爸先下手为强，凭着当村支部书记的便利，把妈妈肚子搞大，妈妈肯定跟她同伴一同回上海那个大城市了。姐姐不是什么爱情的结晶，随着慢慢长大，出落得倒很漂亮，那股劲儿就像上海囡儿。妈妈一改曾经的厌烦，喜欢上了这个叫英华的女儿。一拨乱反正，政策宽松时，妈妈就把她送到了上海外婆家里，她想用足政策，把姐姐的户口弄成上海的。为什么没有送他去上海，这对幼小的孝华来说一直是个谜。平时怎么看都是父母最爱他，可关键时刻怎么偏离方向呢？其实，他也不想去上海，虽然他一次也没去过，但听别人说就是楼高、人多、汽车多，牛奶糖和点心做得好吃。这个他吃过，舅舅每年会寄上两次。他最喜欢那种甜到心里的牛奶糖，他甚至因为这个都要喜欢上海了。可每次听到妈妈嘀咕那种跟外国话一样的上海话，他就怕得不行。他怕那个陌生、什么都听不懂的地方，他似乎要庆幸他们没送他去。心理暗示太多，他都分不清是不是自我安慰的缘故。姐姐去上海后，妈妈经常找时间回去，她也想留在那个大城市。虽然她每次回来都抱怨，说别人嘲笑她，说她土，说她是乡下人，说她不符合政策。骂归骂，她还是想念她的上海，有好几次对后来有点感情的丈夫苏红卫说，如果不是有了豆豆，她胡枫芸肯定会赖在上海，哪怕卖茶水、卖茶叶蛋、捡破烂儿呢。

不管老婆咋发威，大男子汉苏红卫大气不敢出，他其实一直都惹不起老婆。是他干了缺德事，把人家城里命的胡枫芸硬拖到了跟泥土打交道的农村。他欠老婆的，是他理亏。孝华三岁时，看着爸爸窝囊的样子，就觉得好笑，他想以后自己要给爸爸光宗耀祖，给他长脸。他爸爸本来就爱他，因为他总是站在爸爸这边，没有像从小就会看眼色的丫丫英华那样，喜欢她妈妈身上的上海味儿。她就喜欢妈妈用烫红的铁钳子给她卷个头发，给衣服上弄个花边啥的。苏红卫看着爱美的女儿，想起他和胡枫芸给孩子起名字的寓意：英姿飒爽地走在中华大地上，成为时代的弄潮儿。他们多希望女儿有光明的未来。对于孝华，他妈妈并没有表现更多的爱，她的心思在女儿身上。但他爸爸，对他可了不得地好。在关中，自古以来都重男轻女，男娃才是家族的正主，所以苏红卫想更多地培养儿子。最初他希望老婆能送儿子去上海，为此，他和胡枫芸吵过几次，老婆坚持送女儿，他拗不过她。上海是人家的地盘，他没有发言权。后来豆豆长大些，聪明、懂事、善解人意，他舍不得豆豆了，别说上海，就是美国他也不让送去。他很怕以后他把握不住，在那个陌生的上海，孝华会长着长着就不再是他的儿子了。儿子呀，那可是他的命根子。

胡枫芸后来有次去上海，几个月都不回来。她现在更多的心思是想法子留在上海。给苏红卫说是她在上海站稳脚跟，再接他们爷儿俩。苏红卫知道这是稳住他的话，天各一方，这话哪有个准儿。何况她在那个城市也不容易，弟弟一家都不欢迎她。虽说她娘家妈手心手背都是肉，心疼她，希望她能留在上海，可是不大的两个屋子挤着一大家子，她和女儿在老娘的屋子搭了个临时铺，吃饭喝水都要看弟媳妇的脸色。她这年龄，复习功课考大学已经不可能，都是两个孩子的妈了。想在上海立足，她只能找份工作干。上海是个笑贫不笑娼的地方，没有了上海户口，她就像个乡下人一样四处碰壁。她一烦，就买张火车票回到渭河边的仁厚庄。可是看惯了大城市的灯红酒绿，她再也受不了乡下的萧瑟和苍凉。以前和她一个被窝的苏红卫，她也嫌他脏，每天她都搂着儿子睡觉。即使这样她也忍受不了几天，她思念她的上海，思念那片灯红酒绿的繁华。几次来来去去，她更是打定主意留在上海。她中学的好姐妹嫁了个好丈夫，有海外关系，父母和姐姐都在美国。人家工作好，在区政府坐办公室，丈夫跟她在一个大楼上班，是人事局局长。胡枫芸厚着脸皮找她同学，好在同学还算热情，没有势利眼，给丈夫说了她的情况。她丈夫也是个热心人，立即承诺着手办英华的户口，还给她找了份临时工。这个工作其实就是在区政府收发报纸，工资不算高，但还算清闲，最重要的是她能接触到领导。

胡枫芸虽然是有两个孩子的女人，在农村也待了近十年，但她身材苗条，漂亮又会打扮，很有些风韵。不到半年，区上一个丧偶的副区长就看上了她。五十多岁的男人，也不用绕什么弯子，有一天让司机接了胡枫芸到他家。他很直截了当，说看上她了，要娶她。胡枫芸刚开始吓了一跳，特别是他没有铺垫地对她动手动脚，她狠狠地推开，摔门走了。又有了第二次。这次她半推半就，羞涩地接受了这个男人。副区长说要娶她，尽快。她没有给他说她结婚的事，只说她是知青，户口留在了陕西。副区长啥不明白，严肃地点点头，只是说让她尽快处理好乡下的事情。还给她承诺结了婚，她的户口他出面来办。胡枫芸现在是户口高于一切，她不敢耽误时间，请了假立刻坐火车赶回仁厚庄。

2

胡枫芸回到村子的时候，孝华眼睛已经出了问题。苏红卫前几天刚带他到西安儿童医院和第四医院看了，说他得了双眼黄斑变性，这病一发现就是晚期，治不好。

胡枫芸吓傻了。

其实，孝华的眼病几乎没有什么预兆。不久前，他感到眼睛不舒服，看东西模糊，有时候还会有黑影。胡枫芸那会儿在上海，孝华没敢给他爸爸说。他最近因为妈妈不回来，已经很烦了。特别是村上换了村干部，说他是造反派的人，没有提前通知就免了他村支部书记的职。在村里一贯受人尊重的他，突然成了和别人一样的普通农民，他不能接受。而他引以自豪的老婆长久地待在上海，好议论的乡亲早从私下嘀咕变成当面开他玩笑了。他脾气一天天暴躁起来，也没有那么多心思关心儿子。孝华上了小学，学习不用他操心，第一学期就拿了全班第一，第二学期又是第一。他想儿子将是他的希望，现在是凭本事吃饭的年代，再也不是以前的唯成分论。儿子这样学下去，肯定能考上大学。孝华上了二年级，他妈还从上海寄来了漂亮的书包和新衣服。孝华高兴坏了。他给同学显摆，还说他以后也要像姐姐一样去上海。上海老大老大，比西安城还大。伙伴们羡慕他有个上海妈妈，羡慕那个老大老大繁华的城市等着他。他总是不喜欢他们弄脏他漂亮的彩色皮球，他不让他们玩，一个人偷偷在自己家院子里拍皮球。每当他拍皮球时，他家低矮的土墙上就会爬好多小孩，直勾勾地看他，有的甚至羡慕得掉口水。还有妈妈寄来的大白兔牛奶糖，使他奠定了同学中的领导地位。不管玩什么，玩打仗、玩斗鸡、玩滚铁环，他从来都是头儿。所有的伙伴，都听他的，以他为中心。

孝华因此自信满满。直到有一天他眼睛不舒服，看啥东西好像都有些变形，不那么清楚，他还没当回事。他从小就没得过啥病，想着很快就会好的。即使左眼疼、干涩的时候，他还是没给谁说。就要期中考试了，他不愿意面对眼睛不对劲这个现实，而且再有一学期他就要上三年级了，妈妈还说等他上了三年级就带他去上海上学。他渴望那一天的到来。

可突然一天下午，他什么都看不到了。桌上他的书，地上他家装粮食的木柜、窗户、门、树、天空，什么都看不见。他爸爸不在家，他吓哭了，瘫坐在青砖铺的地上。哭了，眼泪都哭干了，依旧是一片黑，看不见。他爸爸最近迷上了打牌，常常到那个光棍六六家去打。一打就是一天，有时候晚上都不回来。孝华哭饿了，起身，摸索着到厨房，找到馍笼子。在他拿到馍馍的时候，一下子碰翻了笼子。馍馍咕噜噜滚了一地。他又摸索着拾地上的馍，拾到一个，用嘴吹吹灰，再放进笼子里。

等苏红卫回到家，看到儿子在炕上睡着，没有开灯。他拉亮电灯。孝华并没看他，睁着大眼盯着天花板。他叫了一声。孝华转过头，对他笑了一下。他奇怪他为啥跟不对眼光。他没有想太多，随便到厨房拿了个凉馍，夹了辣子吃了，困得顾不上刷牙，上了炕，一倒头就呼噜声大作。

孝华没有睡着，他睁着看不见东西的大眼睛，清醒地躺在爸爸身边。

第二天早上，苏红卫发现儿子很奇怪，下炕慢慢的，也不看门、不看地，摸索着走路。他忙拉住儿子。孝华声音小小地说他看不见，夜个就看不见了。他生怕吓坏爸爸。苏红卫急急地吼儿子，拍了他一巴掌，说得了这么大的病都不说一声。孝华低下头，不再说话。

急红了眼的苏红卫拿了他攒下的所有钱，简单收拾了些行李，立即带他去省城西安。西安，他没去过几次。还好，热心人很多，有人给他介绍西安看眼睛最好的医院。他们折腾了整整三天，儿童医院和第四医院都说孝华得了个难治的眼病，叫黄斑变性。病是晚期，视网膜下出现了新生血管。没有办法手术，用激光治也不行。发现得太晚了，而且他得的是急性的，这种急性一般一发现就是晚期。几个医生都这样说。他们的话像是商量过的，说的几乎一样。平静的语气透着残酷的现实。

一想到不到八岁的儿子以后要成为瞎子，他在第四医院让儿子排队等大夫点眼药时，自己偷偷躲进厕所哇哇大哭起来。再也治不好了，他娃以后咋办呀，咋给他妈交代呀。

他没敢给老婆写信，他怕她那急脾气。

没想到老婆这个时间回来，既不过节，也不过年。当她看到儿子摸索地扑向她，确定他眼睛瞎了的时候，哇哇哭着瘫倒在地上。她慢慢平静下来，没有提离婚的事，而是数自己包里的钱，立即决定再去西安给儿子看病。他们带着孝华在西安城，跑遍了所有的医院，包括部队医院，不管做啥检查，中医还是西医，都是一个答案——没治了。他们没有回仁厚庄，而是直接坐上了去上海的火车。

在上海，她把他爷儿俩安排在家附近的旅馆，没有带他们去她娘家，她嫌丢人。她现在还不能接受儿子变成瞎子的现实。她妈妈过来看了一次，象征性地关心了一下孝华，没再对他说什么话。对这个没有见过面的外孙，她没有什么感情。她也不正眼看女婿苏红卫。苏红卫在她面前胆怯得更像个憋屈的乡下人了。她只跟自己女儿胡枫芸说话，叽里咕噜的上海话让孝华感觉很陌生，仿佛自己处在外国，浑身都不自在。他姐姐英华，静悄悄地坐在他身边，握着他的手，只是哭，但她矜持地并没有抱他。舅舅他们都没有来，他们大概早已厌烦他们全家了。

胡枫芸带着他们去了几家有名的眼科医院，医生都摇头。最后他们再次去了最权威的复旦大学附属眼耳鼻喉科医院。教授遗憾地说太晚了，目前根本没有办法治。

二十天，让他们全家丧失了全部的信心。花光了所有的钱，也没有地方可以看儿子的病，苏红卫没有理由待在上海，他的儿子孝华也是。

这次胡枫芸主动陪他们回到仁厚庄。苏红卫想大概儿子生病老婆动了恻隐之心吧。没想到回家的当天夜里，她就跟他提出离婚的事。他们争吵得很厉害，两个人都说了刺伤对方的狠话。胡枫芸埋怨苏红卫耽误了孝华的病，如果他关心儿子，儿子咋会耽误呢。苏红卫也不示弱，骂胡枫芸，说她到大城市光顾享受去了，不管这个家。从争吵到谩骂，步步升级。

孝华瑟缩在隔壁屋子的土坑一角，嘤嘤地哭泣发抖。他听见他们好像打起来，爸爸高大壮实的身材动起手可了得。一直以来，苏红卫在家里都是妻管严，一切都是老婆说了算，乡下人的他在老婆面前从来都是唯唯诺诺。婚后他第一次施展男人的威力，竟是他要失去她的时候。他不能容忍她的离开。胡枫芸哭得死去活来，伤心欲绝。她凄惨的哭声让孝华难受不安。几天几夜，一家三口都无法入睡。

一连七天无休止的吵闹，夫妻俩终于疲惫了，但谁也不让步。孝华悄悄拉了爸爸的衣服来到院子里，劝他放了妈妈。他说妈妈也不容易，她不喜欢这乡下，留住人，也留不住她的心。苏红卫没想到八岁的儿子能说出这样的话，眼泪扑簌簌地掉下来。抱住儿子，答应了他的要求。

胡枫芸离开那天，除了汽车、火车票钱，她把所有的钱都留给了苏红卫父子。苏红卫没有送她，一大早去给自留地浇水了。胡枫芸知道他是不想面对她，她爱怜地抚摸着孝华的头、眼睛、脸和手，哭着说以后一定会把他接到上海。她要让他在上海受教育。不管妈妈说啥，孝华都不说话。不知是什么心理，此刻的他就是不相信她说的。他固执地认为，她会一去不复返的。他不哭，也不流露什么感情，他任这个跟他有着亲密血缘的女人的感情恣意地展现。

他在心里打定了主意，要学一个能养活自己的本事。

3

棉衣换成单衣后不长时间的一天上午，父亲把孝华早早叫起，给他换了新衣服。爸爸笑着说是那个女人从上海买来的。爸爸能笑，孝华也笑了，他爸都生气半年多了，一直以来都气鼓鼓的，像个吹胀的猪尿泡。

孝华一天天明白懂得了些事情，他现在不去学校的墙角下可怜巴巴地待着了，像个等着别人施舍和怜悯的儿童。他知道即使他想学什么，也不可能再像他的同学那样了。他是没有视力的残疾人，是个瞎子，就该接受这个现实。爸爸前几天就说要带他去见师父，今天终于要去了。他很兴奋，看不见东西的眼睛都流露出笑来。

拐杖、墨镜，是孝华的必备道具。在农村哪有墨镜，那是上次在上海他妈给他买的，说睁着看不见东西的大眼睛怪吓人的。在荒凉的渭河之滨的小村庄，他的墨镜是一种时髦。戴着墨镜的他看上去神秘而有趣，谁也摸不清他的心思。这是他的好朋友说的。

孝华拉着爸爸的衣服，紧挨着他走着。爸爸不时提醒他：有个水坑，有牛粪，向右拐，向左有个大石头，等等。对面有人，往往会躲过他们走。村上人已经习惯孝华的瞎了，除了见了面还会说“这可怜的娃呀”，基本上没有过多的关注。

看着他们父子，几个蹲在村口吃饭的女人跟苏红卫打招呼，苏红卫简单地回应。倒是孝华大大方方地说："婶，姨，你们好。"有个中年女人忙说："豆豆好，要想开，哦，我娃。"等他们刚走过，有个女人尽量小声地嘀咕道："唉，这年月，有啥都不要有病，没啥都不要没钱。屋里一个人得病，全家就都撂到沟里，翻不起身了。"

"就是，就是。你看红卫家，豆豆眼一瞎，她妈都不回来，不要这家了。红卫头发都急白了。"

苞谷糁呼噜吸进嘴里的声音后，又一个女人说："这娃是个能豆，聪明得很，可惜了，可惜了。一辈子就这样毁了。"

声音逐渐小了，听不清她们还在说啥。从最初悲凉的情绪中走出的孝华比以前开朗多了，他没有过多的悲伤。现在没有什么能打击他了。眼睛瞎了，还有啥能比这严重的。他轻描淡写地用胳膊轻轻撞了下他爸，说："爸，你真头发白了？"苏红卫用手抚摸了下他的脑袋："白了一点，我也老了嘛。""你哪儿老，你才三十几岁呢。"

苏红卫爱怜地刮了一下儿子的鼻子，说："不要操心我了。你这小脑子，不知道都装了些啥。唉，如果不是眼睛，可能以后都能当科学家。"

孝华嘿嘿笑着，狠劲点头："就是。不过我现在目标变了。说不定以后你要以我为荣呢。不像现在，到处的人都可怜咱。"

“好，好。有志向。”苏红卫虽然这样夸奖，但实在是底气不足，他不知道一个瞎子能做出啥大事来。在他看来，只要娃能挣点钱养活自己就行了。在凭力气吃饭的农村，看不见啥真是寸步难行。

骊山脚下有个古老的村子，村里有个神算，姓李，方圆百里的人都知道。人们称呼他“李神仙”，也叫他“神算李”。李神仙总爱闭着眼，但他不是个盲人，眼睛好着呢，他是故意不看这乱糟糟的世界。他想看时，眼就睁开一下，但很快又闭上，好像觉得睁着眼很费事一样。他很老了，满脸沟沟坎坎的皱纹。没人知道他的年龄，谁也说不清。白胡子脏兮兮地飘在下巴下，没有一根黑发的头发用褐色的麻绳绑了个发髻，在头顶上顶着。常年一身粗布黑褂子，冬天不换棉衣，夏天也不换薄的衣服。好像天热天冷跟他没有什么关系。他没有结过婚，没家人，没有娃，没有亲戚，孤家寡人一个。谁似乎都了解他，也不了解他。都知道他可能是外来户，但不知道啥年代起他开始在这胡姓的村子里。他一直住在一个没有围墙的房子里，两间大的屋子，干啥都在里面。后来是两邻修院子，他就有了个窄窄的院子，没有门，他也不修门。

听说新中国成立前他就能掐会算，很有名气，在县城混得不错。新中国成立后，人人都要革命了，没有人再相信算命卜卦看风水的把戏。奇怪的是，李神仙在“大跃进”的时候，突然疯了，成天光着身子，在街上又唱又跳，有时候都疯到半山上那个山缝缝去了。他索性在那里住着，想回来时，他就回来，自由得没人能管。想来，谁会跟一个疯子较真。当时驻村的县上干部本来和村里先进骨干分子合计把李神仙弄成反革命，没想到他疯了，只好临时抓了个小学教师顶事。

李神仙这一疯就是二十年。那二十年他是咋活的，没有人知道。谁也顾不上关心一个疯子。反正疯子精神得很，没见他有病有灾的。直到“文革”结束，开始包产到户，他突然不疯了，去参加生产队分自留地的社员大会。他再也不脱衣服光身子乱跑了，蓬乱的白发扎了起来绾了个髻。有了地的他，每天都到他的地里干半天活，下午就到离村几百米的街上摆摊算卦。不到一年时间，他的名气就又回到了从前。后来他嫌麻烦，不上街去了。他似乎也不需要钱，他以前挣的钱，谁要他都给，不记账，也不让人还，他只求温饱就行了。找他卜卦的人越来越多，有西安的大官开着红旗车、进口车来找他算前程；有家长领着娃娃算学业高考；有人请他去看阴宅风水。都说他算得准，反正他窄小的院子总有等的人。他不急不慢，按部就班地按他的习惯来生活，别人放下来的点心水果他都散给到他这里玩耍的娃娃。有些吃食，他会让娃娃们给村头那个瞎子送去。那瞎子没有亲人，陪伴他的是把一碰都要破的二胡，他的小屋子常常传出凄凉的音乐。李神仙不去他那儿，他不跟俗人交朋友，他怕麻烦。

有人想知道他为啥能掐会算，趁他下地里时偷偷进到他没有锁的屋子里。啥神秘书都没有。村里有好事的年轻人也想学他这个手艺寻思以后挣大钱。碰着这样的人，他就打马虎眼，说自己那一套是骗人的，没有啥好学，他不收徒弟。

然而不管他咋说，他的名声大得快响到北京了。经常有外地的人慕名拜访。人特别多的时候他就悄悄地躲起来，一个人大晚上爬上骊山，住到道观去。道观有上千年的历史，“文革”时遭到破坏。道士们作鸟兽散。只有那个老道士躲到骊山深处的山洞修道去了，直到前年恢复这千年道观，他才出山。没有人知道李神仙和现在的道长的交情从何时开始，但大多数人都知道他们认识而且关系不浅。所以，他一上山，就有人怀疑他和那个跟他一样年老的道长切磋技艺去了。他在山上住上一阵子，就又下山，去过那红尘滚滚烟雾腾腾的生活。在这俗世，他没有朋友，不跟人说闲话，他的话都是充满神秘感。他往往不把话说透，满是玄机的几句话，让人佩服得直点头。

这个神秘的李神仙越传越神，苏红卫就是听村里乡里好多人说过他才打算让儿子跟他学的。但是知道李神仙的逸闻趣事越多，特别是听说他不收徒弟，对来找他、让他收孝华到门下，苏红卫就越是没有把握。虽然他给孝华说，这次带他见师父，但这会不会是他的一厢情愿呢？苏红卫一路上都在想这个问题。

苏红卫父子俩倒了三次汽车，几乎到黄昏才到了骊山脚下李神仙住的老村子。

在华清池旁边他们找了个便宜的旅舍，把孝华安顿在屋子里。苏红卫就到村里打听李神仙的住处。

这么大的名声，三岁的娃都知道李神仙。他就是被一群娃娃领去的。

天已麻麻黑，李神仙破旧的门框上挂了个小木板，上面用毛笔写着一个字：歇。

一个跟孝华大小差不多的男娃对他说："神仙睡觉了，今儿来的人多，他累了。"

"那啥时间他开门？"苏红卫不知道该用啥词问神仙的作息时间。

"你明个后晌早早来，他肯定在，而且不会睡觉。"另外一个男娃给他扮了个鬼脸。

苏红卫提着苹果和橘子罐头回到旅馆。他给孝华说没见到神仙，打算明天直接带孝华去。孝华静静地躺在床上，"哦"了一声。

之后，他们父子俩没有说一句话，各怀心事地躺着。

在陌生的木板床上，孝华像按了开关一样很快进入了梦乡。

4

苹果和橘子罐头苏红卫一直不离手，即使他坐在李神仙小院子的砖头上时。孝华紧挨着坐在他旁边。他们前面有八个人在排队，后面没有一个人。那是因为苏红卫总是把后面的人让到前面。他知道他们比别人需要的时间更长，而且当着别人的面也不好开口。

李神仙的门口还是挂着木板，上面有另外一个字：算。苏红卫想这李神仙也真有意思，处处表现得这么神秘。排队的人对李神仙都很好奇，一有人出来，就忙问:“算得准不?”从里面出来的人跟商量好了一样，都说准。

孝华很安静，他仔细用耳朵辨别分析周围的情况。说也奇怪，自从没有视力以后，他耳朵变得分外地灵。他凭着说话人的语气语速停顿的地方，揣摩人的表情和心理。因为不能看，他甚至感受到了更丰富的世界，一个奇妙的声音的世界。而且他习惯了思考，习惯了想象，习惯了想自己的心事。

此刻，在这等待中，他突然想起他一去不复返的妈妈。他从来没有像爸爸那样埋怨妈妈，他甚至理解她。她想过好的、轻松的、多彩的生活，有啥不对？为啥人都得在一个尘土飞扬、贫穷的地方窝着。现在广播成天喊实现四个现代化，守着穷日子咋实现，谁也没办法。

奇怪得很，眼瞎了以后，他变了。他有了些奇怪的想法，变得好像懂得了好多东西，一下子明白了这纷杂的世界。他不知道是不是因为那个晚上奇怪的梦。

有条很大的白龙“呼啦”穿过窗户，来到他炕上。他从没见过龙，但看到那样子、那架势，他就认为那是威武的龙。那天，他妈妈还在。他们在吵。白龙睁着铜铃一样的大眼对他的脸吐芯子。奇怪，他能清晰地看见龙，它是彩色的。一股白气进到他头里，一股黑气从他胸口冲了出去。他紧张得很，翻动身子，在咳嗽中醒来。他兴奋极了，忘记自己没有了视力，还往四处看，可是啥也看不到。用手把炕摸了个遍，也没有龙的影子。但奇妙的是，他突然觉得身体一阵轻松，脑子也充满了很多奇怪的想法。

他没有给任何人说过这个梦，对他的好朋友苏明没有，对他爸爸也没有。

龙好像驻扎在他身体里，给他装进去了知识和精力。除了“看不见”这个问题，他觉得自己没有不如人的地方了。他还记得一些莫名其妙的句子，好像有什么寓意一样。“山上有水，蹇，君子以反身修德。”真奇怪，这是哪里的话，怎么会蹦在自己脑子里。蹇，这复杂的字，他都没学过，现在他会念了，可这些都是什么意思呢？还有好多好多整段整段的话、诗文在脑子里，这是怎么回事呢？难道是神龙赋予他的？他不敢给爸爸说，说了他也不信。

在李神仙窄小的院子里，跟焦急等待苏红卫的不安相比，孝华是如此安静。大概是神灵给了他某种力量吧。

前面有人对孝华好奇，问他这问他那，苏红卫只是简单地回答他们，他不愿意细说。他认为现在的人，都盼着你过得差呢。他渭河北生硬的口音引来那些人的嘲笑。他们或者讲普通话，或者说轻巧的西安话。孝华根本不说话。不说话的人让人捉摸不透，还显得神秘。有人甚至嘀咕，这娃是不是哑巴？孝华依旧不言语。

终于轮到他们了。

来的人都把鞋脱在屋外，里面高出一个台阶，起了个大台子，整个屋子里就是一个大炕。李神仙盘腿坐在暗处，隔了一个小小的矮矮的只有一个搪瓷缸子的茶几，苏红卫和儿子坐在对面的麻布垫子上。

苏红卫递上罐头，李神仙看都不看，随手往地上一放。苏红卫发现地上堆满了东西，有他这样的罐头，有点心，有北方稀罕的香蕉和叫不上名字的水果。苏红卫心跳得怦怦的，结结巴巴地说着。李神仙瞟了他一眼，示意他们坐下说。

“李神仙，我，我……”苏红卫吞吞吐吐，总怕一说出，就遭拒绝，所以不敢说。

“不要叫我神仙，我就是比你活得长。话说直接些，有啥为难的。”李神仙说的是地道的西安话，轻飘飘的，真有些神仙的味道。奇怪这李神仙在骊山下，咋没有这里的口音。

苏红卫注意到李神仙一直不经意地瞟孝华，看看又闭上眼睛。他用手捋捋胡子，若有所思地摇头和点头。

“我想让我儿子跟你学。”这回苏红卫直接得没有了委婉的礼节。

李神仙揉揉眼睛，面无表情地说：“我不收徒弟。”

苏红卫赶快收起盘着的腿，直直地跪着，急切地说：“李神仙，我儿子你看到了，他是瞎子，不学点啥，以后没办法活。”

“水有水的路，花有花的道。是人都能活下去。”李神仙依旧双眼微闭，不动声色。

“我娃可聪明了，学习都是一百分。如果不是这眼，他出息大了。”

“现在娃娃都聪明，没有笨的。”

“他需要你，我来之前就给他说去见师父。”苏红卫都快急哭了，好像他自己夸下的海口必须让人兑现一样。

李神仙抬眼看了一下不作一声的孝华，表情没有变化，摇头："那是你的事。我还是那句话，不收徒弟。"

李神仙说完，从旁边随手拿起个苹果递给孝华。孝华乖巧地说："谢谢，师父。"

"这娃，我不是你师父。"李神仙脸上有了些表情，笑了。

"你就是我师父。"孝华好像比他爸还固执，声音虽小，但字字清楚有力量。他胳膊肘轻轻动了下他爸，小声道，"爸，你先出去。我跟师父有话说。"

苏红卫鼻子哼了一下，转身出去了。

只剩下老少两人。李神仙眼睛睁着看这个小小的盲童。他在想这个奇怪的孩子真的有些特殊。

孝华站起身，表情严肃，童声款款："九四，有命无咎，畴离祉。"停顿了一会儿他又说，"《象》曰：有命无咎，志行也。"

李神仙眼睛瞪得溜圆，惊讶地问："娃，你这跟谁学的？"

孝华缓缓摇头："没有人教我。一天夜里，梦见龙飞到我炕上以后，就记得很多奇怪的话。还有呢：上六，有不速之客三人来；敬之，终吉。九五，飞龙在天，利见大人。九二，遇主于巷，无咎。"孝华说得虽不快，但叽里呱啦的，没有停顿。

"停。娃呀，这是神书。真没有人教过你？"李神仙的语气里透着喜悦。

孝华还是摇头："神仙，真没有。我都不懂啥意思。东一句西一句的，没头没脑。"

李神仙满意地捋着胡子，缓缓地说："好，我教你。我这辈子就收你这个徒弟。"

孝华很高兴，立即给李神仙磕了三个响头。

苏红卫在外面焦急地等。不一会儿，门开了。儿子探出头，叫他进去。这回是李神仙没有铺垫，说他要收这个徒弟。苏红卫丈二和尚摸不着头脑，神仙和儿子都不给他解释原因。李神仙说娃以后就跟着他，要求苏红卫每个月送来二十斤面，说是学费。苏红卫满口答应。李神仙还说人家孔子收弟子都让拿一捆干肉，肉就算了。说完哈哈笑起来。苏红卫也笑了，他儿子孝华大墨镜下的小脸蛋也露出了笑来。

他终于有师父了。孝华心里喜滋滋的。

第三章 慈　颜

乘马班如，泣血涟如

1

慈颜的娘家终于还是知道了她的情况，而且是慈颜让金锁说的。

跑遍了西安的大医院，都没办法治。眼睛是用锐利的棍子捅的，压根就没有治疗的希望。金锁叹气。慈颜哭。在医院奔走求医的一个月时间，肚子里的娃娃在长，慈颜肚子更大了。最后她看真没希望，就跟金锁回到山里的家里。

没有办法再隐瞒娘家了。慈颜痛苦地经受着婆婆的冷淡和怠慢。金锁态度也在变，看着她笨手笨脚摸来摸去的样子，啥都做不了，这让原本想娶了媳妇吃现成用现成的金锁实在接受不了。

慈颜变得不爱干净也有些邋遢了，她真想去死。可肚子里的娃咋办呢。金锁也是一脸愁容，他和爸妈曾合计着把慈颜送回娘家。可都要生娃了，实在是做不出来那种事情。刚好在他们为难的时候，慈颜让金锁去她娘家。金锁一听很高兴，赶快让他妈拿出了些木耳、核桃、香菇等山货，第二天一大早就上路了。

金锁在慈颜娘家吞吞吐吐把情况大概说了。知道了慈颜所遭受的罪，慈颜妈跟她爸、她哥一刻没耽误地跟金锁急急来到山里她婆家。

一见到蓬头垢面的慈颜，她妈拉着她的手直哭。说他们前段时间听说了有个女子被糟蹋了还弄瞎了眼，但死活都没想到是她家慈颜。她妈哭，慈颜也哭，哭作了一团。

慈颜爸和哥流着眼泪退到外屋，跟金锁他们围着火炉坐着，一屋子人都青着脸，唉声叹气，捶桌子顿板凳的。金锁他妈对他们很冷淡，到饭口了也没有做饭的动静，光是让金锁给他们倒水。还不停地嘀咕说这一个月慈颜花光了她家里所有的钱，钱是打算给老二老三娶媳妇的，现在都打了水漂。本来老大娶了媳妇她还想享个福，吃个现成饭，现在倒好，慈颜跟菩萨一样窝在炕上，事事都得别人伺候。唉，真是不知道这日子咋过。

慈颜爸扣了扣烟锅里的烟，闷声道："亲家，娃比咱难受。现在还是得想办法给娃治眼睛。"

金锁挠了挠头，说："爸，都跑西安的医院了，没办法。"

慈颜的哥哥慈俊猛地站起，生气地说：“没办法也得想办法。我妹子去年给你家的时候，好好的。现在人弄成了这样子，还想不管。”

“这娃说话没道理。俺都跑了一个月了，花干了家里的钱，熬干了俺家的油。不信，你带到医院去看，看大夫咋说。”金锁妈腾地站起，黑着脸气呼呼地说完，转身进自己的屋子了。

在里屋炕上抹眼泪的慈颜母女俩对外面的话听得一清二楚。一听这话，慈颜哭得更伤心了。她妈拍拍她的头，说：“活人还能让尿憋死。咱家给你治。”

慈颜抱住妈，眼泪像断了线的珠子：“妈，人家医院说没有办法。”

“颜颜，不要哭。你怀着娃呢，哭坏了身子咋了得。咱家想办法，就是砸锅卖铁也要给你看病。”慈颜妈握着女儿的手，继续道，“最初，就该给妈说，那就不会耽误了。”

“我怕你伤心担心。”

“娃呀，你是妈的心头肉。我那天还高兴地给你爸显摆你给我买的羊毛衫呢，打死也想不到我娃遭这罪。”

面前的慈颜已经不是那个漂亮的爱把自己收拾得干干净净的女子了。大着肚子，穿着不合身的衣裳，头发乱糟糟的，连脸也黑乎乎的。没有了眼，这人咋看着都不成人样了。慈颜妈连嘘了几口气。

慈颜似乎能感受到妈妈的心思，她也知道自己没有人样了。可一个瞎了眼睛的人她还能讲究啥？她也不喜欢埋汰，不喜欢邋遢，不喜欢让人伺候、看人眼色。可这咋弄呀？她今年才二十二岁，以后日子还长着呢，总不能就这样一辈子吧。她不愿意。

她妈虽说要给她治眼睛，她当然知道家里没有钱，没有钱的农民走到哪里都艰难。如果她考上大学，现在就是公家人了，看病也是公家的事。唉，想这干啥，如果上了大学，哪会在这山里，哪会遭遇这下地狱的事。以前教她高中语文的郭老师说得好，人生关键的就几步，走好了，人生就顺顺当当；若走不好，走到岔道上，就难了。郭老师当时对她有很高的期望，认为她天资还可以，学习也扎实，考大学应该没有啥问题。可一连考了三回，就是不中。慈颜认为自己怯场，发挥得不好。郭老师说这大概就是她的命。唉，如果郭老师知道她遭这罪，也该心疼她了。没有了好的生活，她还有啥脸见老师？想着想着，慈颜又哭了。

找出几件简单的衣裳，和那条她一直抱着睡的毛毯，她摸索着捆包袱，一捆就散。她妈叹着气，利索地给她收拾好包袱。

他们几个在金锁家吃了顿缺盐少醋的饭菜，就动身往山下赶。慈颜拉着妈的衣襟，她爸和她哥慈俊一声不吭地走在前面。金锁扛着包袱，只是闷着头走路。

这一段时间金锁累坏了。以前是光干地里的活，回到家啥都是现成的。现在这屋里，啥都乱糟糟的。老婆不光啥都干不了，上个茅房都得他引着，吃饭不是吃到鼻子里就是撒到地上，而且成天哭哭啼啼，快烦死他了。现在能把她送回娘家，他能轻松一阵子。虽然扛着包袱，但他觉得浑身都轻快，刚在家里和她家人说好了，他不用跟着再跑医院，唉，啥用都不顶。以后看病都让她家人去，一想他就轻松。慈颜笨笨的身子在他眼前晃，他心酸。按理，要生娃了，他该心疼她，可他就是厌烦，不想看见她。唉，花钱娶的漂亮媳妇一转眼就成了累赘。他咋就是这命？

慈颜一手扶着大肚子，一手拉着妈的衣裳。眼前一切都像是伸手不见五指的黑夜。她怀念以前眼睛好好的，啥都能看见的日子。她咋不知道爱惜珍惜呢。以为能看见是天经地义，现在想着，当年如果再用点功，她就可以跳出农门了。

他们走得很慢。好在到镇子的时候还有最后一班车到她家那边。

慈颜的案子在整个镇上都摇了铃，几乎大大小小的人都知道这事。一看见慈颜他们，就有人指指点点，议论着她。慈颜知道别人在说她。有怜悯她的，也有人幸灾乐祸的，还有骂她是祸水的。在农村，强奸案子，被糟蹋的女娃总是受歧视，不管她遭的罪有多大。大家都认为发生这事，龌龊肮脏，那女子从此没有了干净的身子。慈颜则是受双重折磨，没有了干净的身子，连眼也没有了。家里人为了给她看眼睛，往往忽略了那个事情。可慈颜记得，她的身体清楚地记得那个羞耻的傍晚。

天黑了，他们才回到家。她七十多岁的奶奶拄着拐棍从三爸家过来。又是一阵抱头痛哭。“娃呀，我可怜的娃呀。”奶奶发抖的身子只能说这个。

家里挤满了人，村里邻里都来看慈颜。人们问这问那，慈颜啥都不想说。看不见啥的她无比屈辱，比没有考上大学更屈辱。她没法待在长吁短叹对她关心的人群中，即使都是善意，她也受不了。她让妹妹扶着她，进了妹妹的小屋子。

那个夜里，全家人都不急着睡觉，商量着如何给慈颜看病。到现在他们才发现，领回慈颜是多大的包袱。一家人，苦着脸。在家族里慈颜爸是老大，也有点文化，是村小学的代课教师。他挤出一丝笑，跟两个兄弟借钱。慈颜三爸忙表态，他拿一千，再多没有了。慈颜爸点头，他知道三弟也不容易，养活着老人，还刚盖了新房，他能拿一千是他最大的能耐了。慈颜二爸，在家是“气管炎”，说回去得跟老婆商量。他不敢看大哥，他怕自己拿不出钱。慈颜奶奶颤颤巍巍地把鸡爪一样的手伸进衣服里，很长时间摸索出一个格子手帕包的小包。她递给慈颜爸，说这是她存的几个钱，给娃看眼。

老人的话把大家都惹哭了。慈颜爸说刚在镇上金锁给了他五百块，他明天再到村上借些钱，争取凑够五千。他刚在路上和儿子商量了，西安治不了，就不在这耽误了，直接到上海去。大城市应该有办法。

大家点头。林家的家庭会议到后半夜才散场。

散归散了，但这个夜，有谁能睡着呢？

2

即使要坐三十多个小时的火车，慈颜的哥哥都不舍得买卧铺票。本来给慈颜买了一张卧铺，她坚决让退了。她要跟妈和哥哥坐在一起。

这次慈颜爸请不下来假，他是老师，而且又不是正式的公办老师。如果这次请假时间长，人家学校就不要他了。县教育局李股长暗示过他几次，说没有转正的机会，让他放弃。他咋能放弃？都干了二十几年了，他回到农村能干啥？而且他还有个脸面的问题。他把凑来的五千块钱给儿子，千叮咛万嘱咐，让他不要吝惜钱，给慈颜看眼睛。慈俊知道，他也心疼妹妹。爸爸一天天老了，他现在就是家里的顶梁柱。

为了能省俩钱，她妈临出门烙了一天的饼子。一大布袋子锅盔，一瓶子咸菜，一瓶子辣子，是他们火车上的饭。还好，火车上有开水。

坐了半晚上硬座，到后半夜慈颜实在坚持不了了。她妈在过道铺了单子，让慈颜睡。慈颜顾不了啥了，躺在地上呼呼睡去。刚躺了两个多小时，就有乘警和列车员查票。他们态度恶劣，用脚踢睡在过道上的人，大声喊着："起来，起来。这是过人的地方，又不是你家的床。想睡买卧铺去。""查票了，把票都拿出来。"女售票员像谁欠了她半斤肉一样，板着脸怒气冲冲地喊。

慈颜因为身子笨，动作慢，被乘警踢到了肩膀。乘警一看她是大肚子孕妇，脸上流露出不好意思来，但他没有道歉，只是说："都这样子了，还不舍得坐卧铺。"慈俊也不敢跟人家厉害，忙递出票说："不就是想省俩钱吗。"农民到哪里都低人一等。在这火车上，硬座车厢大部分都是他们这样的人。这车厢，空气污浊，汗臭味、脚臭味、劣等食品味，各种气味混杂在一起，再加上吵闹声、喧哗声，比赶集的场子还热闹、混乱。慈颜在这污浊里，坚持着，坚持着。

终于到上海了。他们都是第一次去。一下火车其他不知道，但人多得就像挤堆堆，高楼林立。三十多个小时的硬座，慈颜已经累得脸发白，冒着虚汗，她和她妈的嘴上都长出了燎泡。慈俊背着所有的行李，气喘吁吁地走在她们前面。在混乱的急匆匆的人群中，她妈用自己瘦弱的身体艰难地扶着慈颜。慈颜尽量不喊累，扶着大得要坠下来的肚子往前走着。

慈颜的哥把她们安顿在火车站附近的小旅馆，顾不上吃饭，向旅馆老板打听看眼睛的医院去了。当知道慈颜的受难经过，旅馆的女老板唏嘘不已。她是上海本地人，但很热心，特别是看到慈俊这样俊朗的小伙子。她忙拿起桌上的电话。她没有去问医院，而是打给她丈夫。她丈夫在财政局上班，有些关系。她用上海普通话给慈颜哥说话。放下电话，她高兴地说，他们可以去找市妇联，她丈夫说一会儿打个电话去，他们说不定会提供帮助的。慈俊激动地握着老板的手，连说“谢谢”。他还急忙上到二楼拿出陕西的红枣送给女老板。老板没有推辞，给他画出了去妇联的路线图，还交代说到了就说是市财政局的老张介绍来的。

市妇联的人很热情友善。慈俊哥简单说了慈颜的情况，妇联精干的女主任刘主任，就好像已经知道她的情况一样，拉住慈颜的手表态说会帮他们，尽量给联系医院。

在来上海之前，他们一家很忐忑。听陕西老乡说，上海人尖酸刻薄，爱富嫌贫，不好打交道。没想到，一到上海，就遇到这么多好人。慈颜妈拉着慈颜给刘主任跪下来了。

刘主任忙扶起她们，说：“要不得。妇联就是妇女姐妹的家，特别是慈颜这种残疾人，我们更应该伸出援手。”慈颜哭了，说：“主任，谢谢你。等我看好眼睛我再来谢你。”刘主任笑了笑点点头。

慈颜他们来到二十世纪五十年代就很有名的眼耳喉鼻专科医院。医院看病的人很多，他们拿着妇联的介绍信，大夫看得很认真。特别是眼科专家陶主任，看了慈颜的眼睛，又在机器上看，叹了口气，说：“很遗憾，没有恢复的希望，球体都破坏了。”他大概知道妇联可能会赞助钱，就补充说：“最好安装假眼，至少会显得美观些。”

慈颜他们到外面商量来商量去，那可不是个小数字。妇联是给了两千块钱，但又不是治疗，这样花不知道行不。慈颜当然想装，她还是个年轻的女娃，她不想让人看见她的脸害怕。

慈俊到医院门口的公用电话给妇联刘主任打去电话。刘主任一听眼睛治不好，要装假眼，有些犹豫。治疗费还好说，可是这个……

一听人家作难，慈俊就忙说：“要是为难就算了。”

刘主任毕竟是女人，心一软，再加上在这唯利是图的上海，还没见过这么老实巴交的乡下人，一看人家为难，一点儿都不争，在陕西渭河边农村下过乡的她，对陕西有感情，这回她愿意冒风险给慈颜帮助。

没想到刘主任爽快答应了，慈俊高兴地回到医院给慈颜说。

手术安排在第三天的上午。陶主任交代慈颜不能吃油腻辛辣的食物，而且要注意休息。

他们从火车站那个小旅馆搬出时，老板娘执意不收他们钱。慈颜一家对她千恩万谢后，搬到了眼科专科医院旁边的旅馆。

过两天就要手术了，好长时间都没有洗澡的慈颜给妈提出想去洗个澡。她妈知道女儿是想干净地做手术，怕人家上海的大夫嫌弃她身上的味道。

问了旅舍的服务员，她们步行半个小时来到一个叫天女泉的公共浴池。浴池在二楼，人很多，队都排到了一楼大门口。慈颜和她妈在后面排着。她们前面站了几个穿着时髦的女孩，不屑地看慈颜母女俩，对她们指指点点，还装模作样地捂着嘴，嘀咕："乡下人，臭。"慈颜戴着刘主任给她的墨镜，至少表面看着不那么吓人。如果她们看到她被破坏的双眼，还不得吓得大叫。

排了半个多小时的队，慈颜她们终于可以进去了。卖票的给她们发了两把锁，指了指烟雾腾腾的里面的屋子。慈颜妈拉着慈颜慢慢走进换衣服的地方。四周全是柜子。慈颜妈手足无措，愣着不知咋办。有个正在穿衣服的姑娘，热心地过来帮她们。看了她手中的钥匙牌上的数字，找到她们的柜子。说把脱了的衣服和鞋都放在衣柜里，锁好，出来时还了钥匙，会退押金。慈颜妈似懂非懂地点头。

脱了所有的衣服，慈颜还是不敢摘眼镜。她妈扶着她走进里面的淋浴间。淋浴间分了一个小格子一个小格子的，她们走到里面没人的一个隔间。大概看出了慈颜是残疾人又是待产的孕妇，而且还是什么都不懂的乡下人，有服务员过来帮她们调好水的温度，还给慈颜拿来了个塑料凳子。

直到站到花洒下面，慈颜才摘掉眼镜。她的泪水和着花洒的水流过她疲惫的脸。好久都没有洗澡了。在上学时，每两个星期还可以在学校的澡堂洗个澡。家里没有洗澡的地方，婆家更没有。想洗澡就是自己烧水，在大盆子里擦一擦。她都不记得啥时间擦过澡。身体遭这次罪，按一贯爱干净的她的想法，肯定要好好洗洗的。可是，哪个地方脏都不是问题了，眼睛不可救药地没有了视力才是她最头疼的大问题。那天在眼科医院候诊的时候，她在楼道里听到一个女人和她女儿的对话。

“妈妈，我班同学都叫我四眼，真是气死人了。”听上去七八岁的样子，声音细细的，很好听。

“孩子，没什么。我们就是近视，而且你还是假性近视，治疗一段时间，好了就不用戴眼镜了。”当妈妈的声音温柔亲切，听起来好舒服。

“哦，太好了。”小姑娘停了一会儿又说，“可是，妈妈，我们班的肖贝贝穿了很漂亮的红皮鞋，我都没有。”

妈妈笑了，声音依然甜美：“乖乖，等爸爸领了工资就给你买哦。不过，你可听到这样一个故事——有个小姑娘因为没有新鞋子哭，她妈妈带她到街上，指着一个没有脚的人，问他们谁更幸福。”

“当然是小姑娘了，那个人都没有穿鞋的脚了。”

在这个水中，慈颜哭自己。如果能有人叫她四眼，那是她的幸福呢，至少她还可以看这个世界。即使这个世界龌龊，不公平，但还是精彩的。可现在她都没有眼了，没有看东西的眼了呀，还有什么比这更可怕的？即使装了陶主任说的假眼，那也仅仅是让她看上去不那么可怕罢了。大概这一辈子就要在黑暗中度过了。她得习惯这黑暗，这再也见不了什么的世界。

妈妈给她搓后背。妈妈这个年龄，本该是女儿给她搓才对。妈妈从来都不抱怨，安安静静地洗着搓着。

整整一个多小时的淋浴，慈颜洗出了粉白的本色来。在回旅馆的路上，她们都感觉到身体轻快，好像身上的污垢有多少斤两一样。

在手术前一天，慈颜还去了旅馆隔壁的理发馆，把她又粗又黑的长辫子剪了。她这样子，没有精力打理长头发了。发辫给了理发馆，理发馆老板没有收她剪发的钱，还给了几十块钱。慈颜高兴地说谢谢。这都够他们在这里的旅馆费了。

陶主任说，按正常情况，慈颜应该住院。为了给他们节约钱，所以光收手术的钱，没有其他额外的费用。慈颜他们知道这个，说着感激的话。陶主任又说，是妇联领导特别关照扶持的，他们当然要配合。医院还根据妇联的介绍信给了她八折的优惠。

慈颜妈嘴里直说，遇到恩人了，这辈子没有力量报答，下辈子一定报答恩情。

慈颜也激动得又要哭，陶主任忙制止，说要手术，再这样哭下去，做不了手术了。

给慈颜换医院的衣服，消毒，用轮椅推到手术室，局部麻醉。陶主任亲自主持，整整七个小时，手术室门上的灯才灭了。陶主任出来，疲惫的脸上露出笑，说手术很成功，再留院观察两天，打上不影响胎儿的消炎药，没有排异反应就可以出院了。

慈颜的眼睛用纱布蒙着。医生说等一两天再拆，防止风吹和感染。

出了院，慈颜让哥哥带她去跟妇联刘主任告别和感谢。老知青刘主任拉住慈颜的手，叮咛了许多。说以后有什么难的事情就去找妇联，那是咱妇女的家。特别是慈颜这样年轻的女孩，让她等生了孩子，就去当地的妇联，现在国家对残疾人就业很重视，每个省市的妇联都有免费的就业培训，她可以在那里学到一技之长。本事学到后，就不是别人的累赘了。看到慈颜说着谢谢又要哭，她忙又说："不要再哭了，孩子。你自己要多保重。"说着转身拿起她的手提包，取出一沓钱，递给慈颜，说："这是我的一点心意。只有五百块，不多，你拿着。"慈颜妈忙握住刘主任的手，说着感谢的话。

终于要踏上回西安的火车了，慈颜一家感慨万千，都说上海人势利刁钻，可他们遇到的都是好人。这世界，还是好人多。

悲伤了一个多月的慈颜，终于鼓起了生活的勇气。

3

为了省钱，他们还是没有坐卧铺。

为了省钱，他们在火车上还是吃着干粮就白开水。

为了省钱，他们还是没有在西安停留。

他们倒了几次车，终于回到慈颜娘家的村子——林家堡。

当一家人得知慈颜的眼睛没救时，都叹气。但又不敢太伤心，怕慈颜难过。

慈颜的嫂子忙去厨房做饭，二妈也过来帮忙。韭菜猪肉馅饺子，没有比这个让奔波的他们更喜欢的饭食了。

饭桌上，大家尽量说笑，她二爸和三爸，都不时地说些笑话，虽然很冷，但慈颜还是从心里感激他们。身体受伤了，眼睛看不见，但至少她有亲人。

在娘家住了一个礼拜，慈颜总想去帮妈妈和嫂子干点活。可她知道自己的模样，脚还没迈出屋子，就碰这里撞那里的，给妈妈徒添麻烦。嫂子大概也烦了她。嫂子本身就没上过啥学，脾气倔强性格耿直，不太会说话。慈颜虽然看不见，但能想象她那张冷冷的脸。她其实住得很不安。所以有一天她妈来到她和妹妹的屋子，关上门，她就知道要说啥，她一点都不意外。她妈说得吞吞吐吐："颜颜，不是妈赶你。这家里现在是你嫂子当家，你侄子才三个月，照顾好你确实难。你再有一个月就要生了，咱这里有个老习惯，那就是嫁出去的女子不能在娘家生娃，说对娘家不好。妈是实心想留你住，可你二妈、你嫂子都给我这样说。"

慈颜抿住嘴，停了一会儿，说："妈，你不要为难，我明天就回去，不能因为我让咱家遭啥灾。"

"我知道我娃心口亮，明天我让你哥送你。"说着她妈拿手抹起眼泪。

"哦。妈，不要哭。以后又不是见不到我。"

慈颜把她妈安慰出去，这才靠在炕头上歇下。其实，这几天，在娘家，跟她出嫁以前完全不同了。她就像个亲戚娃，处处都觉得生分。想帮点忙，嫂子也不让，说她只能帮倒忙，往好处想是怕她万一又弄伤自己。是啊，现在她连自己的衣服都洗不了了，连上厕所都得妈妈或者妹妹慈莲扶，完全成了一个废物。为了少麻烦她们，她尽量少喝水少吃饭，怕一趟趟地往厕所跑。慈莲上高二，本来在学校住校，因为要照顾她，每天骑个二八的破自行车从乡上回来。一定要让慈莲上大学，不能再像她一样耽误了。其实，就是她妈不说这话，她这几天也打算回去的。不管咋说，山里那个穷当当的家才是她的家，她已经不是林家的人了。

她身子笨，走不动路，哥哥借了辆手扶拖拉机送她。这比走路快多了，只是在进了峪口的山路上拖拉机颠簸得很厉害，慈颜觉得胃都要被颠出来了。还好，她看不见，路很不好，一边是十几米深的河道，一不小心会连车带人都翻下去。慈俊开得慢，浑身鼓劲，弄得满头大汗。他就是为了让妹妹少走几步路。终于到车不能走的地方，他扶慈颜下来。他背上所有的行李，慈颜拉着他的衣襟，慢慢地走。好在有人看到他们，也认识慈颜，接过慈俊的行李，说他先走，让金锁过来接他们。

走了很久，才远远看见金锁。金锁淡淡地问：“治得咋样？”

慈俊抹了把汗，说：“治不好。在上海装了假眼。”

“白花那钱干啥。”

金锁话说得冷漠，慈俊很不高兴，把慈颜的手交给金锁，说：“我妹你领回去吧，对她好好的。如果再有啥闪失，我饶不了你。”

金锁哼了一声，说：“知道了，哥。你不去屋里喝口水？”

慈俊拍了拍慈颜的肩膀说：“不去了，家里的事还稠得很。颜颜，你要好好照顾自己。哥有时间再来看你。”没等慈颜回答，他就转身走了，步子很快，腾腾腾地，不一会儿，脚步声就没有了。

“不要再看了，又看不见。”金锁拉了下她的胳膊嘟哝道。

慈颜被她的山里男人拉着，一步步艰难地往山里走，也许就要这样走一辈子。现在的慈颜知道命运的力量了。

4

在这山里婆家遭的罪，受的委屈，慈颜不敢言语，也不敢哭，只能把泪往肚子里咽。

金锁去地里干活时，她婆婆不扶她上茅房。为上茅房，她摔过好几次，好在她走得慢，没有受啥伤。练了一段时间，她基本上可以独自去了。

厨房的活，婆婆也想推给她。面一和好，就把她叫到案板前，让她擀面。她开始弄不到一起，面擀得不均匀，后来好多了。“看来，啥都是练出来的。”婆婆在身后说。在婆婆的指导监督下，她逐渐摸索着学会了蒸馍、熬稀饭、洗碗、洗衣服等家务。因为她不是碰伤了自己，就是摔烂了瓷碗，没少挨婆婆的骂。

冬天山里冷得能冻破砖，慈颜艰难地坐在一个小板凳上洗衣裳，大肚子时不时地碰到搓衣板上。手冻得要失去了知觉，搓几下，她就赶快撩起衣裳，把手揣到腋下暖一暖。她怀疑如果她不暖手，手会不会被冻掉。金锁除了给她换水时过来，没啥事干的他，跟他爸他妈围着火炉烤火。慈颜看不见，但知道他们坐着在说闲话。她想给金锁说，她肚子疼，腰疼。可金锁能帮她啥呢。她婆婆总给她说，要多干活，干开了，生娃就能顺利。再过半个月就要生了，慈颜给婆婆说想去镇上医院生。婆婆摇头，坚持说，村里赵婆婆接生没问题。慈颜怕，现在看不见，她更怕，但她啥都没敢说。

刚进腊月的一个夜里，慈颜肚子疼得在炕上喊。金锁喊他妈，他妈不情愿地起来，说：“还有十天才生呢，这又咋了。”说着她来到慈颜跟前，一看脸疼得扭曲，冒着豆大的汗，忙喊：“快，快，了不得，赶快去叫赵婆婆。”

金锁裹了个棉袄趿拉着棉窝窝就往外跑，他妈擦了擦慈颜的汗，立即进到厨房烧开水。她帮赵婆婆接生过，要烧水，准备火剪子。

小脚赵婆婆睡眼蒙眬地被金锁拉来了。她一看慈颜的样子，忙让金锁跟他妈把慈颜抬到厨房。在厨房的地上铺了厚厚的麦秆草，让慈颜躺在草上。慈颜疼得嗓子都喊破喊哑了。她的脸痛苦地扭成了一团，直喊："疼死我了。冷，身子冷。送我去医院，求你了。"

没有人搭理她。赵婆婆掰开她的大腿，喊道："宫口开了，还看不见头，再使劲。"

慈颜咬破了嘴唇，血顺着嘴角往下流。赵婆婆还是叫她用力。她觉得自己要死了，这回真的要死了。

慈颜整整疼了一天一夜，血把身下的秆草都染红了，两个女娃娃才生下来。

她婆婆从赵婆婆手中接过娃，一看是女子，嘴掉着，眼睛瞪着，简单洗了洗，一包，就把娃娃抱到了慈颜的炕上。

慈颜晕了过去。赵婆婆也累瘫在地上，她嘀咕道："危险得很，差点儿第二个娃就憋死了。这女子现在情况可怕，危险，只要不血崩，就没啥大问题。如果你们看她不好，就赶快送医院。"

金锁妈忙问："是谁，我儿媳妇吗？"

"哦。"赵婆婆想了想，没有再说啥。

金锁妈给赵婆婆包了条熏肉，给了二十块钱，让金锁送她回去。她在门口挂上个红布条。这是老风俗，表示这家新添了人丁。

慈颜迷迷糊糊听见婆婆在外屋和金锁说话。她说：“赵婆婆还让送医院，一个瞎子，如果再出麻烦，就算了。”

金锁声音突然提高道：“妈，咋能这样？她刚生了娃。”

“本身就是个累赘，以后你还想咋？”

“我，我……但是慈颜太可怜了，她不能这样死。”金锁哭着说。

“没有让她死，我是说看她命了。”金锁妈说完往屋外走了。

昏死过去的慈颜没有听完他们的对话，如果知道他们盼她死，她该多伤心。她真是命大，昏了好几次，流了那么多血，她还是坚强地活过来了。以前就有算命的说她命硬，过得虽然坎坷，但能活到很老。她又梦到了那个白衣人，他在天上远远地看她。那个人真的存在吗？如果不存在，那毛毯又是怎么回事？她听见娃娃哭，两个女娃。一边一个，她爱怜地搂着。大概是早产加上营养不良，娃娃的哭声微弱无力。她婆婆给她端了碗荷包蛋，她努力地吃下了。

她的奶水很充足，并不熟练地给娃喂奶。金锁没有给娃起名字，因为是女娃，他妈很不高兴，不耐烦地给她伺候月子。一想到刚一出生的娃就这样不招人待见，她就想哭。听说坐月子不能哭，哭得多了，眼睛就会哭瞎。她已经瞎了，索性痛快地哭。她哭，娃娃哭。她抱着两个瘦弱的婴儿，想以后咋养活她们呀。一想就难，不哭咋行。

快过年的时候，金锁俩兄弟银锁铁锁回来了。他们带回来了牛奶糖、软香酥点心，还给他们爸妈带了新衣裳，也给嫂子慈颜带了个塑料卡子。没想到嫂子成了这样子，兄弟俩吓得说不出话。他们去了广州，从不写信，还是金锁结婚的时候回来过，快两年没回来了。

金锁他们原本的五口人围在火炉边拉家常，银锁铁锁给他们讲广州的新鲜事，听着慈颜这边没有动静的时候，他们就嘀咕议论慈颜。银锁铁锁很坚决，让他哥不要这个老婆了，他们兄弟俩会重新拿钱给他哥找新媳妇。他妈同意，金锁这回也没有啥意见，他爸闷着头嘟囔说这不好吧，但马上遭到所有人的围攻。一家人在这大过年的，铁了心地想赶走慈颜。只是慈颜还蒙在鼓里，她给娃喂着奶，做着安心过日子的打算。

过年时候，慈颜哥哥慈俊给外甥女送灯笼，妈妈也带来了她给娃娃做的棉袄棉鞋。因为过年事情多，他们待了一天就走了，说过些天就来接她回去。金锁今年没有去她家拜年，说没心情。去年他们结婚第一年，金锁作为新女婿去了她家，奶奶二爸三爸还给他红包了呢。

今年他都不去看老人了。躺在炕上的慈颜哀求他，他就像个木头。慈颜寒了的心又冷了一截。

刚一出月子，慈颜妈就让她哥接她回娘家。生完娃的女子在娘家住一段时间，是关中这一带的风俗。她嫂子就是不愿意，也说不出个拒绝的理由。

慈颜没有给妈说在婆家的情况，她不想让妈妈太操心了。其实，她妈也不想听，知道多了，只是难受心疼，也解决不了啥问题。为了能多住一段儿，慈颜尽量帮嫂子做家务。她擀面，蒸馍，烙饼子，洗衣裳，扫院子。她摸索笨拙的样子，她妈看着心疼，不让她干。住了近一个月，嫂子又开始不高兴了。这次慈颜主动提出回去，她妈又留她住了几天，就又让哥哥送她上山了。

金锁也不来接她，好像就没有娶她这个媳妇一样。慈俊和堂弟俩直把她们送到金锁家里。金锁和他爸都不在，银锁铁锁也都又去广州了。他妈磨蹭了好半天才走出她的屋子，脸上挤出笑招呼慈俊他们，还抱过娃娃，说娃长大了，还是在娘家好，慈颜也胖了。慈颜气得说不出话。慈俊忙打圆场："姨，咋说呢，还是回自己家舒坦，我妹现在习惯山里的生活了。"慈颜抱着一个娃娃摸索着进了她和金锁的屋子。

慈俊他们没有吃饭就回去了。慈颜没有办法，现在她在这家没有发言权，婆婆不让弄，她不敢擅自做。等他们走了，婆婆才进到厨房，半天做了一锅汤面条。金锁回来后，看见慈颜娘儿仨，一点都不高兴，说：“你着急回来干啥？”慈颜没好气地说：“这是我家，我咋不回来。”金锁更不客气，大声道：“你都成啥了，谁还要你。”慈颜气得浑身发抖：“我虽然眼看不着了，但好坏给你还生了两个娃。”

“女娃，以后是人家的鬼，又不能给俺孙家传宗接代，我都不想要呢。”

金锁的话越说越难听，慈颜哇哇哭起来。她婆婆在屋外喊道：“哭啥哭，都不嫌丢人。有本事就不要回来。”

紧紧地搂住她的两个可怜的娃——红豆和小米，她牙关咬得直响，身子发抖停不下来。

“不要再说了。娃回来第一天就这样，再弄下去，娃就活不成了。”金锁爸大声吼道。

大家都不吱声了。一大家呼呼呼地吃着面。慈颜没有下炕，搂着娃，嘤嘤哭着。

安生了一段时间。

在这貌似平静中，看不见啥的慈颜，屁股和脚都得长眼，心脏还得装个铁护栏，否则她一天都过不下去。

金锁和她婆婆天天欺负她。明着说让她滚，带着不打粮食的女子，暗着不给她吃的。他们连孩子也不想要，不想管。虎毒不食子，慈颜没想到他们是这样的人。现在金锁不进她屋子了，娃也不抱一下。他真是铁了心了。慈颜想如果不是她眼睛瞎了，她一天都不在这儿留，她会带着娃娃走得远远的。可现在，她寸步难行，她该咋办呀。

金锁一看光用冷脸冷落赶不走她，有一天他突然以面擀得太厚为由，抽了她两个耳光，有一次还拿藤条打她。在这家，没人帮她。慈颜眼泪往肚里咽。她没有哭，转身进自己屋子，给嗷嗷哭着的红豆和小米喂奶。她在心里说，忍，忍下来，才有她母女的活路。

接二连三地挨打、挨骂，后来她婆婆也对她动手了。终于，在天渐渐暖和的春天，慈颜无法忍受了。她下决心离开这个家。她给婆婆跪下，说："妈，好，我走。我带着红豆和小米走。我会把娃养大的。"

"这就对了。你走了，金锁才能再娶媳妇。不要怪我，我也没办法，谁让你眼瞎，成累赘的。"婆婆的话像锥子刺着慈颜伤痕累累的心。

"我知道。我不怪你们，这是我的命。"说完，她站起，扶着墙进屋收拾东西。她和娃娃必需的几件衣服，还有那条毛毯。她包好绑在腰上，然后把娃娃放在竹子背篓里，拿起门边的拐杖，就往外走。

"娃呀，不要着急走，金锁回来送你回去。我脚崴了，不然我就送你了。"她公公拉住她说。

慈颜慢慢放下公公的手，道："爸，我现在就走。这家容不了我娘儿仨。你以后自己保重，我不能尽孝了。"

说完她慢慢往外挪去。

婆婆一句话都不说，倒是她公公不放心，跛着脚送她。他一直把她们送过那片坟地，才在慈颜催促下回去。慈颜眼泪哗哗地流，后背背篓里的娃娃们睡得东倒西歪。快四个月大了，慈颜越背越沉，走几步歇一阵子。有几次差点儿连自己带娃掉到沟里了。她越走越委屈，不知道回到娘家能不能过下去。两个娃娃，跟着她这个瞎子妈有啥出路。她越想越黯淡，越想越难受。就这样摸索着走了一个多小时，有个残忍的想法在她心里萌生。直接扔到沟里算了，可她下不了那狠心。她想着把一个娃放在路边，随便谁带走都比跟着她强。

想着红豆长得胖些，她打算放下她。她取出口袋里的笔和纸，凭着感觉歪歪扭扭地写出：红豆，生日：1988 年 1 月 20 日，子时。她用抱毯包好红豆，亲了娃脸蛋，摸了块平整的石头，轻轻地放在上面。脸能感受到太阳的灼热，时间应该是半下午，慈颜希望会尽快有个好心人把娃带走。

她继续摸索着走，在不远拐弯的地方坐下来。她看不见，但依然能听到红豆的哭声。她在心里不断地祈求上天，盼有人能看见她的红豆。过了好长时间，终于她听到远处汽车刹车的声音。车开动的声音，不一会儿，又停在她身边。

“这位大嫂，要去哪里，捎你一段吧。”好听的普通话，是个男人声音。

慈颜茫然地看，大概是因为她奇怪的墨镜吧。马上听到那人又小声说："慕青，好像是个盲人，还背了个孩子。拉她一程吧。"

"当然。你的车，你说了算。"一个女孩清亮的声音。

车里传来小孩子的哭声，慈颜想这可能是红豆的声音。慈颜腾地站起，但她什么都没有说。有人扶了她，让她坐在车上。

一上车，那男的就问了慈颜要去的地方，慈颜说了离娘家最近的乡政府。那男的说，没问题，送她去，反正有车，很方便。慈颜想，只要到了乡政府，很容易遇到村上的人，她就能回娘家了。

一路上，他们没有跟慈颜再搭话，只小声说着他们的事情。

"你把这小孩怎么办？好像才几个月大。"男的声音小，慈颜还是听到了。

"养着呗。我喜欢，长得挺好看的。"女孩的声音也很小。

"你怎么养，又没有结婚，你爸妈能同意？"

"好了，我们不谈这个问题。小孩睡着了，我也要睡一会儿。你好好开车。"

"遵命，公主。"

慈颜吁了口气。人的命真是不一样呀。有的女孩是公主，有的是倒霉蛋儿。一路上，她很矛盾，一会儿想要回孩子；一会儿又想，他们带走，对孩子好。临到车停了，她下了车，她只说了谢谢，什么都没有说出口。那个车从她身边呼啸而去。她的红豆也去了。

她背过身，哭了。

哭自己无能，哭这世道的残酷。

第四章 孝 华

何天之衢，亨

1

跟神仙师父一年了，孝华有些腻烦，他觉得师父没有教他啥。师父话很少，因为他看不见，交流起来很困难。

师父在最初一个月就是让他用脚丈量这屋子，什么东西在哪儿，锅在哪儿，厕所距离门口有多远。领着他在这屋子院子数步子。师父严格，三个月，孝华已经完全掌握了师父家的一切。他学会烧水，做简单的饭，自己不歪不斜地走到厕所，再安全地回到屋子。

后来师父还给他养了只狗，是一个刚发了大财的西安商人送来的。那个人去年接受师父建议，去陕北开矿，掘了一大桶金。他家的狗狗下崽了，他送来一只，说这是全世界最有名的拉布拉多狗，温顺而且智商高，还可以协助主人干活。因为家里有了孝华，李神仙爽快地接受了。

李神仙就像训练孝华一样训练小狗——龙龙。名字是孝华起的，他希望小狗能像梦中的神龙一样帮助他。他眼睛看不见，希望得到一切力量。很快龙龙学会了不少本事，坐、卧、握手、到外面上厕所，不乱吃东西，还会去村口迎接外出的李神仙。他把李神仙视作主人，认为孝华是玩伴，在他面前很调皮。后来发现孝华看不见，还在他背后故意咬他的衣裳。他都没有恶意。然而，不管怎样，几个月后，他们成了形影不离的朋友。

因为是盲人，孝华上学是个大的问题。李神仙可不愿意孝华就这样耗在家里。孝华都来他这儿一年了，得让娃上学。李神仙考虑到搬家，他甚至有搬到西安的想法。听人说大城市有特殊教育学校，教身体残疾娃娃的文化。孝华只上了两年学，如果再不学，有可能沦为文盲。这是他不愿意看到的。他爸爸似乎不管他这些，只想让他学会摸骨算命就行了。就在李神仙四处打听能给孝华教盲文的学校时，有个中学校长来找他看自己家宅基地的风水。看完地方，无意中神仙说起孝华。校长笑着说，神仙就是神仙，瞌睡来了马上有人送枕头。西安市现在正在抓服务残疾人的工作，刚好在临潼搞了个试点。就在华清池西边办了个特殊学校，教盲文、哑语，还有文化课，而且是免费的。

李神仙笑得捋着胡子，忙让校长给他写了地址。校长还给他说了那个特殊学校校长的名字，说是他同学。

第二天孝华就被李神仙带到那个学校。学校的老师几乎都认识李神仙，也不多盘问，就收了孝华。开始是李神仙接送他上下学，后来是龙龙。快放学时，龙龙就早早等在学校门口。

又一年后，孝华可以用盲文板写字，也能读简单的盲文书。李神仙很欣慰。他依旧不去教他《易经》那些深奥晦涩的内容，他想让他再学一两年盲文，而且学校的音乐课对孝华性格有很好的影响，他不想孝华因为残疾而心态扭曲。这娃以后可能有出息呢，他私下嘀咕。

大概有李神仙这个保护人的缘故，在这个村子没有人或者哪个娃娃敢欺负孝华。两年多时间孝华长高了不少，陪伴他的龙龙也成了条大狗，温顺、聪明、忠实。孝华甚至比爱他妈还爱这狗。他几乎不记得妈妈的长相了，他也从不给师父说他家那些事，李神仙也不问。倒是苏红卫每次来的时候，会絮絮叨叨地说一些。李神仙既不接话，也不表示过分的厌烦。现在有孝华和龙龙，他的日子有些像人的光景了，不再是像仙儿一样飘飘的，不落实地。李神仙一想到这个，有时候会一个人静静地偷着笑。

村头那个拉二胡的老瞎子，因为李神仙给他送过几次吃的，就把他当朋友一样劝他。说领养娃也养个健全的，瞎子能干啥，又不能给你养老送终。李神仙白了他一眼，啥都没有说。他本来想说，他没有领养谁，也从来没想着让谁养老送终。他是那种人吗？他需要吗？不过，他也不生孙二胡的气，照样让孝华和娃娃们给他送罐头和点心。那些东西他神仙多得没地方放。李神仙已经不记得老瞎子真正的名字了，只记得他姓孙，一般他都喊他“二胡”，因为他二胡拉得实在是好。他隔一段时间就去他那儿听一回，那耳朵真是享受呀。

孝华正是记东西的年龄，李神仙每天晚上教他背一段《老子》。那些都是当年他师父让他记下的，九十多年了，一点都没忘。当年他学习不用啥书，不像现在的娃娃背着个大书包。当时是师父一句，他一句，就这样背得烂熟，记在脑中的。这方法倒好，孝华也看不见，正好跟着他念、跟他背就可以了。孝华好奇心重，老爱发问，问这是啥书，不说他就不背。李神仙笑了，说：“这是神书，你以后的立身之本。”孝华一听，不敢怠慢，不管多枯燥也都一点一点地背下来。

“道，可道，非常道。名，可名，非常名……”

“上善若水。水善利万物而不争，处众人之所恶，故几于道。”

很多奇妙的文字，孝华不懂。师父说不要去寻求解释，背熟它，以后大了就明白了。真是这样吗？还有些东西也在他脑子里："上九，自天佑之，吉无不利。六五，敦复，无悔。习坎：有孚，维心亨；行有尚……"

那些奇怪的句子，像诗，又像预言，他知道是神示的文字。他拉着师父给他讲解，师父总是说万事皆有时，时间还不到。但提醒他要经常回想温习那些话，不要忘记了。孝华笑了，说："神授的，咋会忘记呢。"说着还给师父扮了个鬼脸。

这娃真有点灵通，李神仙自己小声嘀咕。

2

已经十一岁的孝华，没想到会学二胡。

有次师父让他给二胡老瞎子送别人刚拿来的水晶饼和橘子罐头，像往常一样龙龙和他一起去。

孝华从不进老瞎子的屋子，臭，难闻。不像他师父的屋子，虽然小，但啥都井井有条，干干净净的，没有啥怪味道。所以他每次到孙二胡家都不进去，就站在门外喊声爷爷，不管里面的人听到没，把东西放在门口就走了。那时他对里面的二胡声不感兴趣，好像那声音也有臭味一样。

可是，这一次，他和龙龙还没有走近那屋子，二胡的声音就远远地传过来了。凄凉哀怨伤感，孝华能想到的就是这些词。《老子》里的那个“五色令人目盲，五音令人耳聋”他已背过，可他就是想听那悲凉的琴声。孙二胡的门虚掩着，他没有叫。悄悄地摸着门口的石头门墩坐下，他摸了摸龙龙的头，它也不叫一声，乖乖地卧在他脚边。

琴声就这样徐徐缓缓不急不慢地进到他耳朵和他的心里。不知不觉中，他已是泪流满面。这是啥曲子，咋这么感人呢？孝华心里嘀咕。他第一次对老瞎子有了兴趣。

不知什么时候二胡声没有了，他听见木门吱扭一响，窸窸窣窣的声音传来。他忙站起：“爷爷，我师父让我给你送吃的来了。”

老瞎子摸着孝华的头，说：“乖娃呀，咋不叫我？”

孝华挠挠头，小声道：“我听见你在拉琴。真好听，我都听入迷了。”

“是吧。没有人爱听，胡琴儿的声太悲凉了。”他接过点心和罐头放在脚边。

孝华双手托住腮帮子，好奇地问：“爷爷，你刚才拉的是啥，让人心里一抽一抽的，想掉眼泪。”

“哦，是《二泉映月》和《病中吟》，都是名曲。”老瞎子声音沙哑，咳嗽了几声说。

“咋那么好听，那琴声让我都听哭了。你能给说一下不？”孝华第一次用这种渴求的口气跟瞎子说话。

“好，你听着哦。这《二泉映月》的作者跟咱一样是瞎子。他小名叫阿炳，解放前，在杭州那一带卖艺糊口，当时他的名声大得很。他是借着这个曲子说自己辛酸艰难坎坷的人生，他把自己的痛苦在那里头痛快地拉出来了。这是最好的胡琴音乐，能传世。《病中吟》是清朝末年的作品，是作者在病中写的，也是说处境的艰难、生活走投无路的痛苦。两个曲儿，都悲伤得很。”

“爷爷，你是不是也喜欢这两个曲子？”

“娃呀，拉胡琴的，没有不喜欢《二泉映月》跟《病中吟》的。”老瞎子摸了下孝华的头，如果是以前，孝华肯定觉得脏，今天他却觉得那手温暖而舒服。

“我也想学。行不，爷爷？”孝华嘴很甜，语气带着渴求。

“真的？那好呀。我这里还有一把琴，是以前我师父走的时候留下来的，就送你了。”老瞎子咯咯地笑着。

“那我叫你老师了。啥时间开始呢？”孝华站起来蹲在老瞎子腿前，穷追不舍，好像怕孙二胡一下子跑了。

“我看就今天。”老瞎子说着站起来，拉着孝华的手就往里走。

孝华一个手捂住鼻子，屏住呼吸，那气味让他要窒息了。不过一想要开始学二胡了，他马上不觉得那么难受了。老瞎子摸索着从墙上取下胡琴，嘟囔着说这琴挂在墙上落满了灰，都走音了，让他擦擦。孝华忙说他来擦。老瞎子说这擦二胡也有门道，要先擦掉浮灰，还要上松香呢。

一老一少挨着坐在木凳子上，开始了第一堂课。老瞎子摸索着手把手地教他拿二胡的姿势、持弓的方法，然后是认琴弦上的音位。1、2、3、4、5、6、7分别在哪儿，让他反复拉这几个音。孝华觉得自己拉得跟锯木头一样，难听死了。如果不是想着老瞎子那让人心碎的《二泉映月》，他实在是受不了自己的拉锯声了。

孙二胡总是表扬他，他似乎慢慢找到一点点感觉。他发现，孙二胡是个很有意思的老头，偶尔还说个笑话逗他。而且坐时间长，屋子里的气味也没那么难闻了。他想，他大概是喜欢上二胡，连带也喜欢上了这个老人。

一回去孝华就高兴地对师父说了他跟老瞎子学二胡的事。其实，孝华手中的二胡，已经在说了。师父没有表现出过分的兴奋，只淡淡地说："学也好，不要误了学习。"孝华忙说他明白，那个《二泉映月》绝对好听。师父说："哦。在解放前，他就是走南闯北的人，这个《二泉映月》当时就很有名。"他没有说这个，给娃娃有啥说的，他还不懂啥呢。孝华学学二胡，倒不错，说很多盲人在音乐上都有天赋，听说他刚学了一年笛子就吹得很好。这孩子从来不在家吹笛子，他也没给买，他几乎都忘了这孩子有这方面的才能了。他记得曾经摸过孝华的脸骨架，不错，是有出息的娃。他没有给苏红卫说过这个，怕那个没见过世面的男人沉不住气。他打算过一阵问问孙二胡，看孝华有没有这方面的天赋。很多盲人二胡都拉得好，谋生不成问题。唉，万事都得有资粮呀。特别是音乐和做他们这一行的。

孝华用了两个多月时间就掌握了二胡的基本指法，虽然拉的曲子不那么好听，但至少可以成调子。“他就是耳朵好呀，曲子一听，就能跟着拉。”孙二胡给李神仙说。

“我现在听他拉还是跟拉锯一样，他真的有出息？能成多大气候？”李神仙问了个别人觉得好笑的问题。他能掐会算，难道还算不出这娃娃的未来？

老瞎子笑了：“你还算不出来？你是活神仙呢。过半年你再听，保准《二泉映月》跟我拉得差不多。这娃有出息。”

李神仙这回笑得更好看了，他已经和孝华有了感情。人说来也奇怪，他一辈子都一个人，也没觉得孤单，可有了孝华以后，他有些爱这个娃，想让他有个像样的人生。人说来就是贪字当头，小小的事情就能看到贪念来。人生都快到头的他，反思着自己的弱点。

跟在学校学笛子不同，孝华好像爱死了胡琴。他一放学，一有时间就练琴。吃完饭，他不再缠着师父了，也不像以前那样，有人来算卦的时候，他饶有兴趣地坐旁边听。师父说这就算上课了。他最近只惦记着琴。李神仙笑着说，娃娃就是娃娃，啥都是一阵风。孝华摇头，说他才不会呢，他要学好二胡，一定要学好。

房子太小，他的烂琴声会让师父和那些来算卦的受不了的。他自觉地和龙龙一起到半山腰没人的地方练习。龙龙对他绝对忠实，没有半点怨言。每当他拉一个曲子的间隙，龙龙还会舔他的手或者鼻子，就好像它听懂了一样。孝华看不见乐谱，好在学校教了识谱，他的耳朵也挺灵。孙老师，他现在再也不敢嘀咕着叫他老瞎子了。老师拉一句，他拉一句。好在他耳朵好，能听准音，否则会摸不着北的。一段曲子，只要听几遍，他就能找准音位，模仿得八九不离十。孙老师也夸他，说他有天赋，以后准行。这样学习加上苦练，没有几个月，他就从最初断断续续地拉《江河水》，到现在可以顺溜地拉出《良宵》《病中吟》《二泉映月》了。他知道自己还要好好练，他还没有拉出感情和感觉呢。在不断的练习中，他最喜欢《二泉映月》，那凄凄怆怆、如泣如诉的曲调，只几个音符，他就被彻底俘虏了。他觉得他就是阿炳，阿炳就是他。

他拉琴的时候，甚至忘记了自己在师父这里要学什么，要展开怎样的人生。他对卜卦算命那些事不像最初那么感兴趣了。师父也不勉强他，除了要求他背书以外，不坚持非让他学这些东西。孝华的特点所在，他正慢慢发掘，他不想压制一个娃娃的天赋。

3

十二岁了。师父说男孩子十二岁很重要，性格基本已定型，得立个志向了。这句话，让孝华想了很长时间。

这三年多，他没有回过渭河边的仁厚庄，除了爸爸，没有见过老家的任何一个人。他几乎要忘记那个村子了。他习惯了骊山脚下规律而又有趣的生活。学校老师没有发现他在学二胡，他没有说，也不爱声张。在那里除了学习书写读诵盲文书，他的笛子也给他带来了小小的名声。

有一个叫刘香的女孩，下课还拉他衣角，给他手心放了两块糖。他有点激动，心里甜丝丝的，那感觉真是不错。那温软的小手，触到他的手，他心里一动一动的。第二天，他都有想给她带个苹果的冲动。他压制了自己，师父一再交代他，他年龄小，是学生就做好学生的事情，不要折腾其他的，那只会扰乱他的心。师父就是神仙，啥都知道，就连他心里细微的变化都知道。他相信师父，有谁比他更重视自己呢？这三年来他跟着师父背会了《老子》和《易经·系辞》。师父说以后这些东西会影响他的未来，他相信。别人称为神仙的人他能不相信吗？

他以后到底是走算命卜卦的路，还是拉二胡搞音乐呢？他犹豫，内心摇摆不定。说心里话，这两样他都想干。他真可以给师父这样说吗？师父会不会对他失望呢？他爸之所以把他送到这儿，是为了让他跟师父学算命，现在他半路走了别的岔道，这有点对不起师父。孝华想着这个，眉头都皱起来了。

有一天晚上，师父跟他喝茶的时候，他们都不说话，龙龙也静静地趴在茶几旁，屋子安静得掉根针都能听见。他看不见师父的表情，但他知道师父在看他，在等待，等他的回答。已经两个星期了，师父一直耐心地等着。

“师父，我可以说真心话不？”孝华俩手搓来搓去，紧张得脸都红了，最后怯怯地小声说。

“你说。”

师父的话总是很少，孝华咽了口唾沫，道：“师父，我都想学。我既想跟你学本事，又想继续学二胡。”

师父哈哈笑了：“我徒儿的心真大呀，啥都想弄。”

孝华不敢说话，他等着师父的判决。师父不急不慢地喝着茶，香香地咂了咂嘴，缓缓地说：“好，那就都学。咱不在一棵树上吊死。”

孝华没有明白那句话，但知道师父同意了。他高兴地挪到师父跟前，抱住他，把头拱到了师父怀里。

师徒俩亲昵地扭成了一团。龙龙一看，兴奋地叫了一声，也趁机搭上前爪，跟他们挤到一堆。

第二天，师父就开始正式教他摸骨，万事都得从基础来。师父说骨相比肉相更准，精通相法的相师一定要学会摸骨相法，才能把一个人的生死祸福定准。师父继续给他说，这摸骨术就是细致地摸一个人的头骨、手骨、身体骨架，判断人的性情、喜好、能力、专长、格局及未来。师父进一步说，摸骨又叫摸手光，这骨又分为麒骨、狮骨、豹骨、鹿骨、熊骨、猫骨、鹏骨、鹰骨、雀骨、鲸骨、鱼骨、龟骨，每一种骨都有各自相对应的命运。摸骨术中有的是先摸头骨，有的是先摸手骨，一般是头骨为先。

李神仙叽里咕噜说了一大段话：

麒骨：生就麒骨为人贵，呼风唤雨有神威。一生富贵声名远，不在官场也发财。

狮骨：此骨生来不靠祖，成家立业全自主。坐等天财也会来，晚年衣禄更难数。

豹骨：生来此骨思变快，东奔西走不聚财。聪敏伶俐须定心，蟾宫未来可折桂。

鹿骨：此格生来好自在，一身衣食总无亏。东南西北到处游，防御小人跟头栽。

熊骨：熊骨生来好福相，摇摇摆摆无忧患。夫妻恩爱撑家门，一代要比一代强。

猫骨：此格生来真慷慨，东西发财亏南北。千金散尽不复来，须防老年独自悲。

鹏骨：生就鹏骨天性高，昊天振翅好逍遥。青云直上风送急，晚景昌荣乐陶陶。

鹰骨：生值鹰骨性格傲，为友尽力两肋刀。刀快须防下山早，剑光早敛莫出鞘。

雀骨：雀喙虽小能得食，衣食丰隆人不及。做事量小不君子，从来自扫门前雪。

鲸骨：此骨生来好气派，可惜做事无头尾。多学少成空费力，嘴大更须早敛财。

鱼骨：此骨生来喜欢游，穿州过府无止休。一生劳碌无祖业，晚年衣食总无忧。

龟骨：此格生来清静心，与人无争自在身。一朝时来又运转，旁人方知是龟精。

这么复杂，孝华听得一头雾水。李神仙不理会他，继续道："这些骨相，是根据人的出生年月日定的，通过生肖出生的农历月份就可知自己的骨相。"

李神仙只管说自己的，说这是根据他自己的经验，再结合道家传统技法而总结的一些诀窍。他又叽里咕噜说起了道家传统法术口诀："六丁护身咒，仁高护我，丁丑保我，仁和度我，丁酉保全，仁灿管魂，丁巳养神，太阴华盖，地户天门，吾行禹步，玄女真人，明堂坐卧，隐伏藏身，急急如律令。"

孝华问道家的口诀跟卜卦算命有啥关系，咋还要学这个。上课时候的师父很严肃，他不急不慢地说："卜卦看风水人是犯了泄露天机的重罪，他会得罪上天的主宰。所以要有几个重要的咒来守护。还有个咒语，也要背下来，每天念诵。"李神仙这次以唱诵的方式念起了咒——

这就是摄魔神咒：

> 乾坤一气，育我者七，丹元寂养，妙在勤息，善观太和，洞察出入，化贼为良，刺邪如戟，鉴耀金庭，常杜五逆，运闭旁关，洒扫净室，尘起于土，土安神逸，烟生于火，火降氛灭，金空有声，声不乱击，木坚则荣，守荣则实，水澄则清，贵清不溢，五政既持，利往从吉，二仪在户，循环赫奕，处暗愈光，交曲使直，纲纪吾身，晨昏怛惕，回度灵田，精华罗毕，顷刻敷威，群魔自息，皎皎无穷，用之不竭，无强无昧，无妄无溺，以大光明，圆通莫测，能斩飞神，能绝六疫，以玉为章，

玉无瑕迹，以金为章，金焚不洩，长诵五章，逍遥太极。

“师父，这样的咒语能保佑看相的人吗？为啥神要惩罚这些人呢？”孝华不明白像师父这样的人不是能通神灵吗，咋还有这样的危险。他在心里翻腾了很久，终于吞吞吐吐地问出。

师父站起来，给自己倒了杯水，坐下看着自己唯一的徒儿，感叹道：“徒儿，掌握天机的人，往往是有使命的人。然而，泄露天机的后果是：因为他的原因会改变一个人或某件事情的自然发展规律和因果规律。一个人今生有什么样的命运，由他前世或累世种下的因果而定，命运的大局是不能更改的，他该享受荣华富贵还是穷困潦倒，或是坐牢，或是遭遇横祸，这些都是命中注定的，所以才有天机不可泄露之说。一个泄露天机的人，是要遭受天谴的。”

“师父，你算命卜卦也是泄露天机吗？”

“天机分了多种。一个来卜卦的人要带礼金等给师父，这样才不会因求问天机而折福，相师吃天粮也不会因泄露天机而遭太大的天谴。”

孝华听得专心，“啊，啊”地回应，又问：“哦，那师父，怪不得那些人来都给你送东西。还有师父，我得眼病，瞎了眼，也是前世的因吗？”

“没错。俗话说得好：莫道因果无人见，远在儿孙近在身。《三世因果经》里也说：今生瞎眼为何因，前世指路不分明。今生缺口为何因，前世吹灭佛前灯。今生聋哑为何因，前世恶口骂双亲。”

“师父，我在前世也犯了不指路的错吗？咋这么可怕呢。”孝华吓得捂住了嘴。

李神仙看着面前长相清秀但瞎眼的孝华，他心里一悲，低声道：“一切皆有因缘。”他长长叹了口气，不再说话。孝华不自觉地靠向墙，身体发抖，他在想这因果，这神秘的力量。

有一天师父给了他一张纸，凹凸不平。师父说，这是出生年月份骨相的换算表，他找了山里的老道长要的，道长刚好有这个盲人用的，得和骨相表一起记熟。表里的数字代表阴历的月份，左边竖着的是属相，最上边横着的是骨相的名称。等你记熟悉了，我教你用的方法。

摸着这个表，孝华温顺地点头。自从师父给他说了因果之论以后，他变得寡言、勤奋、早熟，说话做事简直不像个孩子。他在心里说：我现在要好好做，通过努力改变未来。师父说了种啥因得啥果，而有些还会现世报。那如果他做得特别好，是不是眼睛能好呢？孝华没敢问师父，他只是暗暗下了决心。

4

没有人知道李神仙的年龄，他身体硬朗，步子矫健，就像吃了灵丹妙药一样。有人问孝华：“你师父有啥秘方？”孝华总是笑着摇头。

老道长夜深人静的时候来过李神仙的小屋，在孝华看来，他们说的话都听不懂，好像不是中国话一样。虽然每个字是中国的，可连到一起，就听不懂了。这是啥神秘的学问呢？聪明的孝华却久久想不清楚。

师父让背的东西，他都背过了，可他还是弄不懂。除了上学，师父下午接待那些前来卜卦的人的时候，都让他在身边。李神仙是把八字、摸骨、道家玄学结合在一起，在他给人看的时候，他开始让孝华练习摸骨。师父的话说得神秘，术语纷呈。孝华在脑子里寻找那些句子，还有口诀。他有个盲人同学也在跟一个盲人学算命，他们有时候互相交流一下，同学教给他的一个口诀，他也记得。

孝华有超常的记忆力，同学偶然在他面前背诵个啥，他都能给记住。他想，这跟师父教的有些区别，不大一样。他没有给师父说这个，师父注重他传承的严肃性，而孝华觉得把所有的都结合在一起，会有意想不到的效果。

一个下雨的午后，有个男人来算儿子的命，李神仙看着那个人，只说了一句话："《易经》说：积善之家必有余庆，积不善之家必有余殃！"

孝华纳闷，那人也没说啥，师父咋得的结论？师父让他摸那人的头和手，他也有点奇怪的感觉。只是他不很明确。那人再追问师父，师父不再说话了。那人走后，师父说："这个人曾经杀过人，而他的儿子不是他的血肉，他和他儿子都会进监狱的。"

"我刚才也觉得他的骨相跟其他人不一样，真是奇怪又可怕的命。"孝华挠着头道。

"一切皆有定数。"

一切皆有定数。这是师父最爱说的话。孝华跟着师父学了太多太多。

有一次，他照师父说的摸了一个人的骨，师父看的是八字，师父让他现在也学这个。师父对那有着一双软绵肉厚的手的女人说："羊见鼠，功名垂手取；牛见马，街头会唱话；鸡见虎，朝贫晚就富；猪见龙，世代食无穷。你是富贵命，你男人在东南方会发大财，你以后家里金钱满贯。"女人让细说，师父不再言语。那女人大方地搁下五百块钱，高高兴兴地走了。孝华问师父那女人富贵缘由。师父还是那句话：一切皆有命。他说，女人骨相对家庭很重要，有的旺夫，有的克祖，有的败家。比如，女人鼻子塌陷，克婚姻；罗圈腿，克丈夫，克长辈；宽腮奸佞报复心强；窄额胸无城府；暴腮窄额，见识短浅。而那女人，长相虽然普通，但是长着旺夫的贵相。她的钱一辈子都花不完。

跟师父练习很长时间后，孝华喜欢上了这个充满神秘感的玄学。师父说他有天赋，他说是师父教得好。其实脑子里那些奇妙的话他还不会用呢。师父说还不到时候。

孝华的二胡老师孙二胡让娃娃们叫他来了。因为忙着跟师父上课，他很长时间都没去学二胡了。几天后，他去了孙二胡那儿。孙老师说学手艺不能中断。孝华忙说，他没有中断，每天都在练习。果然，一听孝华拉的《二泉映月》，老师不批评他了。只说最近要让他学《赛马》。孝华听过《赛马》，孙二胡也说学了《赛马》是个标志。当天他就给孝华教了一大段。

能看见微弱天光的女孩莫小小，比孝华小一岁，她看上了孝华。她能看见人的轮廓。孝华高挑挑的个子，有艺术才华的样子吸引着她。一放学，她先接近了孝华的龙龙，经常给龙龙带羊骨头。龙龙喜欢这个女娃，从不对她汪汪叫。小小胆子大，给孝华带好吃的饼干，还拉他的手，有次还偷偷地亲他的嘴。孝华脸红，心也跳得扑通扑通的。孝华接受了小小，还借助龙龙带她去了骊山半山上他的秘密小洞。坐在石头上，他给她拉了二胡，小小被感染得哭成了泪人。音乐的共鸣使他们感受到了朦胧的爱情。

龙龙总是静静的，看着主人，守护着主人。

李神仙不知道他的徒儿还弄这等风花雪月的事情。他已经像别人说的，修成人精了，不需要儿女情长。那些儿女情长的事情，就像是上辈子的事，他不需要记起。

徒儿也不需要这些。人弄这叫爱情的东西是要痛苦和遭罪的，他不想孝华以后痛苦。

然而李神仙没有提醒孝华这个问题，他觉得孝华年龄还小。

孝华根本想不到师父给了他的初恋一记闷棍。

“没有学到本事，还眼瞎，以后你想结婚带着女人喝西北风呢。”

孝华不吱声。

师父继续：“徒儿，你看不见啥，你要比别人付出更多才能生活。而且你也不是过一般正常生活的命，不要搞这令你痛苦的感情。弄那些爱情的，都是啥都不知道的世俗人才弄，你以后最差也要走我这样的路，平静、安心、快乐地过人生。”

孝华不知道这痛苦在哪里，明明他心里甜丝丝的，他怯怯地问：“算命的都是师父这样的人吗？真不能过正常生活吗？”

“啥是正常生活？我是不想让你痛苦。想想你爸你妈，你还愿意那样过吗？”

神仙师父没有动武力，就顺利让花骨朵般的爱情凋谢了。失去爱情的孝华用二胡悲伤凄楚的旋律消解年少的他自认为的忧愁和心痛。因为这痛，他的二胡拉得更是凄迷动人，常常惹得李神仙掉下眼泪。

李神仙不由得感叹：唉，这孩子。

第五章 慕青

窥观，利女贞

1

趁着天黑，慕青悄悄抱着孩子回到自己的小家。她现在还不能让爸妈知道，他们都是极其严肃又传统的人。

这里是妈妈单位的福利区，也算是宿舍。院子不大，她的屋子也不大，只有一室一厅。慕青从小在这里长大，爸爸的单位分房子后，他们家搬到了那里。有了这个小不点孩子，她得分外小心。

慕青求学阶段一直过的是住校生活，假期才回家。直到她研究生毕业，在F大艺术系谋得一份教职，她才真正意义上从父母家搬出来了。她和一个女老师住学校宿舍，一个屋子两个人，她总熬夜，而她的室友总带男朋友来，有时当着她的面亲热。她受不了，就搬到离学校只有一站地的这里。有课时，她才去学校，没课时她就宅在家里，过着一个艺术女孩的人生。好在有她的好朋友方和之隔三岔五地过来，她一点都不孤单寂寞。

在山里捡到这个孩子，慕青心里有种莫名的兴奋。她的发小郭毅凡，爸爸是公安局长，他借着父亲的关系早早下海，赚了钱，风光地开着在西安城少见的四个圈圈的奥迪。他对慕青来说是招之即来，挥之即去，今天就是他陪慕青去山里散心的。慕青总有搞艺术的人的那些毛病，动不动爱感伤一下。郭毅凡习惯了，也习惯了当她的司机。进秦岭里瞎转，几十个峪几乎被他们跑遍了，没想到今天会捡到一个小孩。他坚持要把孩子送到派出所或者孤儿院，可慕青就是不同意。从抱住那个孩子那刻起，慕青就不愿意松开了。

她从字条里知道了孩子叫红豆，她打算保留这个小名。她不敢带她去父母家，严肃的他们不会接受一个姑娘家收养小孩的。在他们的观念里，正常人只能养自己的血脉，别人的孩子养不熟，到头来只能是白忙活。

善解人意的郭毅凡第二天就搬来一张婴儿床，还买了几样玩具。

为这个小红豆，慕青昨晚忙了整晚。她先是到百货商店买奶粉，孩子的衣服、用品、玩具、尿布，一大堆东西，她都拎不动了。晚上又不好叫方和之出来，也不想让人看到这些，只好打出租车回来。孩子大概是认生，一晚上不是哭就是闹，慕青都不能连睡半个小时。

她几乎一夜抱着孩子在屋里转，小声唱着童谣。所以郭毅凡敲门，半天才把她敲醒。她睡眼蒙眬地开门。红豆也已睡醒，眼睛睁得圆溜溜地四处看。这会儿她也不哭，小腿向上乱蹬着，小拳头放到嘴里啃，玩得自得其乐。

“这小家伙挺乖的，好玩哦。”郭毅凡用手逗她肥嘟嘟的脸蛋，笑着说。

“哼，乖什么。直闹了一晚上，我一直抱着她在屋子里走来走去，我站着都快睡着了。”慕青揉揉眼睛道。看着红豆可爱的模样她也笑了，说，“我昨天在百货店就想买婴儿床，没有好看的，再说也拿不下了。”

郭毅凡边安装婴儿床，边说：“以后这需要出力的活就交给我。”

慕青到厨房烧水，隔着门说：“好。现在男同学中只有你有车，当然要用了。”方和之有家又有孩子，她当然不能让一个女孩干出力的事情。

“愿意效劳。”郭毅凡动手能力很强，一会儿工夫已经安装得差不多了，他给慕青挤了下眼道，“你就当我媳妇吧，再说现在都有个娃娃了。”

慕青气得用毛巾甩他的后背，气呼呼地说：“又胡说。再乱说就打你了。”

“老同学，我说的是真的。你又没结婚，带个孩子，会招来闲话的。”

“有闲话就有闲话，反正你别乱想。我们是发小，仅此而已。”

郭毅凡把装好的床按慕青的旨意搬到她的床旁边，拍了拍手道：“好，知道了。”郭毅凡虽然这样说，其实心里并没有完全放下。他们是小学加中学同学，以前又是邻居，他早都把她当作自己的人了。再等等吧，他心里嘀咕。

在慕青怀里的红豆，乖巧可爱，正专心地吃奶瓶里的奶粉。郭毅凡蹲在旁边看，不由得想逗孩子。

“你打算怎么养孩子？”郭毅凡看着红豆骨碌碌的大眼睛问。

“自己带呗。”

“工作怎么办？你还要上课呢。”

“是啊。那我只好把她锁在屋里了。现在她还小，应该没什么问题。其他时间好办，就是周二，早上一连四节课，有点麻烦。”

“我来吧。”郭毅凡想都没想就说。

“你生意怎么办？”

“我是老板，只要安排好，不需要跟别人请假。”

慕青想了想，说：“那好吧，暂时先这样。到时候我想到其他办法，就解放你。”

那天郭毅凡走的时候，慕青给了他一把钥匙。因为有了这个秘密，他们的心近了好多。分享与承担给了好朋友一个机会。

慕青的妈妈路虹没想到在女儿屋子里有个四五个月大的婴儿。

那天她没事，包了些饺子给慕青送去。平时她经常这样送这送那，也给她打扫打扫屋子。她打开门，换了拖鞋，进了厨房把饺子冻到冰箱里，突然她发现了小孩的奶瓶。她一愣，没反应过来。正拿奶瓶看时，有孩子的哭声从里屋传来。她一个趔趄奔到卧室。婴儿床，婴儿，一下子把她吓呆了。缓了一会儿神，她不由自主地抱起孩子。孩子不哭了，大眼睛骨碌碌地看她。

路虹围着屋子乱走，急得像热锅上的蚂蚁。怎么会有这个孩子？她是谁的？难道是她青青的？不可能呀，她每个月都回家，她从没有过大肚子。那她从哪里弄来的孩子？一个大姑娘有孩子怎么办呀？一个个问题，搅得她心里乱糟糟的。就在这时，防盗门响了，她的宝贝女儿左右手都拎着东西进来，换着鞋就喊："红豆，妈妈回来了。你哭了没？"声音甜美得就像个真正的妈妈。

当她突然看到妈妈立在她面前，手上的东西哗地掉到地上。她吞吞吐吐地说："妈，你怎么过来了？也不说一声。"

她妈拽着她耳朵，气呼呼地打她屁股，骂着："提前给你说，你是不是就把小孩藏起来了。你倒说说这小孩是谁的？”

“疼，疼，妈你松手。”慕青揉了揉被揪红的耳朵，嘟了下嘴，怯怯地说，“是我半个月前去山里玩，捡的。妈，她漂亮吧。”

她妈又狠狠地打了她一下，道：“捡的？哪有那便宜事？再说了，捡的，就该送到孤儿院，带回来干啥？你还想养着不成？”

慕青严肃地点点头，对着她妈搓着手说：“妈，求你了，让我养吧。我从第一眼看到她，就觉得是我的孩子。”

她妈气得呼呼的，不看她。慕青挪过来，抱住妈妈撒娇：“妈，你最爱我了，就同意了吧。”

她妈叹口气说：“傻孩子，你以为养娃是养猫养狗呀。你个姑娘家带个娃别人会咋说？都不考虑一下现实。”

慕青嘟着嘴，不吱声。她妈继续絮叨：“你都二十六了，还没男朋友。你如果带着这不明不白的娃，以后咋找男朋友嘛。”

看着慕青低下头，路虹觉得自己的劝起了效果，忙又说：“青青，乖。把她送到孤儿院，咱们有时间去看看她照顾她就可以了。你现在还年轻，要考虑自己的前程。”

“不，我不送。”慕青陡地站起，坚决地说，“我要养她，她以后就是我的女儿。”

“那你以后还结婚不结婚？带着个娃，像啥样子？”

“结不结都行。”慕青嘀咕道，“反正我也没打算非要结婚。”

她妈啪地又打了她一下，气得都要掉眼泪了，说：“你一直都很乖，现在大了，怎么不让妈省心？咱是西安的老户，你都不怕街坊邻居的闲言碎语？”

“老房子早都被政府没收了，哪有什么老邻居。在这城市，大家都各过各的，谁管谁呀。再说，我也不妨碍谁呀。”

娘俩争执不休。慕青很坚持，路虹说不过女儿，她叹了口气，临走说再也不管她了，大了，她管不住。

妈妈走后，慕青哄睡了孩子，坐在沙发上陷入了沉思。以后要面对的人还会有很多，别人异样的目光、邻居的白眼、学校的问题，还有最重要的，孩子的户口。这些都是麻烦事。有了这孩子她还能继续画她的油画吗？很多问题都摆到了面前，慕青抱着脑袋想了又想，理这烦乱的思绪。

2

多方奔走后，慕青终于如愿给孩子上户口。

红豆如今有了法律意义上的名字：陈如是。

慕青没有信佛，只是她偶然会翻起佛经。“如是我闻”，这几个字常常吸引她。她喜欢“如是”这两个文字的简单和美妙，她希望她如今的女儿也像这字一样简单而美好。曾经的如是是被遗弃的命运，而今跟着她慕青，如是的人生将会不同。她要带如是进入一个新的世界。

慕青的爸爸从不到她这里来，妈妈应该没有说起如是的事情，否则一贯一板一眼生活的他早该暴跳如雷了。她还是像以前一样两周回一次父母那里，只是时间缩短了，仅仅去吃个中午饭。那时，她会把孩子锁在房子里，或者让她的死党方和之照顾，方和之和爱人刚从欧洲旅行回来，现在可以帮她照顾如是了。总之要瞒过爸爸。

方和之是个斯文雅致的女孩，是慕青大学同学。她学的是水墨，她的雅致真是和了她的名字。她们俩能成为好朋友，还是因为在画室占画案，俩人当时起了小小的冲突。慕青拗得异常，让一贯不喜欢搭理人的方和之狠狠地关注了一下，后来主动约慕青。很快，学油画的慕青就这样和方和之好上了。俨然是中西合璧。慕青那段时间正无聊，一段似是而非、不痛不痒的恋爱，以帅气男友的劈腿终结。慕青厌倦了，她甚至考虑找个女伴，特别是方和之这样有品位的女孩。

她们在艺术学院是一道漂亮的风景线。慕青惊艳的美和方和之的古典雅致相得益彰。开始是方和之配合慕青，后来是慕青配合方和之，她们在学校形影不离。当慕青正式对方和之示好，以一种爱慕的方式表达的时候，方和之吓坏了。她躲她、远离她，后来干脆借着毕业去了北京。三年时间她杳无音信。直到慕青研究生毕业，她才像个幽灵一样突然出现在慕青面前。她们没有抱怨，没有生疏，没有时间所带来的隔阂。这时的方和之成了一个古董商的妻子，而且有了个一岁的儿子。衣锦还乡的方和之把房子买在了慕青学校附近，她没有解释原因，也没有过问慕青的生活。好像她一直知道慕青一样。她有时候过来给慕青做饭，有时送吃的。成了家的她懂得照顾人了。她也知道郭毅凡，但从没把他们看成一对儿。当她知道慕青收养如是时，只嘀咕道，她一不在，就惹事。之后她再没说其他反对的意见，她似乎就像了解自己一样了解慕青。

慕青最初不敢让和之知道如是的事情，她怕唯一的女友反对。走了一半青春的慕青非常珍视这份情谊。方和之只淡淡地问她，有了如是以后怎么找男朋友，怎么嫁人呀。慕青默然一笑，没有说话。和之也不再追问，她以自己的方式理解慕青。

当了大学老师的慕青有了自己的画室，反而画得少了。她常常喜欢窝在自己的小屋，特别是如今有了如是。在下午阳光好的时候，和之有时会牵着儿子来。她们用简陋的厨具做最传统的食物，有时候和之会烤个饼干西点什么的。

两个女人，两个孩子，食物，水果，红茶，一卷古典诗词，孩子的嬉闹声混合着食物的香味，这闲适的时光，使她们看上去诗意又美好。和之笑眯眯地看着如是，竟说起了娃娃亲这样的玩笑话。

如是转眼一岁了，慕青不能把孩子永远圈在屋子里。她带她学走路，去公园。和之有时候会开着车载她们和她儿子去秦岭里玩。慕青下意识地避开那个峪口，好像别人知道那天她在峪里捡孩子的事，怕她的如是被人抢走一样。那个峪口是她和郭毅凡的秘密，她没给任何人讲过。

有了大学那次恋爱的伤害，慕青总是避开男人的追逐。不管是优秀的博士，还是帅气的白领，她都淡淡地拒绝。在夜深人静的晚上，她几乎要怀疑自己的性取向了。她难道不喜欢男人吗？她难道就不需要吗？其实问题一提出，她马上掉转念头，想其他事情去了。她甚至忘记了自己美丽的容颜。

不知道从何时起，她不再穿艺术家那样的奇装异服，不再把自己打扮得惊艳。她喜欢上了布衣，不是白就是黑，要么是没有颜色的本色麻。她在自己身上寻找和之的影子，只是和之现在不再走文艺路线的穿着了。慕青的布衣在一群时髦靓丽的女人中突兀而抢眼，她依然是另一种惊艳。方和之知道她，如同理解她给如是起名如是一样。

“慕青你本来就不是这里的人嘛。”方和之看着窝在沙发上看《丝绸的起源》一书的慕青，幽幽地说。慕青听了去，也不去看她，只是淡淡地说，你何曾是这里的人？

明明是世俗的生活，说起话来，竟有了《聊斋》的意味。

两个孩子都不能拉她们进入世俗，她们向来是脱俗的女子。慕青的屋子，只有郭毅凡的到来，会给这屋子带来滚滚红尘。大包的食物，大袋的水果，还有如是的进口奶粉。疯了，就好像他是如是的爸爸一样。每当方和之这样开他玩笑时，他大方地一摊手，说：“没有我，慕青搞不定这些。我是苦命人呀，认了。”

如是最喜欢他来，就好像知道干爸是很亲近的关系一样。倒是慕青的妈妈很提防郭毅凡，怕他借口如是对慕青下手。郭毅凡没有上大学，慕青妈不喜欢在社会上混的人。慕青笑妈妈的迂腐。在她看来，发小郭毅凡永远是哥们儿，是铁杆，是她的守护神。

不管慕青如何注意小心，在如是三岁的时候，学校还是知道了如是的存在。在二十世纪九十年代初的西安，一个没有结婚的女孩有了私生子，是不能原谅的。慕青没有解释收养关系，她只是无助又好笑地看着向她大发雷霆的系主任。脸肥胖得流油的主任用残忍可笑的语言抱怨她、骂她，慕青忍住在眼眶里打转的眼泪，故意不去听主任的训话。

她知道自己的尊严在那一刻丢尽了，重重地掉到了地上。疯了，她要疯了。她听出了主任说学校要对她除名的话，最后似乎又对她小小地发了下慈悲，允许她个人提出辞呈，这样档案里存底会不同，不像开除那样严重。慕青没有求饶，当即回到办公室写了辞职信。当天，她收拾了办公室，画室里自己的私人物品、画和空白的画布，方和之来帮她运了回去。在这学校，她不能让郭毅凡出现，他们见了看上去有钱的他还不知道说出什么难听话来呢。

慕青终于成了没有单位的人，没有人给她按时发工资了。她暂时不能给妈妈说，因为如是，她惹下的祸还没有化解，现在倒好，又来了个超级炸弹。

得离开西安了，慕青对方和之说。和之眼泪扑簌簌掉了下来，低声地说："人家刚奔你来，你又要跑了。"

她们俩抱在一起，哭了。泪水汹涌，撕心裂肺。

在这个不眠的夜晚，慕青哄如是睡觉后，靠在床上翻开《中国地图册》，她在仔细寻找适合自己去的地方。

那该是怎样的土地呢？慕青自言自语。

第六章 慈　颜

解而拇，朋至斯孚

1

那天慈颜在村里一个大嫂的帮助下回到了娘家。背篓中的娃娃和包袱，似乎说明了一切。一听说她离婚，一家人大大小小都对她没有好言语。慈颜看不到他们的表情，但可以想象出那些脸肯定是扭曲的。慈颜一声不吭，乖乖地听着等着。慈颜爸制止了乱糟糟的吵闹。

他们被迫接受了残疾的慈颜和她的娃娃。慈颜没敢说遗弃了红豆，她说那个娃留在金锁家了。没有人怀疑她说的话，在他们看来，瞎眼的慈颜娘俩已经够他们受的了，少养一个娃最好。

大概是觉得慈颜她们是长久包袱的缘故，嫂子没有了上次礼节上的过渡，一开始就对她爱理不理的。妈妈倒还心疼她，帮着她带孩子，也照顾她。可在这原本自己的家，她还是感到了陌生。她知道，在她们这里，嫁出去的姑娘就是泼出去的水，再这样灰溜溜地回来是会惹人厌的。可是她眼睛看不见，孩子又这么小，她该去哪里呢？她没有地方去。

慈颜想着法子做点家务，擀面条、炒菜、煮稀饭、蒸馒头、打搅团、扫地等，她都会摸索着去做。可是毕竟她看不见，擀面条的时候，面粉撒了一地；炒菜忘记放盐了；蒸馒头把自己的手烫了一溜儿水泡；扫地碰倒了地上的洗脸盆；到门口的涝池洗衣服，差点儿掉到水潭里。总是跟在她后面收拾烂摊子，她妈妈从开始的忍，到嘀咕，到现在的抱怨了。妹妹慈莲现在住校，明年就要高考，不敢回家再耽误时间了。

妈妈经常跟她睡在一起，帮着她照顾小米。几个月下来，因为慈颜的缘故，家里吵架多了，怄气多了。慈颜变得敏感又焦虑。她怕被赶出去，怕流落街头。

村东头的李媒婆，突然来家里两次。神神秘秘地跟她妈嘀咕什么。慈颜知道别人不喜欢看她这张脸，就识趣地回到自己屋子，给小米织毛衣。她压根没想到，李媒婆的来访跟她有关。那个晚上，妈妈细言细语地跟她说话，她就觉得不正常。

“是隔壁村的，四十岁都没结婚，家里弟兄两个，老大分出去了，人厚道，老实。”她妈说得突兀，没有铺垫，“你就去吧，人家不嫌你眼睛。”

慈颜哭了：“妈，我不想再嫁，我怕。”一想到在金锁家受的虐待，她就浑身哆嗦。

“娃呀，你在咱家不行。你嫂子不会同意的，给我说了多少难听话了。再说，你才二十多岁，得过自己的日子，爸妈不能跟你一辈子。”她妈也掉了几滴眼泪，摸着她的头说。

“你们谁都不爱我，我还不如死了算了。”慈颜赌气地说。

“瓜娃，你死了，谁管小米？”

娘俩都不说话了。从来不进她屋子的爸爸撩帘子进来了，抽着廉价纸烟的他长长地出了口气，闷声说道：“颜颜，你就听你妈的话。到了那边你还自在些，这里毕竟不再是你的家了。离咱家近，到时经常去看你。”狠心说完这句话，慈颜爸手朝后一背，出去了。

慈颜知道拗不过爸，她现在也没资格说啥，她在娘家只能给家里添负担。不能回报父母的养育之恩，反而成了他们的拖累，她不愿意。那个夜里，她娘俩谁都没睡着，快天亮的时候，慈颜推了一下妈的胳膊说她同意了。

那边催得急，因为慈颜是再嫁，她娘家也不准备啥，她妈只是悄悄地给她买了一身衣裳。

没有彩礼，没有迎亲的花轿，没有乐班的吹吹打打，没有宴席，慈颜和她的小米被那个老光棍用个架子车拉走了。慈颜似乎能感觉到她妈站在门口抹眼泪，老爸蹲到地上闷不作声抽烟。嫂子在院子里喂鸡，声音脆亮，透着喜悦。慈颜听着心酸。

又一次离开娘家了，她身上盖着那个黑底红花毯子，眼泪从大大的墨镜下面淌出。小米一直哭，惹得慈颜也哭出声。在半路上，大概是听烦了，她的新丈夫老光棍李土改把架子车狠狠往地上一扔，蹲在路边抽旱烟，嘴里骂骂咧咧："臊气得很，不要哭了。你伤心，不情愿，我还嫌你是瞎子呢。"过了一会儿，他戳了下慈颜的胳膊说，"你再哭，我不要你了，把你送回去。"

这话真把慈颜吓住了，她顿时不哭了，娃娃的哭声也小了。这难道是她的命？慈颜又一次认命了。

公公婆婆都对她不错，没花钱就给土改娶到老婆，他们从来没敢这样想。眼瞎了只要不影响生娃就行，在农村，娃娃多了不愁劳力。他们只盼慈颜赶快能给李家添个丁。

小米已经会站立了，嘴咿咿呀呀地说个不停。她婆婆还算喜欢小米，经常抱着小米出去串门子。这家人倒是实心人，慈颜也打算好好跟土改过日子。

慈颜几乎包揽了所有的家务，洗衣、做饭、打扫屋子。过得时间长了，慈颜才发现土改没有上过学，没文化不说，还有点差成色，说话做事都不着调。慈颜在没有人的时候哭了两回，知道自己没地方可去，就安下心来。土改对她也还实在，知道她看不见，在赶集的日子给她买了个收音机回来。慈颜很快爱上了这会说话的东西，她的世界丰富了好多。她能听她喜欢的小说、秦腔、眉户戏，还有她关心的新闻、评书联播。她在家不管干啥，收音机就摆在她旁边，她突然对干啥都有了兴趣。

傻土改跟着他爸每天都在地里忙活，弄得一身臭汗。他简单洗了手，就端起脸盆一样大的老碗吃慈颜擀的燃面。面吃得呼噜噜的，嘴吧嗒响得就像后院墙根的那两头猪。不想听这声音，慈颜躲到厨房，吃饭，听她的收音机。

不管是夜里还是大白天，土改只要回到家里就想跟慈颜弄一回。他好像有使不完的劲儿，也不在乎慈颜的感受。女人，就是来生娃的。也不管她身上流着血来月经，只管弄他的。他就像个动物，干活弄吃的，然后发情。有时候都不回避他妈，他妈抱着小米乐呵呵地串门去了。

这一家人，眼巴巴地指望着慈颜的肚子能有一天大起来。可慈颜就像被捅烂的皮球，肚子总是瘪瘪的，没有一点变化的迹象。慢慢地，土改的态度发生了变化，他不再像当初那么有兴趣在慈颜身上耕耘了，也不给她买街上的油饼和油糕了，对小米也没以前好了。

慈颜心里不好受，她希望她妈能来看她。但是并不像他们说的那样，爸妈来得很少，让慈颜感觉他们像卸了负担，尽量把她推得远远的。也是啊，她现在既不是林家的人，以后也不是林家的鬼了。

小米长得乖巧可爱，会叫妈、爸、爷爷、奶奶。虽然走起路来跌跌撞撞的，但总喜欢在院子走来走去，还逮着机会就往大门口跑。慈颜根本看不住她。为了能拉住小米，她跌倒过好几回了，有一次还撞破了额头。

瞎了的人，就安心地待在家里。她婆婆对她嘀咕道。慈颜不能说啥，她这不争气的肚子让她说不起话。婆婆开始有点冷言冷语了，给她公公叨叨："这不下蛋的母鸡留着弄啥，都是累赘。"公公叹了口气，说："再等一年看看。"

慈颜真想快点怀个娃，那样她就能在这屋子待下去了，她和小米就有家了。她会摸索着干不少活，甚至学会了缝棉袄，给小米梳头发编辫子。连土改的鞋也是她做的。

没有人交流的日子孤单苦闷，土改从不会跟她说啥体己话。他是个大老粗，又说不了啥，只要不惹她生气都是好的。弄完了那种事，土改都是呼呼大睡，呼噜打得像拉风箱。慈颜睡不着，她就听她喜欢的《长安夜话》。主持人绵软带磁性的腔调像磁铁一样牢牢地吸引着她。她从那里知道很多人都过得不快乐，城里人也有这样那样的问题。她还在夜间新闻里听到了他中学同学吴新明的名字，那家伙现在是省电台的大记者。慈颜记得那个身高只有一米六五的男同学，在学校时，他的学习还不如她呢，但人家运气好，第一年就考上了大学。慈颜跟同学没有任何联系，没想到一点都不起眼的吴新明成了最吃香的记者。她只觉得，他离她好远，远的就像是另一个世界的人，但她还是悄悄地记住了吴新明工作的省台的地址。

一直喜喜乐乐的小米在院子要时，突然哭了。慈颜着急地大声问怎么了。没有孩子的回应，土改怪怪的笑声传来，说没事，孩子跌倒了，没啥大碍。看不见的她根本不知道，小米被土改拿烟头烫了胳膊，怕她哭捂住嘴拉到后院去了。

一直不见慈颜怀孕，土改有些抓狂了。动不动摔门砸凳子，骂她是不下蛋的母鸡，下不了猪娃的母猪。慈颜回嘴说，生娃又不是一个人的事，还不定是谁有问题呢。这可了不得了，把传宗接代视为大事的土改，觉得慈颜是在侮辱他，拿起身边的木棍就抡了过去。慈颜“啊”了一声，就倒在地上，血从额头汩汩流出。她婆婆骂土改是疯子，拿了块棉布堵住慈颜的血，又在地上刨出一把新土一股脑地抹在慈颜的伤口上。小米给吓哭了，拉住慈颜的衣襟，瑟瑟发抖。血是止住了，可慈颜的心被撕成了碎片。她已经哭不出眼泪了。

有一天，屋子只剩下小米和她在。她搂着小米在院子里晒太阳。她无意中摸小米的胳膊，不像以前那样光滑柔软，竟有几处坑坑洼洼。她问小米，小米说爸爸不让说。慈颜连哄带骗，小米终于说是爸爸拿烟头烫的，疼，疼。小米这才哇哇哭了。慈颜想哭，但已经哭不出了，她紧紧地抱住娃，浑身发抖，牙咬得嘎嘣响。

没有能力报仇，慈颜第一次想到了逃跑。不能再回娘家了，那里没人欢迎她。听了一年多广播的她，一直思谋着自己的出路。这次她决定借助吴新明所在的电台。她悄悄地凭着感觉在能找出来的纸上，写出她可怕非人的遭遇和生存的艰难。写好后，她托邻居学生娃寄给了在省台当记者的吴新明。信寄出后，她煎熬一样数着日子，每过一天她就在她屋子门框边的墙上刻个道道，她盼有人能来，把她解救出去。

在她刻第三十二个道道那天，她家闹哄哄地来了好多人。是吴新明记者带着人来了。有省妇联的、省残联的，电台来了两个记者，一个是吴新明，另一个说是要对慈颜进行采访的节目主持人。

吴新明抓住慈颜的手，说信收到了，她的问题会解决的。他没有跟她多寒暄，没有像同学那样表示些什么情谊，他说话公事公办。慈颜克制住了自己的激动，识趣地跟吴新明像陌生人一样保持距离。两个小时的采访结束了，省妇联、省残联都表态回去就联系，帮助解决林慈颜的困难和问题。

记者们浩浩荡荡地走了，慈颜沉浸在命运要改变的喜悦中。土改一家人哪见过这阵势，刚才记者采访时就躲在屋里不肯出来。傻呆呆的土改问慈颜这阵势是干啥，慈颜说是让她上广播里说话，要解决她的困难。土改头一梗，说:“你想得美，人家要你瞎子干啥?”慈颜没法和他交流，不再说话。她手里攥着妇联残联给她的慰问金，吴新明临走时也往她口袋塞了钱，还悄悄地给慈颜说，他回去会督促妇联残联，一定会想办法解决她的问题。有了他这句话，慈颜有点踏实的感觉。

这个晚上，她又奇怪地梦见那个白衣人。半夜醒来，她似乎能清晰地看见那个人，白衣飘飘，向她微微笑着。他是她的守护神。他的出现，令慈颜一震，她知道他不会不管她，他不会让她一辈子都这样凄惨地活着。

2

媒体的力量是巨大的。省台报道后，省报又来采访。慈颜悲惨的遭遇引来了社会上许多人的同情。虽说那个恶魔去年抓到后就立即枪毙了，但他留给慈颜的伤害一辈子都抹不掉。她的情况连省里领导也关注了，还明确给残联、妇联下了批示。妇联和残联第一次联手，打算把扶持慈颜当作党心系残疾人、扶持残疾人的典型。一个中午，他们派车把慈颜和小米接到西安，直接把她送到自强盲人按摩学校。政府出钱建的这个帮助盲人学一技之长的学校，已经两年了，因为很多盲人都不知道，也就没有渠道来这里学习。

慈颜不光可以免费学习，连生活费也得到了政府的支持。在这里可以学习按摩，还能根据自己的兴趣学习盲文。这是三年来她第一次得到人的待遇和关照。大概因为她是省里特别关照的，学校领导和老师都对她特别好，学校最好的老师专门教她按摩技法。受了这么长时间苦的慈颜非常珍惜这次学习机会，极其努力，练习也很刻苦。

对于小米，妇联给她联系了个幼儿园，是全托，一周送回到慈颜这里一次，也是免费的。本来这次接她出来学习，妇联的领导没想着安排小米。慈颜哭着说那个不知轻重的土改把小米用烟头烫过好几回，虐待她，又不是他亲女儿，她不放心把小米留在那个家里。其实，慈颜这次出来，就没打算再回去。反正和土改又没有办结婚证，利利索索离开那儿，就当自己做了一场噩梦吧。慈颜想都不愿去想那些可怕的日子。

西安有热心的市民看了报道，拿着吃的、用的，来按摩学校看慈颜。有一对老夫妻，倒了两趟公交来给慈颜送钱和小米吃的零食。这些温暖的援手，让慈颜有了生活的力量。

她曾经恨死那个恶魔，可真正抓到他把他枪毙了，她并没有想象的快感和喜悦。她妈有一次想给她详细说逮捕和枪毙那个恶魔的事，她拿话岔了过去。她不想听，不想知道那个人是金锁家邻村的人，还是他妈的远房亲戚，不想知道那个男人不光害了她，还糟蹋了别的女娃。千刀万剐都解不了恨。可是那人死了，她的眼睛也恢复不了了。她的梦想随着那次灾难发生了巨大的转弯。文学、大城市跟她没有多少关系，她现在当务之急是得学个本领，养活自己。

老师教得认真，慈颜也舍得出力。很多人都认为按摩是个体力活，但慈颜不这样看。她认为把按摩技法跟中医的知识结合到一起，才能起到治病的效果。学校的课设置得很全面，她系统学习经络、穴位、解剖、保健按摩、不适症的治疗、足疗、人体解剖学、中医学基础理论、经络腧穴学、按摩学基础、足底按摩、全身保健按摩手法及操作程序、常见病的诊断及按摩治疗、灸疗火罐刮痧疗法、按摩师职业道德、火疗、泻血疗法、针刺、少儿推拿、针灸减肥、中医美容等。其实在第二年的实践课中，慈颜就可以独立按摩了。为了练就一副过人的本领，学员们彼此拿对方的身体练习。在学校里，慈颜慢慢开朗起来，有了笑声，有了梦想。

土改来找她了两次，想让她回去，她拒绝了。有了这样的学习机会，她怎么可能再回到那个让她眼泪都流干了的地方。她以后要独立养活自己和小米，不会再靠别人了。

终于可以毕业了。慈颜成绩优秀，而且盲文也学得很好。学校给她颁发了优秀学员证书。省里领导在妇联和残联领导的陪同下，来看望了她。领导的亲民惠民，媒体极力宣传报道。有了这些报道，直接的受益人成了慈颜。她被顺利地安排到中医院的按摩科，虽然没有正式编制，但给她提供宿舍住房，而且工资也不低。

听着别人一声声地叫她林大夫，慈颜心里美滋滋的。她现在对宿舍楼到治疗楼的路很熟悉了。不需要别人帮助，她自己可以安全地来来去去。工作半年后，因为她的按摩手法好，穴位也点得准，专门找她按摩的人越来越多。她给科里带来了效益，科长很高兴。

有了点经济基础后，慈颜把她妈接了来，让她来照顾小米。她不喜欢小米一周回来一次，也嫌那种全托花费高。自从她能挣钱，小米幼儿园的费用就由她来交了。她知道感恩，她不能老接受政府的照顾。她给她妈说了她的计划，她想以后自己开个按摩店。她说，在这大医院好是好，也轻松，但她又不是正式的，没有前途。她妈没想到瞎了的慈颜出息了，穿着白大褂，脸也白净，连穿戴都有些像城里人了。说不定以后她的养老还得靠慈颜呢。这年头儿子儿媳妇靠不住，他们为分家都闹活一年多了。以后如果慈颜能开店，她就跟她爸都来给慈颜帮忙。慈颜妈有着自己的盘算。

在这按摩室，也是个职场，总有这样那样的事情，也会遇到奇怪的病人。

他们科外间加两个里间。外间三个床，里间都是单独的，只有上面的领导或者 VIP 客人才能在那里面。一般一来重要客人，科长会亲自上阵。科长是个明眼人，快五十岁了，干了近二十年针灸按摩，在西安市有些名气。只是他脾气坏，嘴爱说，常常得罪人。干瘦干瘦的一个老男人，劲大得很，给病人治病也舍得出力，就是爱说病人得这病得那病那些让人不舒服的话，病人为了治病都忍着他。有一次，他话又说重了，这回来的人是黑道上混的人，人家来做全身保健按摩，他又絮絮叨叨地说人家肾不好，弄那事不长久。那人立即翻起身，狠狠瞪他一眼，猛地给了他一拳头，拔出刀子挥了挥，恐吓他说："以后再管不住你的臭嘴，小心让你见血。"

科长吓瘫了。在外屋的慈颜正给一个颈椎病人按摩，突然听到里屋闹出声响。那人虎虎地走后，科长脸上挂不住，也尴尬地出去了。这科里的元老孟大夫，比慈颜大十几岁，是个肥胖的中年女人，她悄悄拉慈颜，说一会儿等她下了钟给她说悄悄话。慈颜答应着，但寻思咋样能不听她说那些是非话。她知道孟大夫是元老，技术也好，但就是爱搬弄是非。常常跟这个嘁嘁喳喳，跟那个嘀嘀咕咕的，但在科里俨然一个红人。慈颜不喜欢搬弄这些是非，想走得远远的，可这科里，就她一个盲人。那个年轻的男的胡大夫，听说是院长的小舅子，虽然眼睛不能跟正常人比，但也能看见人影影。

现在跟慈颜走得比较近的是黄大夫。这个黄大夫是从中医学院分来的大学生，来了两年，年轻气盛，加上又有文凭，有点好装腔作势。两个女人总是有矛盾，孟大夫看不惯她大学生的优越，黄大夫看不上一个女人胖得走了样。俩人几乎互不搭理，但又背过身互相说着对方的坏话。

慈颜还没到这医院，就有小道消息传来了，说要来个漂亮的女瞎子，是上面打了招呼的。大家都对慈颜有些警惕，因为降落伞方式来的人总是让人不舒服。后来慈颜来后，知道她没有编制，这才放心地使唤她。

孟大夫和年轻的黄大夫都想把慈颜拉成自己的一伙，慈颜总是和稀泥，不得罪任何一个人。来的时间长了，她知道这里的规矩。新人来了，要多干，而且最好把提成主动交出来和大家平分。其实，慈颜在最初就没想挣啥大钱，她得先站稳脚跟。差不多一年时间她都拿出自己的提成，让科长做主给大家分了。花别人的钱大家都是心花怒放的，大家都说慈颜不光人漂亮还懂事。

她知道他们背后也会笑话她是个傻瓜。

只有那个胡大夫对慈颜不冷不热。慈颜弄不清因为啥。他爱在人前摆架子，强调他的位子，又因为眼睛不好，心里自卑得难受。他是个矛盾体，虽然把自己穿得体面又棱正，衣服熨得笔直，可怎么也掩盖不了他残疾的现实。他是西安的老户，心气很高，给别人服务按摩他觉得屈辱，可姐姐说姐夫给他弄这个编制费了老鼻子劲了，一家上下都让他珍惜工作。他不爱这活，不想伺候人。以前在科里他偷懒，少干活，孟大夫和黄大夫意见大得很，现在来了慈颜，她总是抢着干，还没有怨言，一下子缓解了科室的矛盾。说真的，他喜欢慈颜这样的女人。从身形看出去，慈颜长得高，身材也苗条，听大家说脸蛋也长得漂亮。唉，如果她不是瞎子该多好，他都想跟她恋爱恋爱。不过，这不可能。他知道自己长得瘦小，再加上不讨人喜欢。除了科长因为他姐夫是院长的原因纵容包庇他，那两个女人背后都对他嘀嘀咕咕的。现在好了，慈颜对他没有恶意。慈颜真是勤快，不光按摩的活干得不停，下班后，还主动拖地打扫卫生，还把每张按摩床上的床单都洗了。因为他们按摩针灸科卫生好，还受到了医院的表扬呢。

来医院时间长了，慈颜知道了黄大夫是个丑女，年龄跟她一样，而且没有谈恋爱。没有人的时候，黄大夫就好坐在她身边聊天。慈颜发现她的确在恋爱上很着急了，老话说得好，女大不中留。城里人看来也一样。慈颜在开始的时候羡慕她上了大学，是正式的大夫。后来也不那么羡慕了。这黄大夫的心里好像比她还痛苦。人心没个够，总是有这样那样的不满足。像黄大夫，好的家庭背景，好的工作，可人长得丑，心思不宽，总是抱怨这抱怨那。她给慈颜说，四医大美容科有名，她打算去把自己的脸整一下，现在的男人都爱美女。慈颜想说，啥时候男人不爱美女？到处都一样。但她啥都没说。黄大夫心劲儿强，心思重，容易生疑，说不好又刺着她了。终于黄大夫割了双眼皮，垫了鼻梁，把嘴唇也收拾了一下，还真是比以前漂亮了。说也奇怪，她脸恢复不久，就有人给她介绍对象，对方还是大学老师呢。

然而科长总关心慈颜，那份过分的关心，让她总有点不舒服的感觉。有一段时间慈颜陷入了一种说不出的难受。

3

慈颜知道自己是临时工，是泥饭碗，她做人处事都得格外小心。两年了，一切都还好，平平稳稳的。整过脸的黄大夫已经换了四个男朋友了，她现在活泼得就像个花蝴蝶。孟大夫本来就不待见她，想挤兑她走。只是她是科班出身，科长说这按摩科需要有文凭的精英人才。一听说黄大夫是精英，孟大夫就在背后骂。每当黄大夫没客人早退时，孟大夫就拉住慈颜说她坏话。

胡大夫阴阳怪气地吹着口哨，说：“人要厚道些，等人家当了科长，看你咋办？”

“凭她那两下子还想当官，说啥也轮不到她。我资历比她老多了，再说你上面还有人呢。”孟大夫撇撇嘴，吐出瓜子皮，不耐烦地说。

胡大夫总爱往慈颜跟前凑。他喜欢慈颜的勤快、能干，还有最重要的：漂亮又不多事。他暗暗地喜欢上了她。但有一点他不甘心，听说慈颜离了两次婚，被人强奸过，眼还实实地一点都看不见，而且她还是农村户口。问题有点太多。他没有给家里人提过，他们肯定不会愿意的。他好坏还能看见一点点，至少过马路上台阶没问题。他想找个啥都正常的人，可谁愿意跟他这个几乎瞎了的人？他妈找关系给他在农村寻媳妇，找那些想进城过好日子的女孩，她们会愿意跟他的。因为他是个正式的大夫，是有身份的人。真是找了两个，一个是他嫌那女孩个子低得都不到一米五，脚长得不好，反正摸上去没有手感，他坚决不愿意。另一个是人家女孩一看他几乎是睁眼瞎，跟他处了一天就偷偷跑了。已经摸过女人身体的他，一个人的日子很是难熬。失败了两次，他对女人的事情有些灰心。但只要在医院在慈颜跟前，他手就有点痒痒。他克制自己，克制他怦怦跳动的心。

凭良心说慈颜一直对他不错，他不好也不敢对她动手动脚。这科里唯一的盲人慈颜人缘好，人人都喜欢她。这个他是知道的。但有个他不知道，可能是也不愿意知道的事，在他身边发生着。

科长也总爱围在慈颜周围，借口给慈颜纠正按摩手法、拔火罐的技巧，抓她的手。有时还从身后环住她的腰，手把手地教。慈颜尴尬地躲，但男人的力量她咋躲得过。敏感的慈颜知道科长的坏心思后，不敢独自在里屋待了，她总是巧妙地找借口跟孟大夫或者胡大夫他们在一起工作。有这事后她工作得更卖力了，为人更小心了。她怕科长找借口把她开了。反正现在时间长了，妇联残联和媒体不像开始那样关注她了，肯定又有新的人新的事情让他们注意了。慈颜明白，现在的她得学会自己保护自己。

经过世事的孟大夫心知肚明，她有时候还拿慈颜开个玩笑。虽然她嘴巴不饶人，胡乱说话，也不注意场合，但她没有坏心，反而是她想着法儿地保护慈颜。孟大夫在医院是老资格，她可以偷懒撒泼，连科长也不敢惹她。每当科长对慈颜有啥不轨想法，往慈颜跟前凑时，孟大夫就大声叫慈颜给她倒杯水，或者帮她弄个啥。科长拿眼瞪她，她装啥事没有。慈颜开始不知道孟大夫在暗地帮她，后来发现只要科长在她跟前，拉她的手时，孟大夫就爱叫她。

慈颜从心里感激孟大夫，有时候还给她拿她自己包的包子。孟大夫推着不要，说她不喜欢。一看孟大夫不吃，慈颜就让大家吃，但是没人吃她拿来的包子。她纳闷，这么好吃的包子，为啥都没人动呢。下班她只好又拿了回去。后来她发现，她给大家拿啥吃食，大家都不吃。一次她去药房领纱布精油回来，走到科室门口，听见里面人议论她，她这才知道别人为啥不吃了。人家城里人嫌她是农村人，而且还是瞎子，怕菜收拾得不干净。慈颜有些伤心。不管在医院大家相处得多好，他们跟她还是有隔阂的，那是城里人和乡下人的隔阂，也是正常人和残疾人的隔阂。这里有一道深深的鸿沟，她根本别想跨过去。她现在只能夹着尾巴做人，等攒够钱，她就离开这个世故的医院和那些故作优雅的大夫。

她当然不知道胡大夫在她身上举棋不定的心思，她现在根本不想要什么男人。生存是第一位的，爱又当不了饭吃。再说了，谁愿意找她这个大包袱，而且还有小米这样一个小包袱。她的生活比在农村时好多了，有工资有住的地方，有病人的尊敬。

一天下班回到自己一居室的小屋子，她和妈还有小米吃着热乎乎的饭菜时，她想起红豆。她现在过得好不？是不是也在西安？没有受苦吧？她心里酸酸的，噗噜噜掉几滴泪。她根本不敢去想象红豆。她遗弃了她，她还有啥脸想。以前她苦的时候没有心思没有时间想，现在是不敢想。她妈不知道红豆的事，她娘家跟金锁家没啥来往。她妈问慈颜要不要去山里把红豆也接出来，娃可怜。慈颜一下子哭了。她妈以为慈颜不想提那家人，也不想有太大的负担，所以才情绪失控。她妈不敢看慈颜，忙去收拾着屋子，不再吱声。过了好一会儿，慈颜才像没事人一样，把小米哄睡着，读她的盲文中医书去了。她没有提红豆。后来在这个小家，红豆成了不能说出的名字。慈颜在心里嘀咕：不要再想起，那个秘密要埋葬下去，就当她只生了一个小米。这个晚上，慈颜搂着小米，再一次哭湿了枕头。

好在她永远戴着墨镜，没有人发现她红肿的眼泡。她照常认真给病人按摩，拔火罐。她在心里盘算着，再在这里坚持一年，她就能攒下钱，可以开自己的店了。她想开按摩院的想法跟医院谁都没敢说过，包括和她慢慢好起来的孟大夫。她怕她那张把不住门的大嘴巴给她广播出去。

推拿按摩虽然活不轻松，但对慈颜来说已经很满足了。她从心里感谢老同学吴新明。后来吴新明还来看过她两次，她每次都给他按摩颈椎和腰椎，或者全身放松按摩。她知道搞文字工作的人，这些地方容易出毛病。本来想请吴新明吃饭，他就是不肯，说她能挣几个钱。慈颜真心想报答他，也没有啥法子，她能做的就是给他按摩。说真的，如果他想要她的身子，她也会给他。她能逃出农村那个苦海，学了本事，还当上了按摩大夫，是吴新明的功劳。如果不是他，她还在农村遭罪呢。吴新明是她的恩人，她会永远记住的。这些话她没有给吴新明说，只是在给他按摩的时候说，以后等她开了按摩院，再好好报答她。吴新明笑了，说："老同学，报答啥，你能过得好，是给我最大的安慰。"面对弱者，人们总是能表现出充分的同情心。

慈颜高超的按摩水平吸引了老顾客，有些还是有头有脸的人。那些重要人物以前都是科长亲自按的，他想通过这些人建立关系和人脉，轻易不把这些病人介绍给其他大夫。后来有一次他出差了，有个领导睡觉落枕了，头不能动，来医院治疗。科长从北京打电话回来说让慈颜给按。在这按摩科，科长最信任的人大概就是慈颜了。在按摩室里间，慈颜像平时一样仔细周到地推拿按摩，而且多用了份心，还根据她学的中医知识，给他点穴位，疏通经络。没想到一次下来就有了效果。第二天慈颜又给他做了第二次治疗，又轻了。三次治疗好，问题完全解决了。那领导很高兴，给慈颜说，以前他落枕，一般都得折腾十几二十天。她这真是妙手回春呀。慈颜有点羞涩，不好意思地说，这是应该的。

不知是不是那个领导给别人说的，反正后来找慈颜推拿治疗的领导和重要人物越来越多了。没想到，因为这个得罪了科长。

那些重要病人，一来就指名让慈颜按摩，这让科长很有些失落。他嘴上说，谁按都一样，只要有效果就好，可他心里恨恨的。除了慈颜，大家都知道科长常常拿眼瞪她，而且做出那种鄙视不屑的表情。说也奇怪，慈颜眼瞎了，可是听觉和触觉比以前灵敏多了。她几乎能感到科长的敌意，但她装不知道。在这狭小的工作环境里，装糊涂是最好的法子了。啥事情都弄那么明白，非黑即白，人面子都过不去，就没法待了。她还像以前一样对待科长，给科长擦桌子、泡茶，有时候科长说腰酸背疼的时候，她还主动给他按摩。慈颜知道她这是热脸贴人家的冷屁股，但也得贴呀，不贴，难道跟科长闹翻不成。有了她的主动，科长暂时没有给她太大的难堪。

问题总是会冒出来的。这天下午快下班了，大家都走了，慈颜正在拖地，来了个大老板徐老板，他是科长的老相识。科长不在，又不能赶人家走，慈颜只好接待。徐老板说他的腰背僵硬，疼了好几天了。慈颜没有说什么，洗手，换白大褂，做按摩的准备。她按摩推拿的时候，一般不说话，特别是初次治疗，她都是先寻找病人的痛点和病因，做初步诊断，然后才由轻到重地推拿按摩，舒筋通络，促进气血循环，缓解腰肌痉挛与腰部疼痛。针对徐老板的情况，她逐步地揉按命门穴、肾俞穴、腰阳关穴、腰眼穴，捶腰阳关穴、腰骶，拿委中穴。四十分钟后她把自己双手搓热，给他反复搓腰背，使他的腰背部的热感越来越强而达整个腰背部，这些做法能达到行气活血、温经散寒、壮腰益肾等作用。慈颜用力很大，汗水从头上往下滴。徐老板直喊舒服，说他的腰一下子轻松了。结束后，徐老板拿出一沓钱按在慈颜手里说："妹子，今儿晚上你陪老哥，不会亏待你的。"一切来得太突然，慈颜吓了一跳，忙把钱推回去，说："徐老板，我是大夫，你不要乱想。"

徐老板根本不容慈颜说啥，抱住她就在她脸上亲了一口。慈颜下意识地把手挥了出去，打在徐老板的脸上。徐老板愣了一下，说："没想到，一个瞎子还这么刚烈，我还就看上你了。"

慈颜气得呼呼的，颓然坐在凳子上，问："徐老板，你为啥看上我？我是瞎子，你找我这样的你脸上有啥光彩？"

徐老板拉住慈颜的手，慈颜这回没有抽回，她身体只是有些瑟瑟发抖。老板说："你想多了。"

慈颜知道他想要啥，特别是这有钱的老板。他啥女人没经过，现在对她只是好奇。她慈颜才不想跟一个不相干的人做那种事呢，虽然她的身子被破坏了好几次，她也不想。现在都下班了，这一层楼没有几个人，她不能跟他硬碰硬，她得想点办法。

“徐老板，我知道你的想法。但是，你知道我，生过娃。你大概从科长那里知道我的情况，我那几年一直很凄惨。你大人大量，就可怜可怜我吧。”这回是慈颜按住徐老板的手，说得动情而凄楚。慈颜给他说起她惨痛的遭遇。

徐老板顿了顿，拿眼看她，奇怪的是那色迷迷的东西慢慢散去了。他没有说话。

慈颜继续道：“徐老板，我听科长说你人好、仗义，还给老家捐钱建希望小学。你要是不嫌弃，就把我认作妹子吧。”说这话时，慈颜都忘记自己残疾的身体，别人会厌烦的。

徐老板清了清嗓子，说：“我是爽快人，就喜欢你这种直率。好，从今儿起，你就是我妹子，我是你哥。”

慈颜突然哇哇大哭，抱住徐老板。她终于学会化解危险了，而且还把危险转成了一种机会。在这陌生的大城市，她有亲人了。

徐老板吓坏了，忙推开她问：“妹子，哭啥呢？不是你提出的吗？难道不愿意？”

“哥，我愿意。我是激动地哭。在外面，没有哪个男人真心对我这么好。”说这个话时，吴新明的名字在慈颜脑子里闪了一下。其实还有很多帮她的人，但此刻，她只是不想遭受伤害，想再得到多一点的爱和关怀。

徐老板搂住慈颜的肩膀，轻轻地拍着、拍着，说：“以后我会照顾你，不会再有人欺负你了。”

慈颜在陌生的徐老板的臂弯里，紧张又温暖，手心出了潮湿的汗，她在试着接受一个陌生人的关爱。

那天之后，徐老板经常来医院，即使不按摩，也来给慈颜带点好吃的，还送慈颜衣服。一来就“妹妹，妹妹”地叫着，引来科长和其他大夫的侧目和闲话。在这小小的科室，传着慈颜被徐老板包养了，是徐老板情人的闲话，这些很快也都在医院传开了。

当事人总是最后一个知道。慈颜当初认徐老板当哥，主要是迫于当时的环境。她没有想到徐老板这个生意人还是个有心人，像他当时表态的那样关心她爱护她，而且再也没有提过啥过分的要求。好像那天那一幕是幻觉一样。慈颜现在感觉到的徐老板是一个有魄力、慈祥爱护她的大哥。大家对徐老板突然对慈颜这么关心觉得蹊跷，特别是孟大夫对这事好奇得不得了。憋了好些天，终于表情奇怪地问慈颜。慈颜落落大方，说就是兄妹关系，没有其他。“你俩非亲非故，人家徐老板凭啥对你这么好？”慈颜还是那句话，说徐老板认她当妹妹了。但不管慈颜怎么解释，没有人相信。在医院里传言越来越难听，说慈颜是老板包的二奶。说瞎子慈颜在这西安就是凭着身子吃饭，要不然她咋能进这个大医院。

那些脏话都传到平时跟大家没有啥来往的慈颜妈耳朵里。慈颜被妈狠狠地追问数落，慈颜只觉得委屈，哭着说她真是清白的。

清白不清白，人们并不关心。大家坐在一起最喜欢说些桃色新闻，还会有鼻子有眼地摆弄好多细节。老话说，好事不出门，瞎话传千里。终于，院领导来找慈颜谈话了。主题只有一个，那就是她和徐老板这件事影响极坏，慈颜得离开医院。慈颜没有哀求。她能听出领导的口气，人家没有想听她解释，也不打算进一步了解情况，就是给她通知，让她离开的。慈颜久久没有说话，最后，她有礼貌地给领导说了感谢的话，一滴眼泪都没掉地慢慢挪出副院长室。

一出来，禁不住的眼泪哗哗地往下流。她极力控制自己的情绪，但还是失声哭了。她哭失去的这份工作，也哭自己的名声。

她没有回科室，也没有回家，而是默默地爬到宿舍楼的房顶。她只上过一次，知道在这医院只有这个地方是安静的，是安全的。

她坐在楼顶的地上，痛快地哭着。哭得伤心，哭得痛心，哭得让人揪心。

哭完后，她抹了把泪，思索起自己的未来。比她计划离开提早了半年多，她心算着积蓄，盘算她自己按摩店的位置和大小，慢慢地平静了下来。

第七章 孝华

得黄矢，贞吉

1

有一天，李神仙预感到自己来日不多。那个大限的日子就在这个月末。身体倒没有什么病痛和不舒服，只是那个预示很确切。当年他师父就是在给他说了那种预感后仙逝的。已经活了一百岁了，经历了太多的世事，好的，坏的，不好不坏的。这些都没有什么了，人生在世，怎么着都是一生。他向来过得满足而太平，如今只是遗憾还有些东西没有教给孝华。

这孩子最近把过多的时间搭在二胡上，那是他的爱好，是他情感的表达。可是在他看来，一个好的相师，不需要那么丰富的情感。多情的人是做不好相师的。关于这方面孝华还有很多东西要学。这孩子天赋好，脑子聪明，最大的缺点就是多情。他想，是把他带到老道长邱老跟前的时候了。如果他不在了，还是委托给邱道长比较稳妥。学校老师前几天家访，说想推荐孝华考S艺术学院附中，因为孝华的笛子吹得好。老师还说，现在政府很重视残疾人的教育，对残疾人的扶持是重要的惠民工程。他当然同意了，但他根本没当真。孝华在家里从没吹过笛子，真不知道他是否有前途，就当是一次锻炼吧。

这天他把孝华叫到跟前，说了学校的推荐安排，孝华很高兴，嘴里嘀咕道，他要给他们拉二胡。李神仙没注意他说的话，他有点走神，他在想他的安排。他继续道："徒儿，今天带你去见个人，他以后就是你的师父了。"

"那您呢？我不要其他师父，有您就可以了。"孝华急急地拉住李神仙的胳膊。

神仙轻轻叹了口气，说："孩子，万事都有因缘，有缘起就有缘灭。"

李神仙没有等孝华说啥，站起来，领着孝华往山上走。龙龙一直忠实地跟在他们后面。

在道观那间神秘的屋子里，神仙和邱道长在里屋说了好一会儿话才让小道士带孝华进去。以前在家里孝华见过邱道长，今天算是正式拜见。一进去，师父就让他跪下给道长磕头行礼。孝华乖乖地磕了头，跪坐在蒲团上，听两个师父说话。他们的话很少，邱道长只说，以后他会把孝华接到山上，继续给他教周易，也会教他剑法。师父闷着头，“啊啊”地答应着，没有说啥。孝华纳闷，有师父在，为啥要他到山上呢？他抿着嘴唇，没敢发问。

下山回到屋子，师父给孝华说了他这几天的预感。孝华哭了，哭得很伤心，说不放师父走，像师父这样的人应该长命百岁的。师父笑着说：“我已经长命百岁了。”

孝华愣愣地，不知道该说啥。现在想来，师父是在安排他的学习和生活，怕以后他没人照顾了，沦落颠沛。一起生活了六七年，孝华已经深深地依赖上了师父。一想到师父不在身边了，他心里就疼。对能预料未来的师父，他说不了啥安慰的话。只是默默地拿出二胡，拉起来。

那一串串怆然凄美的旋律，回荡在这历经了岁月风雨的屋子，惹得人心碎。师父不说话，来回抚摸着龙龙。这是多美好的一幅图画呀，李神仙想。

一连一个星期，孝华在跟师父学完以后都一声不吭地拉胡琴。他的琴似乎升华了，听上去如此搅动人心。师父很小声说：“就去考二胡，我这几天看，你是这方面的人才。说不定以后的出息在这上面。”

孝华回应了一声，继续拉琴。二胡成了排遣他内心郁闷的唯一东西。师父，不要走，千万不要走。随着凄苦的琴声，他在心里说。

孝华学校的老师带着孝华和另一个吹笛的男生坐着学校的车来到西安，去S艺术学院参加考试。老师纳闷孝华怎么还带着二胡，孝华解释说两个乐器都想考一下。老师皱了皱眉头，说你以为是来玩自乐班，也不想点现实的。孝华没有说话，乖乖地缩在椅子一角。

虽然政府有政策上的照顾，但学院对他们残疾人的考试和正常人一样严格。三十多个考生一个个上台，到下午六点才结束。那天孝华他们住在学校招待所，等待第二天一大早的消息，如果通过即可进行第一轮复试。一共有五个学生进到复试，老师一听孝华是因为二胡进入复试简直都惊呆了。跟他一起来的那个学生没有通过，他神情黯淡地让司机送他回去了。老师留在学院陪孝华考试。

复试人少，一上午就结束了。成绩当时不出来，让大家回去等。老师去音乐书店买了两盒二胡名家演奏的磁带，给孝华。还给他说，如果没有录音机，可以到学校琴房来听。孝华答应着。

回来后孝华除了跟师父又上了趟山，给道长送些新鲜的寿桃，听他说了一些玄而又玄的话外，就不愿意离开家半步。他愿意一直这样守着师父。他固执地认为，只要有他在，师父不会不管不顾走的。他甚至也不希望他爸来，他觉得爸爸会打扰他和师父在一起的美好时光。在他的感觉里，师父好像跟以前没有什么区别，精力好，身体没有丝毫病痛，这样好好的人，为什么会死呢？他实在想不明白。拉胡琴，是他能做的，师父也喜欢听。就让这样的时刻久一些再久一些吧。

明天要去西安参加第二轮复试了。如果这回通过，孝华就可以在艺术学院附中上学了。李神仙这些天悄悄地给孝华准备上学的东西。在那之前，他还仅仅打算让他去邱道长那里。上次从西安考试回来，他坚信了这孩子的天赋。他就要走了，得让眼睛看不见的孝华自立起来呀。他准备了些钱，也给邱道长交代，如果孝华上学需要请他帮助。邱道长答应得很爽快。对于孙二胡，他也替孝华给送去了些粮食和吃食。孝华他爸已经半年没有来了，他也不想跟他爸说什么。孝华这孩子以后跟这个爸不会有啥关系，就让他们各走各的吧。安排好这些，李神仙独自到山里的温泉池洗了个澡，换了一身干净的布袍，盘腿静静地坐在家里。他想着明天是他大限之日，在这最后的夜晚，他没有留恋、没有遗憾，只要像他师父当年一样走向山里就行了。

孝华根本不知道这天的严峻。学校对他的考试非常重视，这是他们学校第一次有学生进入到艺术学院附中的复试阶段。除了班主任，音乐老师、副校长也要亲自陪他到西安。每个人都轮番给他打气鼓励，孝华听得都有些压力了。这一周多学校还花钱从市民乐剧团请来二胡首席演奏家给孝华辅导，所有人都希望这个瞎子能有所作为。

其实，孝华这个阶段最常想起的是师父说的他要走的话，那天会在什么时间到来呢？他只希望晚一些，再晚一些。他没有过多的奢求，只要师父能看见他初步的成功就好了。

前面有考生哭着出来，孝华有点紧张。当叫到他名字，有学生扶他进复试考场的时候，他甚至双腿在发抖，手心也出了汗。师父和孙二胡老师的话浮现在脑子里。他把自己的心快速地收了收，坐在指定位子上。不知道前面坐了几个考官，不知道场面是什么样子，什么都看不见的孝华此刻反而平静了下来，他拉了他最拿手的《二泉映月》和《江河水》。拉出最后一个音时，孝华早已是泪流满面。稀疏的掌声，嘀嘀咕咕的评说，本来状态良好的孝华很有些不安。出来后，校长和老师问他，他就是不吱声，只抹眼泪。他们安慰他，不怕失败，这次不行的话，我们明年再考。副校长失望的情绪还是被孝华感觉到了，老师们甚至不想再问他什么。

他们没有等放榜就灰心地回来了。路上大家都不说话，气氛沉闷，像要有暴雨来临的低气压一样。孝华低着脑袋，仿佛他犯了啥错误，做了啥亏心事。

车把孝华送到他家门口，龙龙不出一声地迎了过来。孝华跟随着龙龙推开家门。他叫师父，没有声音，又叫了一声，没有人应。再叫，还是没有回应。师父应该在家的，这个时间是他给来人卜卦的点儿。门外不断有人问神仙在吗？孝华不耐烦地说不在。外面等的人越来越多了，孝华突然觉得不妙，拉着龙龙往山上走。他要去问问邱道长。

“你师父走了。”邱道长淡淡地说，“你应该知道的，他说都给你说过了。”

孝华哭着说：“说是说了，但我不知道是哪天。他咋就走了呢。”

“孩子，不要哭。他是无疾而终，羽化升天而去。你看家里，什么地方都没有他的肉体。”邱道长平静缓慢地说，“这是修道最高的境界，你该高兴才对。”

“不，不。谁看见他走的？我不相信。”孝华哭得很大声，眼泪鼻涕糊满了脸。

邱道长走到他跟前，拍着他肩膀说：“我见他走的。他羽化登天了。他这样离去，好呀。”

邱道长不让他哭，说他这样凄厉地哭，会让神仙走得不安心。道长还留他在山里住几天，说在真人殿和王母娘娘跟前他能平静一些。

可是不管邱道长怎么留他，孝华还是坚持回村子住。等他疲惫又悲伤地和龙龙快走到门口，就听见班主任高兴地在前面喊他，说他在门口已经等了一个多小时了，是来告诉他好消息，他被S艺术学院附中录取了。

班主任兴奋地抱住他，揉他的头发，拍他的后背。

这么好的消息，也没能让孝华高兴起来。他沉浸在失去师父的悲痛中。

他再也没有这样的师父了，孝华扑倒在地上哇哇哭着。他把邱道长给他说的不要哭的话扔到了九霄云外。龙龙也像懂他心一样，流出了眼泪。

2

当然他们也知道李神仙仙逝。没有葬礼也没有送别，这在农村简直不可思议，但他们终究还是佩服李神仙这个神秘的怪人。

孝华被S艺术学院附中录取的消息很快传遍了整个村子。村长和村支部书记拿了个红本本，给他送来助学金。还表态，孝华就是村里的学生，村上每年都会给他生活方面的补助。没了李神仙，他们会像照顾孤儿一样照顾他。孝华漠然地接受了这份帮助。他的心一直纠结在失去师父的情绪中，对别人说的话有些心不在焉。

在这个村子，以前做啥事都是师父和他，现在只有他一个了。邻居大婶不知是看他可怜还是喜欢他考上大学校的荣光，常常叫他过去吃饭。他不去，说自己会做。大婶一看他羞涩的样子，也不勉强他，索性送饭过来。说也奇怪，自从孝华考上后，村上很多人都跟他套近乎，好像他金榜题名，要当大官一样。

能去西安上学，孝华没有太多的惊喜。他想他师父。人死了，好坏得有个坟吧，那样他还可以去守一守。现在倒好，师父走得无影无踪，羽化而去。真的像神仙一样飘走了吗？师父明明真实地存在过，可现在这样离去，怎么让人觉得一点都不现实呢。最近又梦见的那个曾经出现在梦里的龙又预示着什么呢？他骑龙飞翔，向着繁星闪烁的天空。他知道这是一种吉象。幸运之神有可能垂青于他，帮他实现夙愿。是要帮他实现成为二胡演奏家的愿望吗？而他以前的理想是做一个师父那样的神仙。师父的羽化登仙又是什么呢？他想不明白。邱道长给他解释说达到练虚合道的时候可以羽化飞升。什么叫合道，道长没有解释，可是他似乎渐渐明白了师父曾经的教诲。

师父多次说过万事皆有定数，那么一个人的死也是有定数的了。当他慢慢理解了这个，他的心不像当初那么悲伤痛苦了。他脑子里不断地回忆那些充满玄机的话，他的命运也包含在那玄机里。现在的他进一步确认了这个。

大城市艺术学校的生活对于没有见过大世面的孝华来说既欣喜又茫然。他的二胡老师，据说是参加过全国大赛，银奖的获得者。她是个说话极其温柔温婉的女老师，名字叫庄流苏。她其实是大学老师，因为看中孝华的才华，才主动要教孝华这个孩子。

跟孙二胡完全不同，她什么都讲规则，强调指法和弓法。有时候她把孝华批评得无地自容，那话就像一把刀刺着孝华。说他完全是野路子，指法上基本是不倒把，定弦也是传统那一套，全凭听觉，而且还说他演奏时装饰音太多。庄老师的话一下子弄得他手足无措。难道他以前白学了吗？庄老师脚敲着地，连脚都带着气，她严肃地教训他：“你得改掉那些毛病。我们是严肃的学院派，你要明白。”孝华吓得说不出话。以前师父和孙二胡都对他和颜悦色，没有过这样的训斥。他瑟瑟地问老师，怎样才是学院派？庄老师狠狠瞪她一眼，拉了一段曲子，说这就是学院派。

孝华回到宿舍给室友聊时才知道，能进附中的所有学生都是这里老师的子弟，只有他是外来的。还问他是不是靠后门进来的。他们还私下嘀咕说孝华眼睛又瞎还是学的没有传承的野路子，没有后台，他想来门都没有。这些风言风语，让孝华一头雾水，他的确是没有后台，难道仅仅因为他拉得好，或者是师父做的法，给他们灌了迷魂汤？实在是解释不通。在同学中，谁也不承认他拉得好，老师也只说他拉得动情感人，技巧上，指法、把位上都得重新来。

孝华瞎眼残疾，宿舍的室友对他意见都很大，特别是学校安排照顾孝华的主攻笛子的朱向阳，比孝华小一岁，是陕南来的，长得高大，班主任让他适当关照一下孝华。他一看到孝华摸摸索索的样子就生气。孝华跟他长得一样高，也很帅，可就是走路做事碰这里撞那里的。从打饭到上卫生间，他都得帮忙。他虽然心里同情孝华，但他是来学笛子的，天天让他干这些，真把人烦死了。其实，有朱向阳在身边，孝华也觉得怪麻烦。在骊山下，他干啥都是和他的龙龙。他不习惯一个陌生人并不很情愿的帮助。他仔细数去卫生间的步子、上教室的台阶、食堂的距离方向。他用根拐杖训练自己，想过些天就能独立做事，免得招人厌。反正现在宿舍里气压低，大家对他都有些嫌弃。他的自尊心不允许这样。他尽量少回宿舍，常常把自己关在琴房，一个小时一个小时地拉琴。

在来上学之前，以前学校的老师就给他说不能带狗去。他只好把龙龙放到邱道长那里。快十天了，他想他的龙龙，快要想疯了。可是，他行动不便，又不能回去看。对师父的想念，对龙龙的想念，他都融在二胡里，常常拉得忘记了时间。很多次都是朱向阳给他打饭送到琴房。朱向阳没好气地把饭盒放在桌子上，抱怨了几句就走了。孝华想说谢谢，常常都被他噎了回去。唉，他没有能力帮别人忙，现在只能是人家的累赘，没有办法，他只有好好练琴这一个路子。都来附中了，不学好这个，他一个瞎子还想干啥。他暗暗下了决心。

孝华做梦也没想到，龙龙能找到学校来。他蹲在孝华琴房门口，安安静静的，直到孝华出来。他扑过去，紧紧地扒住孝华的身体。孝华惊得一叫："龙龙，你真是龙龙。"龙龙低声汪汪地回应。孝华抱住龙龙的头，双手不断地揉搓，亲了又亲。孝华嘀咕：龙龙，你是咋来的，好几十里地，你咋找的？龙龙说不了话，不吱声，温顺地任他摆弄揉搓。龙龙瘦了，可能是他不在不好好吃饭吧。孝华小声给龙龙说，这里人多，你要紧紧地挨着我走。现在孝华能摸索着回宿舍了，好在看管宿舍的大爷同情孝华，允许他把狗带了进去。

一看进来了这么大的一条黄狗，整个宿舍都兴奋起来。男孩子本来就喜欢动物。孝华给大家介绍这是他的龙龙，跟了他快六年了，是从骊山脚下独自跑来找他的。"真的，真的？""这狗真聪明。"大家七嘴八舌不停地评价。孝华蹲下来，耐心地给龙龙说这是他现在住的地方，他有四个伙伴，分别是梁峰、周伯清、李玉赋和朱向阳，还让龙龙上去闻他们。大家都围着龙龙说着。没想到他们都喜欢他的龙龙，孝华特别高兴，总算他做了件让人喜欢的事情。他还没有想好龙龙怎么办，咋养。学校不允许养狗，在宿舍里会被抓走的。他的室友都在出主意，最后大家统一意见，就在宿舍养，龙龙哪里也不能去。舍长梁峰提出轮流值日照顾龙龙。大家都没有意见。孝华感激地对大家说：龙龙非常乖，从不乱叫，而且会自己到外面上厕所，不会给大家添麻烦的。以前每天都是他接送我上学呢。小个子周伯清摸着龙龙点头说："这种狗，我知道，是很有名的拉布拉多犬，聪明的程度可以达到六七岁孩子的智力。我家就养着这种狗，是黑色的，刚刚两岁。龙龙多大了？"孝华想了想说："应该是六岁半了。这是一个有钱的老板送我师父的。"

龙龙成了他们宿舍第六个舍友，而且是没有是非、没有骄傲、没有派别、最温顺可爱的舍友。龙龙忠实地陪孝华去上课，去琴房，去打饭，它几乎是孝华的明杖。而且它还很有眼色，总能躲避一些危险，碰到不喜欢它的人就悄悄地躲开，跑到安全地方。在这个学生密集的地方，它似乎一下子学会了察言观色。

然而没有多长时间，班主任顾老师还是发现了孝华的龙龙。他找来孝华谈话，主要是说龙龙的问题。他坚决地说学校不允许养宠物，狗必须送走。孝华哭了，说龙龙是他的伴，也是他的看护。孝华一看顾老师不相信，就带他到宿舍。还说，在学校，龙龙一直跟在他们身边，一声都没有叫。

室友对顾老师要赶走龙龙的要求反应激烈。他们你一言我一语地说，龙龙对孝华实在太重要了，有了龙龙，都不需要朱向阳照顾了，龙龙会帮他做好多事情。轮番轰炸下，顾老师生气的表情渐渐缓和下来，他犹豫地说：“那狗乱叫怎么办？会影响别人的。”

“不会，不会，他几乎不叫一声。这么长时间，老师您听见它叫了没？”

顾老师颓然地坐在椅子上，叹着气，说容他回去想想。临走时他交代，不能让狗咬着人了。全宿舍的同学都齐声答应着。

终于舒了口气，看样子顾老师不那么反对了，他们高兴地抱在一起。

邱道长来学校看孝华，一看到龙龙，咯咯笑了，说，还以为这家伙跑丢了，没想到找他的小主人来了。孝华带邱道长去琴房，给他拉琴听。道长也很喜欢听。他现在不那么坚持非让孝华学习《易经》了，孝华现在的兴趣全在这胡琴上。他高兴地拿出胡琴给道长说，现在他有把好二胡，是个老板赞助给他的。

那是通过半个学期的上课，庄老师认为孝华是个可以培养的苗子，就动用了她的关系，联系了个大老板，做了孝华的赞助人。除了买了这个专业级许氏二胡名琴外，每个月还给孝华生活费。这个姓徐的老板说话虽然有点粗，但没想到还真喜欢艺术。就像师父说的，可能有些人发财了，就想弄些附庸风雅的事情。徐老板和庄老师好像很熟，说起话来很随便。有一次，庄老师给孝华在琴房上课，徐老板还来了琴房。徐老板抽烟把小小的琴房弄得烟雾缭绕，一贯爱干净的庄老师一句抱怨都没有，只是耐心地教孝华。课结束后，徐老板拍着孝华的头说，这娃拉得不错，这个二胡值了。孝华羞涩地收起胡琴往外走。走到门口他隐约听见庄老师说要办演奏会，希望徐老板拿点钱。徐老板哈哈大笑，说，好说，好说。龙龙静静地跟在他身边，孝华脑子有些乱，他想这个徐老板跟老师是啥关系，他咋啥都听她的。突然师父的话浮现出来，他一激灵，停止了胡思乱想，师父最不喜欢人多事，管闲事。他最爱说的一句话是：万事皆有因缘，各人的因果各人背。是啊，他管人家庄老师干啥，只要学好他的胡琴就好了。

邱道长是道教协会的副会长，常常要来西安开会。会开完了，就会到学校来看孝华。道长那身道袍，那种超出世俗的仙风道骨，引来这些搞艺术的学生和老师的好奇。大家都想让道长算一卦，道长一笑，不答应也不拒绝。或许是有这样奇怪的人来找孝华，本来就特殊的孝华让人觉得很神秘。喜欢这种推算卜卦的人很快知道了孝华的师父是骊山脚下那个很有名的李神仙。神仙的羽化登仙被外界传得神乎其神，大家想知道神仙仙逝的细节和真实性。孝华总是避开这个话题，邱道长也交代他，说这是天机，不可泄露。

天机不可泄露。这六个字的确把人弄得难以准确把握，真的像武侠小说里面描写的那样神秘了。后来，有人再问，包括舍友，孝华都坚决不接这个话题。就让这些俗人乱猜去吧，反正不能打扰到师父。

3

孝华顺利地升到大学部。

考本校，说实在的，他没有费多大的劲儿。庄老师出了力。她爱才，给学校极力推荐，说这孩子是个天才，不能因为他残疾就埋没了。文化课，孝华主要靠死记硬背，这是他的强项，没有啥问题。专业考试上，艺术学院对他这个残疾考生很严格。他的确表现得太出色了，感动了考官。学院经过研究，录取了民乐系第一个盲人学生。

其实，考前，他还给自己卜了一卦。卦辞是：“既济：亨小，利贞，初吉，终乱。”这是周易里的第六十三卦。看来考试没有问题，只是以后要注意修持，不能得意忘形，否则要前功尽弃了。师父也曾给他多次说过，人成功主要靠修德行，如果不坚持，前程就很难说了。

身高一米七八的孝华是大学生了。他的龙龙也是九岁半的步入中老年的狗狗了。学校老师和学生都习惯了瞎子孝华身边有个帅气的大黄狗，那成了他的标志。在附中的时候，龙龙就跟他一起上过舞台，它跟他一样在学校有点小名气了。有人开玩笑叫他阿炳，他也笑笑答应，没有了最初的自卑和难过。

学校破例给孝华安排了个人少的小宿舍，只有两个室友，一个是以前的同伴朱向阳，一个是学古琴的严子寒。朱向阳成了他最好的朋友。他当年的室友，周伯清考到了四川艺术学院，梁峰上了解放军艺术学院，只有李玉赋改行了，没有再继续学音乐，而是非常酷地出家去了闽南佛学院。其实，李玉赋在音乐上很有天赋，他已经会作些小曲子了。大概因为上学时候他常常去隔壁的定国禅寺玩，跟里面的师父交上了朋友，从而信了佛吧。孝华不懂这个。宗教力量真的好大呀，它能让一个血气方刚的少年选择与世俗完全不同的生活。孝华不理解李玉赋，但非常钦佩他的勇气。很长时间，李玉赋都是他和朱向阳谈论的话题，他们总是对他感到遗憾。

新室友严子寒来自杭州，非常清高，几乎不和孝华说话。他不认为一个残疾人能搞好什么音乐，而且他还有点恐犬症，害怕龙龙这种大狗。孝华和朱向阳都给他解释，这狗特别聪明，而且很温顺，绝对不会咬人。严子寒还是怕，嘴里嘀咕着要告到学校。朱向阳说龙龙在艺术学院已经三年了，学校默认了，不要再为难孝华。

严子寒还是嘟着嘴，一副不屑又骄傲的表情。

这回朱向阳生气了。“都到我们陕西了，你还能咋?”朱向阳把他约到青龙寺旁边没有人的坡地上，跟他单挑。他推了一把严子寒说:“真是不能给你好话，不收拾一下都不行。”

长相清秀的严子寒在那里被朱向阳小小地修理了一下，回来再也不提龙龙的事情了。奇怪的是，龙龙像知道什么一样，还去严子寒跟前讨好，舔他的脚丫。

渐渐地，严子寒知道了孝华在学校的名声，一个瞎子能在大学上学，自有他过人的地方。他还发现这个瞎子有些神，夜里总爱嘀哩咕噜念叨什么，还和狗狗说些奇怪的话。他不敢问朱向阳。那个家伙看着有点野蛮。自从朱向阳对他动粗以后，他总是对其敬畏三分，也想躲得远远的。但根本没有躲掉。朱向阳竟然辅修起古琴，而他辅修二胡，三个人真是像命运一样搅到了一起。回到宿舍，可热闹了。孝华要辅导他二胡，他要指点朱向阳古琴，他们成了不可分割的同盟。

孝华不像阳光十足的朱向阳那样朋友那么多，他常常把自己闷在琴房。在钢琴上他也下了大功夫，他并没想成为钢琴家，可钢琴那种激越饱满的声音令他激动不已。他偷着跟一个学生学习钢琴。他们算是交换，他也教她二胡。这些都是悄悄的，私下进行。

他和李梦君的结缘来自龙龙。她比他高一届，极其喜欢狗。一看到龙龙和他在一起，就奔过去逗龙龙玩。后来也知道了孝华的小名气。学校竟有人说他是阿炳的转世。李梦君下决心跟他学二胡还是因为龙龙，当然也有孝华是瞎子的原因。她太爱这个通灵气的狗狗了，狗狗也喜欢她，见到她就蹦起来舔她的脸。孝华二胡拉得好，而且跟她也不会闹出什么绯闻。这对她是重要的。系花的她，怕同学把她和乱七八糟奇怪的人扯在一起。这下好了，跟苏孝华，不会有这些破事。

他们配合默契，效果突出。很快孝华学会了一些小的钢琴曲，李梦君也会拉了《江河水》。李梦君还真有点喜欢这个长相英俊的瞎子。他总是宁静深沉，懂得一些奇妙的古文，很有些神秘。跟他在一起聊天弹琴，她常常忘记了他是瞎子。她偶尔还会给他带点巧克力和水果，那是她的家教学生送她的。她有很多东西都喜欢和不张扬的安静的孝华分享。他们是学习伙伴，又似乎是朋友。

除了独自在琴房练琴，孝华也盼望和李梦君在一起的课堂。他喜欢她身上好闻的味道，还有她甜美的声音。她是南京来的女孩，南方吴音娇滴滴，温润得如同江南濛濛的细雨，常常让他想起妈妈。妈妈已经遥远得像个梦，难道是神灵知道他的孤单，派来了李梦君吗？

这是孝华在大学近距离接触的第一个女孩，他有些奇怪的激动。他不敢说，也不敢表现出来，怕别人笑话，也怕李梦君突然不高兴离开他了。他甚至都不敢给好朋友朱向阳说。那份诡秘的情绪在他心中酝酿，发酵，进一步泛滥。

他常常想起师父说的话：爱情那东西，不要碰。它只会带来伤害。他还不敢说自己对李梦君是爱情的情愫，可分明有些美妙羞涩的情绪。而且一想起李梦君他就脸发热，手心出汗。他嘲笑自己，他怎么可以有这个想法，他不能，他不是正常人，不能有正常人的情感。他只有克制，不要让任何人看出来。

朱向阳还是知道了他和李梦君互相学琴的事情，狠狠地挖苦他。抱怨他这么重要的事情都不给自己说，他们算什么好朋友。孝华无语，他记不得当初是因为李梦君交代不要给其他人说，还是他自己存了私心，不想让朋友掺和。总之，他和李梦君的私密在别人看上去有点奇怪，难怪朱向阳要发脾气。朱向阳这个多情种，已经有三次深度恋爱了。现在他还和表演系的一个女孩打得火热。他总是吃着碗里，看着锅里。朱向阳没有给孝华说他注意李梦君已经有一个学期了，也没有说他实在是想和她谈恋爱。现在倒好，他梦寐之中的李梦君跟孝华这个瞎子搅到了一起。他们当然不可能谈恋爱，可光是他们经常凑在一起，就让他不爽。

在孝华给严子寒辅导二胡的时候，朱向阳不像平时那么安静，也不出去约会。他把手捏得巴巴响，像要打架一样。严子寒不敢吭气，他已经领教了他的厉害。他还不知道朱向阳因为什么在这里闹情绪。他竟然在寝室挂了个沙袋，打那玩意，嗵嗵嗵爆破般的声音，让人听着很不舒服。孝华当然也感觉到了气氛的异常，他知道他的朋友是因为什么。他还是没有吱声，而是继续他和严子寒的课程。拉琴在紧张的气氛中进行，琴声也不那么悠扬了。一结束，严子寒迅速溜了出去，他不愿意看到朱向阳那种奇怪的强势。孝华给自己倒了杯水，也给龙龙的碗里倒了水。屋里静悄悄的，除了龙龙喝水的声音，朱向阳也极其安静。孝华不知道他在做什么，但能感觉到那种不满意的气呼呼的眼神。

“向阳，来，坐过来。我有话说。”孝华喝了口水，小声说。

没有动静，这个朱向阳没有像以前那样亲昵地搂住他肩膀。孝华继续道：“你干吗要生气？这值吗？”

朱向阳“嗵”地坐到他对面的床上，依然是气呼呼的语气：“你就没把我当朋友，我失望死了。”

“哪有。在这学校我只有你这一个死党。”孝华笑了。

“那你谈恋爱都不给我说，而我的事你都知道。”

孝华走过去拉住他的手，叹了口气道：“向阳，你咋这么傻。我怎么可能恋爱？而且还是和李梦君。不要这样说，也不要这样想。我怎么可以让漂亮的她找我这样的人。”

朱向阳吞了口唾沫，没有说话。孝华坐到了他身边，轻轻抱住他胳膊，说：“我眼睛看不到，一想到李梦君牵着我，被路人冷眼嘲讽，我就受不了。这样的事情不会发生，我不会和女生有那种事情。我要和二胡一生相伴。”

朱向阳下意识地按紧他的手，缓缓说：“你为什么不能恋爱？我不是怪你。你知道我的，是心理作怪。荷尔蒙，让我产生嫉妒。我搞不懂你，我就喜欢美女成群。”

孝华笑了，狠狠地捶了他一拳，道：“美女成群？你就好好认准一个吧。你想那样，人家女生也不是傻子。”

“都不满意嘛。一想到我这帅气的小伙子吊死在一棵树上，就不甘心。只是，那个李梦君真的像他们传说的那样好吗？”

孝华想了想说：“不要听那些传言。”

“你给我介绍一下。”

“那不行。我现在刚取得她的信任，知道我存这个心，她该生气了。”

朱向阳给了孝华一拳，恨恨地说：“你就装蒜吧。你才是私心作怪。”

“那绝对不是。”孝华反应强烈。

其实，孝华是有私心的。他暗暗地喜欢李梦君，即使不会和她恋爱，也不希望她这么快成为某个男生的私有。他喜欢和她独自在琴房的时光，没有干扰，没有外人，没有世俗的眼光。

毕竟是好朋友，朱向阳没有再找孝华的茬儿。他会以很偶然的方式到孝华的琴房。孝华知道他的意思，没有热情，也没有阻挡。可是李梦君并不热情，她只是看着窗外不停地练琴。最后朱向阳只有落寞地离开。慢慢地，他接受了这个现实。

第八章 慕青

肥遁，无不利

1

纸包不住火。被学校以那种理由除名，父母知道了还不定反应激烈成什么呢。慕青还是打算主动负荆请罪。

一个下午，安顿好如是，她打车到父母家。安生地吃了饭后，她很平静地说了如是和学校的事情。妈妈气得哆嗦，抱怨她不注意，直到把事情搞得不可收拾。一贯爱发脾气的爸爸这回平静得异常，闷坐在沙发上只是抽烟，过了许久才问慕青的打算。

慕青说她不想给学校解释，没有意思，她打算带着孩子去外地。

本来她想慢慢有铺垫地说，可是一开口，就把最关键的话说出了。

爸爸还是不说话。妈妈说她坚决不同意，慕青是她的宝贝女儿，她才不舍得她远走他乡。

慕青看了爸爸一眼，说："我已经决定了。你们身体都很好，还有哥哥他们能经常回来照顾。再说，现在学校这样说，我觉得待在西安不好，起码现在是。"

缓缓地掐灭了烟头，爸爸声音不大，问道："有去的地方吗？带个孩子，会有很多麻烦。"

没想到爸爸会同意，慕青撒娇地蹲在爸爸面前，握住他的手说："爸，您知道，我一直想去西藏。我喜欢藏族特有的唐卡画。如果可以，我想在那里学习唐卡画的技艺。"

"那里海拔高，不知道你的身体能否适应。"爸爸爱抚地摸着她的头。

"你们放心，我身体很好。我原来就羡慕那些游走四方的人，现在没有工作牵绊了，对我来说或许是个机会。"

父亲没有责怪她，而是这样善解人意地支持她，慕青感到很欣慰。他还让慕青妈给她拿了个存折，说里面有两万块钱，出去不要亏待了自己。

慕青回到自己家，就开始做去拉萨的准备。郭毅凡一听她要去让人望而生畏的西藏，狠狠地吵了她一顿。可是第二天又过来，给她买了防止高原反应的红景天和西洋参。虽然他的气还没完全消，但还是表态支持她，而且打算开车送她去。

没想到郭毅凡会这样仗义，她很欣慰。这个发小果真是最好的朋友，处处为她着想。

和之也过来帮她收拾行装。因为这一走有可能几年，不知道哪年才能相见。和之没有了往日的欢快，总是偷偷抹眼泪。

慕青打算把这个小居室出租出去。她那些画作，都打包让郭毅凡拉到他公司的仓库了。郭毅凡说他会把租金按月打到她的卡上。

一切准备非常顺利。慕青每天坚持吃红景天和西洋参含片，她得好好保护自己的身体。有一天晚上坐在沙发上喝咖啡的时候，看到如是可爱的样子，她突然想到如是这么小，进藏不知道有什么危险。第二天她就带孩子到医院咨询医生。这一去，才知道，海拔高的地方对孩子的影响很大，首先直接影响心肺功能的发育，而且有可能造成一生的影响。回到家里，慕青陷入了苦恼和沉思。还是和之懂得她，说别的地方也可以学唐卡呀，干吗非得去拉萨。她建议她去青海的同仁，那里据说是唐卡艺术之乡，以前追过她的学长就在那里待过一个月，而且最重要的是海拔不高。这点太重要了。

慕青开始频繁去省图书馆查青海热贡艺术的资料。半个月后，她更改计划，准备去青海同仁。她计划在那里待几年，等孩子长大些，再去拉萨。

带着如是慕青回家了一次。如是嘴巴很甜，外公外婆地叫着，爸爸喜欢得不得了，放下手中的书，跟如是玩。妈妈现在对如是也没以前那么抵触了，还拿出刚织好的毛衣给如是套身上。

慕青给如是说了她们要去旅行，会很长时间都在异乡。如是不懂什么是异乡，从她小脑子记事起，她几乎就在这个小屋子。她唯一的玩伴是子罕，和之的儿子，他们玩各种各样的游戏。除了慕青，她最喜欢的人是郭毅凡。一听能长时间地在外面玩，如是高兴地拍着小手。

因为慕青的缘故，郭毅凡、和之也成了不错的朋友。慕青要远行，俩朋友都有些闷闷不乐。特别是和之，她是个有洁癖而又寡言的人，平时就没什么交际，只有慕青这一个朋友。她把慕青看作死党，死党自然是会掺和到她生活中的。可这次，她不能干预慕青，这样一个高傲干净的女子，被人而且是学校领导扣上屎盆子，她独自很难承受啊。她真想替慕青分担些。

然而慕青根本不抱怨。她还说，或许这对她是一个机会。她从来都没敢搞过什么冒险的事情，没有不管不顾地四处旅行。她现在自由了，可以像作家三毛那样走世界。当然目前走世界还谈不上，先去她喜欢的地方吧。

和之知道慕青对西藏的痴迷，也知道那个唐卡深深吸引着一直重视色彩运用的慕青。所以她只能支持她的远行。本来她想说服她留下如是。慕青不干，好像如是是她的亲生女儿一样，她不要再离开如是。和之悄悄地在她的行李里放了张邮政储蓄卡，给她准备了些钱。

没有推让，慕青接受了。慕青知道和之的心，她就像懂得自己一样。

安排好公司的事情，郭毅凡开着新买的越野吉普来接慕青母女。慕青自己的行李减了又减，如是的不能减，都是占体积的东西，奶粉、奶瓶、纸尿裤、玩具、备用衣服、保温壶、小被子……一样也不能少。好在有郭毅凡的车。来送她的和之说，她这像是搬家而不是旅行。慕青没有回应。本来她这次远行就没有回来的时间，或许她会像三毛一样在异域定居。什么也不能确定，慕青现在不轻易确定某件事。以前她还以为自己会当一辈子大学老师，没想到，就这样轻易地离职了。什么都是命中注定的吧。

开出了西安城，郭毅凡一踩油门，速度飞快起来。他侧过头对慕青开玩笑说，他们真像幸福的一家三口。慕青不去理他，就让他暂时美美吧。

陕西、甘肃都在大修公路，一路上到处都在开挖，工程车轰隆隆作业。想看风景的慕青感到大煞风景，她索性窝在副驾驶座上睡觉。郭毅凡很无聊，倒是叽叽喳喳的如是嘴巴不停地给他背唐诗，唱慕青教给她的歌。

郭毅凡彻底感受到了小孩子的乐趣。

在车少的路段，慕青会主动要求换换郭毅凡。她去年拿了驾照，但没怎么摸过车。这次出来她也是头一次实际操作。开始她有些紧张，郭毅凡比她还紧张。不过，她在这上面还真有天赋，一个小时后，她就开得有模有样了。除了刹车有点猛，转弯过大，不那么流畅外，她都觉得自己开得很好。郭毅凡对慕青总是呵护加表扬，慕青理所当然地享受着发小的照顾。快到西宁时，如是一句“妈妈，干爸，你们怎么不结婚呢”逗得慕青把刚喝到嘴里的水呛了出来。她呵呵笑着，摇摇头，没想到三岁的孩子就会问这些了。郭毅凡逗孩子说：“你妈妈不要我呀。”慕青打了他一下，对如是说：“孩子，我和你干爸是从小的朋友，不是那样的关系。”“哦。”如是仿佛听懂了一样，郑重地点头。

在西宁吃了著名的煮羊头后，他们就去了闻名遐迩的塔尔寺。寺庙恢弘，穿着绛红色僧袍的僧人像大学里的学生一样多。郭毅凡煞有介事地磕头拜佛。慕青领着如是看大殿里年代久远的唐卡画，她深深地被吸引震撼了。郭毅凡通过他爸爸的老战友——青海军区的一个领导引荐，参拜了大活佛。不信佛的慕青，在活佛给她双手摸顶时，突然感到一种莫名的东西轻抚她的身体。哈达戴到了她的脖子上，而她再看活佛的脸，是那么亲切。活佛还在她手上套了一串佛珠，说这是珍贵的凤眼菩提，是他师父用过的，会保佑她给她带来运气。慕青第一次见凤眼菩提，很喜欢这神奇的珠子。郭毅凡羡慕慕青得到佛珠，活佛只给他的哈达上盖了方印。

第二天在去同仁隆务镇的路上，慕青一直沉默。她手里拿着活佛给的隆务寺一个活佛的名字字条，想着活佛说的那些奇怪的话。

路很烂，郭毅凡不让慕青开。颠簸了近六个小时，他们才风尘仆仆地到达隆务镇。参观寺庙，参拜活佛，走访民间艺人。几天下来，慕青决定了自己的去处。在年都乎村，他们在寺庙隔壁找到了一个独立的院落，是去印度朝圣的一家人留下的，已经空了好几年。帮他照看的亲戚看到慕青他们有钱又有文化，便租给他们。郭毅凡找来工人，维修改建了卫生间和厨房，安装了太阳能淋浴设备、抽水马桶，更换了厨房的厨具。本来他还想把那个奇怪的木床换成舒服的席梦思床垫，慕青拒绝了。她说她喜欢这样的民族古朴的东西。这屋子都搞成了现代化，她还算待在藏地吗?

安排好所有，郭毅凡才依依不舍地开车走了。

他走后，慕青似乎轻松了很多。她找好邻居阿姨达娃照看如是，自己则步行走访一个个寺庙，寻找传说中的大师。

2

年都乎村、上吾屯、下吾屯三个村子几乎家家都有艺人画唐卡，大部分寺院的僧人也都在画唐卡。他们都是师父带徒弟口传心授下来的。在有名的师父家，总有十几个几岁到十几岁的小男孩坐在院子或者某个房间画画。这里是名副其实的艺术之乡。

这个地方很少有汉族游客来，慕青的到来成了一道风景，大家都对她很热情。慕青甚至有时候在艺人家吃饭。只要是饭口儿，他们不问她，会主动给她盛饭。慕青喜欢这里，喜欢唐卡绚丽无比的色彩。画面上神奇的宗教意味，不信鬼神的她，没有想太多。

就这样不停地走、不断地看，在有三百僧人的一家寺庙最里面的一个小屋子，慕青见到了后来成为她师父的老喇嘛更敦群培。老喇嘛盘腿坐在炕上画，两个六七岁的小喇嘛在他门口的长廊上画。她走了进去，看到里面墙上挂着唐卡画，那种构图，那种色彩，慕青禁不住眼泪哗哗地流。她跪坐在老喇嘛炕前的坐垫上，喝着他递过来的奶茶。

“你喜欢？”老喇嘛的汉语很生硬，但也很简洁。

慕青用力点头，说：“我想学。跟您。”

老喇嘛歪过头笑了一下：“真的？可以呀。”

就这么随意这么简单，慕青有了自己的师父。

从那天以后，慕青不再四处乱跑，也像那两个小喇嘛一样乖乖地坐在老喇嘛的屋子里学画唐卡。师父要求慕青先从绷画布学起。

首先选择尺寸合适的画布，沿画布的四边把它缝在一个细木画框上，继而把细木画框上的画布绷紧，再用结实绳子把细木画框牢牢地绑在大画架“唐卓”上面，按“之”字形的绳路式样把细木画框的四个边同大画架的四个边绑在一起。

用了近一周时间慕青学会了绷画布，她进入了第二阶段的学习，先用胶水涂底色，晾干后，再薄薄涂一层有石灰的糨糊。等第二层涂料干后把画布铺到平平的木板上，用玻璃和贝壳、圆石等光滑的东西反复摩擦画布面，一直到画布的布纹看不见为止。这都是力气活，几天下来，慕青嫩白的手变得粗糙如农妇。

师父知道她本身学的就是画画专业，有素描底子，所以让她很快进入到拿笔的阶段。师父给她演示画布上定位线的画法，边线、中心垂直线、两条对角线和其他任何需要标出的轮廓线。这些都用浅浅的炭笔画出。之后，就是画佛像草图了。那是用炭笔画出的，师父给她讲唐卡画的步骤，“白画”之后，再用墨勾成墨线。然后就是有步骤地上色，描金和勾线。佛像眼睛是最后画的。

知道慕青不信佛以后，师父专门交代她要读佛教方面的书。要画好唐卡，必须有佛学的修习。师父的书都是藏文的，他说他们村有个搞藏汉文翻译的人，是个优秀的学者，他那里应该有汉文的佛经。

师弟把慕青带到那个老师家。慕青又惊讶了一回，他书房里藏式的柜子里放满了书。一听慕青是为学习唐卡来的，这个叫索朗多吉的学者热情地接待了她，给她选了几本书：《绘画量度经》《造像量度如意珠》《造像量度》《佛说造像量度经疏》。说这是唐卡入门必看三经一疏。索朗多吉的汉语很好，有北京腔，原来他在中央民族学院上过学。他很愿意慕青造访，给她煮酥油茶，摆出各式坚果。喜欢这种感觉的慕青就留下来和他聊天。

言谈中，慕青知道索朗多吉在地区藏学研究所任职，是个优秀的学者。对藏传佛教、藏民族的文化风俗等都有颇深的研究。他正是慕青要寻找的交流对象。慕青来这里已经几个月了，接触的画师、喇嘛汉语都不好，她一直有交流匮乏症。现在好了，她高兴地跟索朗多吉说着她的想法，也说着汉地城市的事情。三十多岁还单身的索朗多吉当然喜欢慕青这样有文化的汉族美女。第一次，他就留慕青吃饭，给她做了他拿手的藏包。颗粒状的牛肉吃进慕青的肚子，她似乎能感觉那种沉沉的分量。索朗多吉笑着说，他们的包子是很有力量的。逗得慕青爽朗地笑起来。她喜欢这种说话方式。在藏地，慕青有了第一个朋友。

一年后，慕青基本上掌握了唐卡的粗略画法，只是在细节上没有那么娴熟。她对色彩的理解和使用让师父很满意。经过近十年科班的训练就是不一样。师父第一次把接的小幅唐卡的活交给慕青独立制作。几个月后，慕青完成了。师父端详一番后，没有说话，拿起画笔进行补充修饰。师父很满意，佛像比例、构图、背景以及色彩都还不错。能独立完成唐卡，在藏地一般的学徒得经过五六年时间的严格训练。慕青有这样出色的成绩，师父给她竖起了大拇指。慕青也很激动，情不自禁地拥抱起师父。

第二天，她请了索朗多吉和师父到隆务镇，在一家新开的川菜馆请他们吃饭。他们都是她的恩人。慕青席间动情地说，她感谢他们，他们让她感到了亲人的温暖，她会继续好好学的。

师父不大说话，索朗多吉跟师父以前就熟悉，话比较多，一会儿藏文，一会儿汉语，有点兴高采烈。

这一年多时间索朗多吉有点喜欢上了慕青。工作时的他本来习惯穿汉式服装，因为慕青喜欢藏装，他现在几乎天天都是藏袍，民族风的打扮使他平添了一份英俊。他身材高挑，鼻梁耸如鹰钩，很有康巴汉子的气魄。索朗多吉说他祖上是从玉树那边过来的，所以他的长相不同于这里的人。本地藏族人是安多藏区，安多的马很有名。而康巴，是人出名。慕青知道康巴汉子的许多典故，再加上索朗多吉给她讲的，很有神秘感。她有些纳闷，这么英俊的汉子为什么会单身？一次无意的问话，索朗多吉给了她这样的解释。他说，他在小时候就很想出家，还偷着跑到庙里住过一段时间，后来被他妈妈硬拉了回去。他家人丁不旺。他们这个部落头人的骨系，到他这一代，就只有他这个独支。旁支有去了印度的，有流落到四川石渠的。爷爷爸爸妈妈都不让他出家，当然当时的政策也不允许。后来改革开放，已经在同仁定居的爷爷执意想去老家的牧场，想去寻祖。爸爸妈妈带着他去了。他因为有这个正式工作，留了下来，不过他答应他们绝不出家。一个想出家的人，肯定对男女之事没有什么兴趣，索朗多吉进一步解释。

有了这样的话，慕青跟他交往起来很轻松，不会担心有男女感情纠葛。直到有一天，她发现索朗多吉的眼神迷离多情，总是那样奇怪地看她。她心里一紧，但她又不能打击他，故意装得若无其事。索朗多吉对如是也特别喜欢，他常常带她到隆务寺，请布尕活佛给如是起了个藏文名字：如是卓玛。活佛喜欢这个嘴巴灵巧的女孩。特别是她的汉语名字如是，跟佛教有关。问她谁起的名字，如是说是妈妈，妈妈是画家。索朗多吉补充说，她叫陈慕青，以前是大学的油画老师，现在在这里学习唐卡画。“哦。”活佛赞赏地点头。

当知道活佛通过她的女儿如是邀请她去他的府邸时，慕青真的很高兴。她拿着她刚刚完成的一个小幅唐卡作品去拜访活佛。活佛喜欢她的礼物，还叫进来他的随从，一通藏语，随从出去后，活佛说了他想订她两幅唐卡画，已经给随从交代过了。“会按市场价付钱的哦。”活佛笑着说。慕青张大嘴巴，高兴地站起，向活佛双手合十表示感谢。活佛还说，想看看慕青的油画，说他喜欢西洋油画。“当然了，等我画好一定送您。”慕青爽快地应着。其实一年多以前，她就因为塔尔寺活佛的介绍来拜访过他，大概是活佛见的人多，不记得她了。

活佛很年轻，白净清秀，僧装华美干净，眼神清亮，能说地道的普通话。慕青和他交流起来没有任何障碍。因为师父和索朗多吉的缘故，慕青渐渐开始信仰佛教了。到寺院她会顶礼膜拜，见到活佛她也会尊敬地行礼，等待活佛的摸顶。活佛也很赞赏慕青师父的唐卡画，说他的禅修房就有一幅。慕青想说活佛家里的奶茶真好喝，茶点也好吃，但没好意思。活佛是宗教领袖，她不可以说玩笑话。

如是也喜欢活佛的宅邸，不愿意跟她回来了。活佛笑着说，卓玛可以出家了。慕青笑了笑，没有回答。

一回到家，把如是安排在邻居达娃家后，慕青就赶快又跑到街上的邮局，给郭毅凡打电话。她让郭毅凡给她买些油画用具等寄来。郭毅凡说正好刚忙完一单生意，想去看她呢。之后她又给爸爸打了电话，报个平安。一般她一个月给他们打个电话，让他们放心。和之那里，她仅打过一次电话。她给和之说，没有消息就代表平安。和之没有抱怨。即使是死党，她也喜欢这样的交往，君子之交淡如水，人虽然不在一起，但心是彼此相通的。

慕青想画油画已经很久了。师父几天前也提出过想看看她的油画，她当天就给郭毅凡打电话，但没接通。今天正好，电话通了。现在她一想到活佛喜欢她的画，就很兴奋。跟着师父时间长了以后，她知道了许多佛教的布施和供养。给活佛供养是殊胜的，慕青想以自己的作品供养。

她盼着郭毅凡的到来。

3

慕青在自己家里给郭毅凡收拾了一间屋子。他不喜欢住旅馆，特意提出住她家的。

郭毅凡给她带了足够的油画用具，还给如是买了许多衣服和零食。慕青的妈妈也捎来了她的手织毛衣，给慕青买了实用的羽绒衣。郭毅凡按照慕青的嘱托，给她的师父带来了厚实的僧袍和棉靴。郭毅凡的到来，让慕青仿佛成了富翁。有了经济上的支撑，慕青在师父那里也大方得异常。其实所有的花销是郭毅凡，只是慕青花起来觉得自在。

师父和学长学弟们问她，郭毅凡是不是她老公。慕青笑得要喷出来了，使劲摇头。

“那如是卓玛的爸爸在哪里？”师父的问话很直接。

慕青愣了一会儿，笑着不说话。她不想解释如是是她捡来的孩子，也不想如是过早地知道她凄凉的身世。倒是郭毅凡笑着替她圆场：“群培师父，我想跟慕青结婚，可人家不要我。你替我说说她，好不？”老师父若有所思地笑着，歪着脑袋看了一眼慕青，然后摇摇头说：“这可不好办呢。”正说着，索朗多吉掀起布帘子走了进来，说笑声戛然而止。慕青表情尴尬，她在心里说，她又没做啥错事，为啥要难为情呢。索朗多吉上下审视着郭毅凡，侧过头对慕青说：“慕青，你这几天怎么不来我家？哦，原来有贵客来哦。”那个“哦”字声音拉得很长，很奇怪。

慕青站起，给他们介绍：“这是我的发小，我几十年的朋友郭毅凡。”顿了顿继续道，“这位是藏学专家索朗多吉，我给你提过的。”

郭毅凡站起身友好地伸出手，声音洪亮：“久仰大名。慕青总给我说您，谢谢您照顾我们慕青。”

这一声感谢，一下子拉开了索朗多吉和慕青的关系，好像郭毅凡和慕青是一伙的一样。他们手虽然握在一起，但索朗多吉心里很是不平。手使劲一握，怪怪地看着郭毅凡嘴一咧，只是咳嗽两声，点点头。

慕青怕冷场，马上说："多吉老师是学富五车的大才子，是我的藏学藏文老师。我们的小如是也在跟他学藏语。"

他们闲聊，师父手中的笔并不停。索朗多吉极力想表现得轻松些，喝着茶，逗如是玩。他说："如是卓玛，你喜欢这里吗？要不要留在这里？"因为活佛给如是起了新名字，在这里一叫起如是，都叫她如是卓玛，很有藏汉结盟的味道。如是用藏语回答："当然要了。我最喜欢活佛这里了。"师父抬起头，笑着说："藏语说得好，那就送你去寺庙，好不好？"如是高兴地跳起来："好啊，好啊。我最喜欢跟他们念经。"慕青笑了，她能听懂一些藏语，而郭毅凡愣愣地看他们。慕青给他悄悄说了师父和如是的对话，郭毅凡想这些人难道要把孩子吸引到寺院吗？信佛就信嘛，出家还是不要了。

回到慕青家里，郭毅凡情绪依然不平，迫不及待地给她说这个事。慕青并没他那么激动，淡淡地说如果如是真喜欢，她没有意见，也不会阻拦的。

虽然郭毅凡仅仅是如是的干爸，但说起她的教育还是和慕青争得面红耳赤。他认为，把如是放在这样一个落后偏僻的地方，是对孩子的耽误和摧残。小女孩就应该在大城市接受音乐舞蹈文化等教育，不该在这乡村里。既然如是是城里孩子，就应该有城市的教育。他甚至提出带如是回西安，慕青断然拒绝了。她说，她的孩子她做主。慕青的话让郭毅凡气得呼呼的。

一连几天，他们都因为如是的事很不愉快。郭毅凡甚至说起捡如是那一天的情景，说对这个孩子他也有责任。慕青则说，她现在是如是法律上的母亲，谁也不能剥夺。不信佛的郭毅凡最害怕的是如是被这里的宗教气氛感染而被弄到寺庙里，在他看来那是大逆不道。他不喜欢那种出家的事情，虽然一到寺庙他也恭敬膜拜。他发现这一年多慕青变了很多，以前文艺青年的范儿越来越少了，她连观念都在不知不觉中向藏族人靠拢。这恰是他担心而不愿意看到的。

郭毅凡不知道他和慕青怎么会有这么多的分歧。慕青不再是那个需要照顾、任性、敏感、有点小才气的女孩了，她在成长为一个妇人，一个有主见、朴素、个性鲜明的艺术家。一天下午，听着如是盘腿坐在走廊的木地板上唱念六字真言，慕青边画画边爱怜地看她，喝着啤酒的郭毅凡看着她们那样子就有点火。他大声制止如是，如是吓得躲到慕青的脚边，瞪大眼睛木呆呆地看他。慕青狠狠地瞪他一眼。他没有停止，继续唠叨。慕青长舒一口气，有点不高兴地说：“你这次来，是吵架的？如果再想吵，就回去。”

“我不想跟你吵，但我对如是的教育不满。”郭毅凡这次真有点一根筋儿，脖子梗着，眼睛瞪得溜圆。

就在他们你一言我一语拌嘴正热闹的时候，大门吱扭一声开了，是索朗多吉。如是欢快地跑过去，抱住他。郭毅凡不理他，气呼呼地转身进了屋子。索朗多吉不理解地摇摇头，抱着如是坐在慕青身边。一边看她画画，一边不经意地问："那个，他是如是卓玛的爸爸吗？"

慕青生气地甩了一下画笔，道："不是，怎么都这样问我？"

"那他为什么老因为如是和你吵架？无关的人不会吵的。"索朗多吉一脸的不解。

"给你说过几遍了？他只是我的发小，我从小到大的朋友。"慕青一字一顿地说。

"你们真不是情人？以后会结婚吗？"

"多吉老师，你有脑子没？我和他仅仅是朋友，不是那种关系，而且他是如是的干爸。"

索朗多吉挠挠头，摸着下巴笑了，小声嘀咕道："这我就放心了。"

慕青看他那样子，也笑了，放下笔，郑重地说："老师，你可别想多了，我们也仅仅是朋友，记得哦。"说完拍了一下他肩膀。

如是扬起头看看慕青再看看索朗多吉，稚气的脸上露出奇怪的表情，问："妈妈刚和干爸吵架，现在和多吉老师也吵架了吗?”不等他们回答，她自己又说，“不要吵架，活佛说吵架不好。”

如是的话把慕青和索朗多吉都逗笑了。慕青看了一眼多吉，对如是说：“乖乖，你什么时候听活佛说的这话，我怎么不知道呢?”

如是挠挠头，道：“是秘密，反正是这样说的。”

看着如是像个小大人一样甩甩她的短头发，慕青爱怜地一把抱住她，亲她的脸蛋。在藏地待了两年，如是就有了高原特有的红脸蛋，这高原红让她看上去有点藏族小孩的味道。

这几年慕青给这孩子倾注了过多的爱。她都不知道，如果她的生活没有如是，该是什么样子。给她洗澡、剪头发、剪指甲、洗衣服、讲童话故事，她们在一起度过太多美好快乐的时光。而且，仅仅两年时间，如是都会说流利的藏语了，就像一直生活在这里一样。而慕青跟师父和邻居也会用藏语简单地进行交流。这个小能豆，慕青常常心里这样表扬她。

郭毅凡最终没有带走如是，也没有说服慕青。他跟她讲不通，有点赌气地走了。慕青在他包里装了一封信，说了她的心情、想法和对他的感谢。信不长，也不感情饱满。郭毅凡没有太大感动，只是接受。对于一个发小的任性和人生选择，他又能怎样呢？他能做的仅仅是金钱上的支持，现在看来，很快慕青就不需要他这方面的帮助了，仅活佛给她的定金，就足够她生活两年的了。她会因此发财吧。慕青终于找到了一条艺术与商业结合的路子。有了这个，他也放心了。

太阳照常升起，慕青照常作画。画唐卡时她常常在师父家里，画油画则在自己家。她没有社交，没有应酬，没有休息，一直在画。常常是师父或者师弟们催她休息。她把披散的头发梳成麻花辫，有时候绾一个发髻盘在头顶，俨然一个工匠。肥大的围裙几乎看不出颜色，这涂满颜料的围裙也见证了她的勤奋和刻苦。

师父和她的订单越来越多。往往师父是大幅的，她是小幅的。订单几乎都是来自青海、四川或者甘肃的寺院。依照师父的原则，寺院订单不仅要做到最好，而且价格也要最低。这个慕青同意。她现在已经是虔诚的佛教徒了，这样做也是供养。她这样认为。

因为画师的身份，她结交了寺院不少高层人士，有活佛，有堪布，也有高僧，在她去给他们交画的时候，他们也给她讲佛法。

隆务寺有个活佛也喜欢她的油画，还请她画肖像。这个当然要免费了。慕青答应活佛。几个月精心地画，交给活佛时，他很满意，还立即让北京来的弟子给他和画照相。他极力给那些香客推荐慕青的唐卡画，当天下午，他们就强烈要求去慕青家。慕青先带他们去了师父家，然后才到她家。她像藏族女人一样给他们煮奶茶。这些大老板分别从慕青和她师父那里都订了唐卡画。她就这样轻松地打开了汉地收藏家市场。

慕青的唐卡画就是这样一步步火起来的。在她忙得没有时间照顾如是的时候，如是常常被索朗多吉领着往寺庙跑。如是喜欢寺庙，甚至不想回家。如果不是慕青严格要求她回家的时间，恐怕她早跟那些阿尼一样住在庙里念经了。

这一年，如是七岁了。她缠着慕青送她去寺庙，因为她早在活佛那里听说出家必须七岁以上。“我一直等着这一天。”已经在小学上了一年学的如是，像个小大人一样这样说。从她四岁想要出家起，她就没有改变自己的想法。她不像其他孩子那么贪玩，总是喜欢待在屋子里对着唐卡中的佛像念经。

活佛说她是度母的化身，索朗多吉说她是活佛的转世。总之他们都看好如是的出家，况且如是这么坚决。慕青没有阻拦。那天她给如是彻底洗浴后，换了朴素的衣服，开车送她到布尕活佛那里。

活佛是如是的剃度师。

场面肃静，如是一脸的欢喜，活佛念念有词。慕青看到那一刻，潸然泪下。她想，她的如是从此要开始与众不同的人生，那将是如是自己的人生。即使是她的母亲，也不能阻挡。

索朗多吉和慕青不约而同地给如是买了袈裟——藏地绛红色的僧衣。七岁的如是还是稚气的孩子，个头不高，笑容灿烂，乳牙正在换去。然而她眼神是如此坚定，如同她生来就是为佛而活。她如愿以偿地成为活佛的真正弟子。她的法名，活佛竟给她用了俗世的名字——如是卓玛。当说到这个名字时，慕青泪花闪闪，感激地望着活佛。

活佛是如此从容淡定，这简单的仪式因为他严肃的仪式感显得肃穆庄重。剃发、磕头、转佛像、念诵戒律等结束后，活佛对慕青讲了如是在寺庙的安排。如是住在活佛府邸的下院——一个阿尼们修行的院落。如是每天上午跟随阿尼念诵佛经，下午和他的另一个弟子到他的府邸学习。如果如是想回家的时候，也可以回家。如是摇头，说："妈妈可以来看我。我现在是阿尼了。"

听着这句话，慕青不知怎的就是想落泪。她的女儿就这样贡献给了佛。她是该欣慰还是哀伤呢？情绪复杂。她想起几年前郭毅凡说的话，那时他耿耿于怀，怕的就是如是有这一天。几年了，他也不联系慕青，他生了她的气，如果此刻他在这里，他会不会硬要把如是拽到红尘里呢？慕青不愿去想这个。这大概就是如是的命。她的机缘应该就在这寺庙、这修行地。她的前世是修行人吗？而她慕青呢？长久以来迷恋的是色彩绚烂的艺术，多彩的人生。索朗多吉在旁边握住慕青的手，给她力量。她没有躲开，默默地接受。

“你该欢喜，为如是高兴才对。”在回来的路上，索朗多吉轻声对慕青说。

慕青点头：“是啊，我为她高兴。我的泪也是高兴的泪。”慕青回避了她的犹豫和不安。她试图做一个与藏地合拍的人。

“其实，我们每个人都该为佛做事。”索朗多吉感叹地说，“佛性在每个人的心里，为佛做事，也是为自己做。”

慕青看了他一眼，过了好一会儿才点头。

索朗多吉有种想紧紧抱住慕青的冲动，但他克制了自己。他抬了抬手，又缓缓放下，说：“慕青，你有我呢。你不会孤单的。”

慕青一笑，没有说话。在这要黑去的傍晚，她只是有一点点失落，有一点点不适应，有一点点茫然。或者她真该像活佛说的，多念念佛经，消除内心的杂念。

第九章 慈颜

随，元亨，利贞，无咎

1

在文艺路的一个小巷子，慈颜通过别人帮忙找到一间小小的门面房。“慈航盲人按摩所”的小牌子在一个吉日的早晨挂出。

原本慈颜不信那些所谓的黄道吉日，是按摩学校的同学极力告诫她的。她的一个搞周易八卦的同学帮她测了这个日子。

她的积蓄只够租这么大的房子。她想起步高一些，借些钱，妈妈不同意，怕她运转不好赔钱。穷人家经不起折腾，妈妈一再说。爸爸过来帮她收拾房子，安排好一切就回老家了，因为没有他住的地方。

小小的房间只够摆两张按摩床，小门进去又一个小间是她、妈妈和小米住的地方，厨房、卫生间都极其狭小。但毕竟是她独立负担的，慈颜还是有些欣慰。

徐老板给她买的传呼机，现在派上了大用场，她也装了座机。这些通信工具帮她维护了以前在中医院时的老顾客，那些人可以通过传呼机找到她。除了最初的几天客人少以外，陆续便有老顾客找到这里来了。

她妈妈把屋子收拾得很干净，床单也是一天一换，加上慈颜的按摩推拿技法到位，顾客慢慢多了起来。她没有雇人，目前的小地方，她还是喜欢从自己做起，把这个生意扎实地做起来。

晚上除了陪小米玩一会儿，她大部分时间用于研习中医理论、人体解剖学、腧穴和脉络等方面的书籍。她进一步在以前老师教的按摩推拿等技法的基础上，结合临床实践，探索新的更有效的治疗方法。因为不是医学科班出身，慈颜感觉到了想要提高进步的困难。她思索，并寻找解决的方法。

徐老板可以说是她的贵人。以前是，现在依然是。当有一天，徐老板给慈颜买了回坊上好吃的粉蒸羊肉送去中医院时，才知道她离开了。他呼她，继而对她发脾气，责怪她这么大的事情也不跟他说。他开车到文艺路她的店里，狠狠地怪她。慈颜只是不说话。本身她妈妈就怪徐老板影响了她，虽然她给妈妈解释了，妈妈看似也理解了，但还是有点耿耿于怀。还好，现在她去幼儿园接小米了，否则要给徐老板难堪了。徐老板在小小的没有客人的屋子里来回踱步子，说这地方太小了，应该给他说，至少开个大些的。慈颜笑着说，她愿意从小的做，这样没有负担。

“你不要有负担，我可以投资。”徐老板有点生气地说。就因为这句话，慈颜感到了温暖。她知道徐老板有可能帮她的，但一直以来没想给他添过多的麻烦。慈颜答应再过一段时间考虑徐老板——她徐大哥的建议。徐老板不喜欢她叫他老板，那天起，她开始叫他大哥了。

由于在中医院两年多的从业生涯，慈颜在盲人按摩界有了一定的名声和口碑。

盲人圈有个大哥大一样的人物赵大夫，他已经干了十几年的按摩加算命卜卦了，而且还解决了不少据说大医院都治不好的疑难杂症，口口相传，他成了公认的按摩名师。

这个赵大夫是在自己家里接诊，来找他的人很多，按摩需要预约。技法加上他的神秘性，他总是拥有很高的报酬。他喜欢热闹，每个月在他家有个盲人沙龙。总有一二十个跟他一样的人来到他这里交流和闲聊。他的明眼人妻子，是个极其热情好客的小个子女人，她总是周到地倒茶递水果，有时候还会做一大桌子菜。她成了所有盲人梦中的妻子类型。除了调律师卫小曼，慈颜是沙龙里仅有的女子。她俩在沙龙里面很受欢迎。来自陕北的盲人青年高红歌三弦弹得好，从传统说书到结合现实的现编现说，他说得眉飞色舞娴熟有趣，他是沙龙最热门的人物；街头艺人黄土的二胡拉得动人，他会带上他的胡琴跟大家分享；见多识广来自宝鸡的老孟总能讲出好多段子，逗他们一笑；通音律的卫小曼会和着录音机放出的音乐给大家跳段舞，即使大家不能看，好像也能感受到那种美一样。慈颜加入这个群体时间不长，开始她总是默默地坐在角落，听大家的节目。熟悉以后，大家当然不饶过她。她就凭着记忆，唱曾经最喜欢的秦腔戏——《探窑》或者《三滴血》的唱段。本来她不怎么喜欢秦腔，因为妈妈爱得不得了，她也跟她学了几段，没想到在这场合还真用上了。

沙龙有个有意思的名字：白夜。他们大概不想总看见黑夜、茫茫的盲夜，爱听小说连播的他们在广播上听到了贾平凹的《白夜》，贾先生名气大得捅破天了，他们似乎也是想借他的名改改自己这一生苦苦没有光明的人生。这个聚会式的沙龙，给他们带来了欢笑和快乐，也成了他们繁忙生活中最重要的娱乐节目。

在沙龙上，有个叫倪博的比慈颜小一岁的按摩师看上了她，通过赵大夫来给她递话。慈颜没有接受。两次的婚姻，她怕了。即使一个从未结过婚的人也不能吸引她。她现在想的只有赚钱，养活自己和小米。尽管慈颜拒绝了，倪博在他的休息日还是会来慈颜的按摩所，帮她照顾客人，干点活。慈颜妈妈不喜欢他来。在她看来，一个瞎子已经够了，再加上一个，她不能忍受。慈颜知道了妈妈的意思，也竭力拒绝倪博的来访。慈颜说她不喜欢流言蜚语，怕人误会。慢慢地他来得少了，慈颜这才舒了口气。

几次沙龙聚会后，卫小曼成了她的好姐妹。卫小曼经常要到文艺路的陕西歌舞团、戏曲研究院给别人的钢琴调律，时间合适的话她总喜欢到慈颜这里聊会儿。慈颜虽说来自农村，但她身上散发的文艺气息吸引着卫小曼。她们在一起总会说起一些文学的话题。卫小曼说自己曾有过深深的文学梦，直到十八岁那年她因眼疾失明。还好她小时候就学了钢琴，没想到后来的人生虽说跟钢琴有关，却成了为别人做嫁衣的调律师。她也从别人那里听说了慈颜的事情，同情可怜她，只是她不能明说。慈颜的生活真是苦，不像她有一对当教授的父母，从来都衣食无忧。调律，是她接触社会的媒介。她不想啃老，凭个人实力赚到钱，她开心极了。她知道慈颜也喜欢她。

慈颜当然是喜欢她的，她那么斯文雅致。如果是徐老板看到，肯定又要爱上了。她的徐大哥就喜欢美女。她早发现这个了。有次和徐大哥开起玩笑，他狠狠地刮她鼻子，说:“妹妹有一个你这样的人就可以了，我又不是慈善家。”慈颜想说，你明明就是慈善家嘛，到处乐善好施，但她没有说。什么都不要说得太白了，大家还是点到为止好。好在妈妈也消除了对徐老板的成见，开始欢迎这个关心照顾慈颜的男人。徐老板对慈颜妈妈非常尊敬，常常“阿姨阿姨”地叫着，虽说他和慈颜妈妈也就相差十几岁。他说，慈颜是他的妹妹，他可不能乱了辈分。人与人的信任就这样建立了，徐老板以他惯常的爽朗赢得了这对母女的心。

慈颜租的是居民楼阳台和围墙改建的门面房。没过多久，街道办就来了一帮人，一个看上去像领导的人说他们这一排房是占道经营，必须拆除。他们走后，慈颜隔壁开服装店的张老板和旁边开小理发馆的小王来找慈颜。他们都认为法不责众，大家都不搬，政府也没办法。慈颜信了他们说的，心安理得地继续她的按摩生意。街道办城管科的人又来警告，限他们十天搬离。慈颜根本不情愿，刚在这里稳住，又投资了那么多钱，就这样走太亏了。她也没给徐老板说，觉得这样的小事情不该麻烦他。

真没想到，这回政府动真格的。

公安民警、街道办的人，一下子来了好几十个，而且还有铲车、挖掘机。他们这一排经营的人都被圈在一辆大巴车里头。一个上午他们这一排门面房就被拆得面目全非。等他们被放出来，房子成了砖瓦废墟。慈颜按摩店的东西也没有抢救出来，都埋在了砖瓦土堆里。慈颜哇地哭了，她又成了没有一点钱的穷人。这个小街道，哭声、骂声、吵闹声混成一片。街道办的人撤离而去，留下一句话："要赔偿，到街道办谈。"

根本轮不到慈颜要赔偿，房东去找了街道办，回来给慈颜说一分钱都给她赔不了，人家政府只赔偿房东的损失。万般无奈，慈颜给徐老板打了电话。

徐老板安慰她不要着急，他一直在给她选地方，觉得这个小店慈颜待着太委屈了。

有了徐老板的出资，慈颜很快又有了新的按摩所，名称改成了徐老板坚持要用的"慈航按摩推拿会所"。他说"会所"这种名字，让人感觉高贵而且洁净。慈颜同意了，她现在习惯听这个大哥的意见了。

这次的地方，是徐老板看好的。距离文艺路不远，勿幕门城墙根儿下，是个交通便利的商住楼。他自作主张替慈颜签下了合约，一百多平方米的房间一租就是十年。这么高的租金，以慈颜现在的能力根本就不敢想。而且还要考虑客源，慈颜也没有太大的把握。慈颜一下子觉得身上的担子重了。

一个晚上，徐老板来接她喝茶。她跟他商量起按摩会所的管理和走向。钱是徐大哥出的，当然得听他的意见。再说徐大哥生意场上摸爬滚打了这么多年，他走过的桥比她走过的路都多，肯定能指点她的。然而，徐大哥这次说，按摩所还是慈颜自己拿主意比较好，不过他可以帮她做些外围工作。慈颜高兴地说，她就是需要外围的力量啊。她现在学会了跟大哥撒娇，会去抱抱他，表示她的感谢。

按摩学校的王老师给慈颜推荐了五位优秀的按摩技师。慈颜让爸爸来搞卫生，妈妈做饭，她又雇了个卫校毕业的漂亮女孩齐小麦做前台管理，按摩所从一开始就办得有模有样。慈颜还让齐小麦用电脑建立客户档案，对客源进行分类。扩大后的按摩所经历了半年不赚钱的亏损期。好在，有徐大哥的支持，她可以坚持。正如徐大哥说的，半年后，果真客人多了起来，也渐渐有了些盈余。

本来慈颜是想让读卫校护理专业的妹妹慈莲来，可她说想在大医院见习两年再决定自己以后的去向。慈颜不想耽误妹妹的前程，每个人的人生都得自己负责，这是她失明以后悟出来的道理。

小米长大后，对什么都很好奇，妈妈为什么看不见，为什么她没有爸爸等。慈颜开始总是回避这些问题，直到有一天她问徐老板是谁。慈颜愣了一会儿，委婉地说那是她大舅舅。后来小米只要看到徐老板就喊大舅舅，徐老板高兴得合不拢嘴。他喜欢这个嘴巴灵巧的能豆豆小米，有时候他也会把慈颜和小米一起带上出去吃饭或者兜风。

不管小米喊他什么，总之，一些闲言碎语还是困扰着慈颜。

慈颜想，在这荒唐的世界，清白的事情也会被人搅浑的，而她连浑了的水都看不见。她一直想着跟大哥最好的相处方式就是不影响彼此的生活。

她思索着，思索着。

2

慈颜给员工租的宿舍是距离按摩所一百多米的一个家属区。两室一厅，刚好一间男的，一间女的。女按摩师是小百灵和朱牡丹。百灵是大家给她的外号，十九岁，刚刚从按摩学校学习结束，她整天叽叽喳喳的，像只到处觅食的鸟。朱牡丹干按摩近十年了，很有些老按摩师的架子，作为店里的主力，她常常以主人的姿态辅导新按摩师的技巧。她们和小麦住在有阳台的主卧室，里面有卫生间，洗了衣服还可以挂在阳台。女人嘛，爱干净，慈颜当然会考虑这些。

另一个屋子，都是男技师了，张明春，于平和顾大力。顾大力有些微的光感，他年龄最小，但因为这个优势，成了他们仨的领导。老实巴交的于平和爱耍小聪明的张明春最羡慕的是顾大力有老婆。他们俩都三十岁了，都还是光棍一个。

每天下班五个盲人，一个搭一个的肩，走在最前面给他们带路的是慈颜的爸爸，他接送他们上下班。齐小麦只带过他们一个星期就坚决不干了。年轻的她，嫌周围人奇怪的目光。她总是找借口不跟他们走在一起，丢人的感觉令她很不舒服。在这个盲人群体工作，老引来好奇和同情的目光，还真有些不自在。

慈颜一家在同一个楼的另外一套房子里。在店里，还是妈妈负责做饭，爸爸料理杂事和晚上看店。

慈颜一般都重点做 VIP 客人，那些人挑剔，又是店里重要的生意，她自然得分外小心。老顾客大多都知道了慈颜的为人，渐渐尊敬起这个女人。有新顾客来，小麦总是大声提醒里面的大夫。如果慈颜不是正在忙，她总会先出来接待。有一天晚上她在广播里听到“细节决定成败”，她希望她的店能从细微处赢得顾客。

当有人喊她林大夫时，她就很开心。这个称呼从中医院一直延续到现在。别人叫她林所长时，她反而有些不自在。

按照徐大哥的建议，慈颜启动了会员制管理。两个贵宾室专门接待这些交了年费的会员。有钱人总是喜欢享受，有几个人几乎每天都来。客人大部分都是过来理疗保健，当然按摩这活，总有个别人要往歪处想。

有次小百灵头发散乱地哭着跑出按摩室。她扶着墙进了洗手间，动静很大地锁住了门，呜呜哭着。过了好一会儿一个男人从按摩室里面骂骂咧咧地出来，说又没干啥，也没把她咋，就闹开了，真是没有意思，扫兴。

正在另一个屋子做按摩的慈颜，忙赶出来，赔着笑脸。那人嗓门很大，喊着既然是会所，也不给会员搞点新鲜的保健项目。慈颜解释，他们这个会所主要是保健推拿和疾病的治疗，不同于其他的按摩院。那人嘀咕，继而喊着退钱，他不来了。慈颜忙说："老板，你下次来，我给你按。你不满意再退不迟。"那男人满脸不高兴嘟嘟囔囔地走了。慈颜按摩完她的客人，这才发现小百灵还在洗手间。慈颜敲门，叫她。后来有人急着上洗手间，小百灵才吸着鼻子出来。

原来，那老板在她按摩的时候，突然对她动手动脚，而且故意摸她的胸。小百灵开始还想忍，那人突然拉住她的手，说他就喜欢她手劲柔软又有力量，让他快乐一回，他不会亏待她的。那动作、那话吓得小百灵赶快抽出手。那人非但没有停，还抱住她的头，对她一通乱亲。"我还没有找男朋友呢，就被这脏人亲了，恶心。"小百灵哭着给慈颜说。慈颜安慰她："妹妹，以后碰见这种人，你就大声喊。"她继续道，"有这种人呢，总想占女娃便宜，欺负咱看不见。"又是软语安慰又是给她吃水果，终于把小百灵安抚住了。慈颜给小百灵教了一些躲避男人骚扰的技巧，还劝她在这种地方，学会保护自己很重要。慈颜没有过多地说顾客的坏话，他们得罪不起，那是她的衣食父母。

慈颜给徐大哥说起这个事情，徐老板哈哈一笑，说男人在这种按摩的地方，肯定会有些非分的想法，这很正常。慈颜有些生气，赌气说："按摩会所，又不是那种色情场所。"

"妹子，你这里不是，但有些地方就是的。"徐老板拍了拍她的手说。

慈颜沉默了片刻道："可不敢有这种事情，那就太丢人了。"

"当然，得想些管理办法。"

慈颜表示同意。既不能过分责怪顾客，也要保证她的员工当然也包括她自己不受伤害，慈颜想必须得想出一个两全之策。

她从广播里知道，现在娱乐场所遍地，有相当一部分都提供有色服务，像足疗店、按摩院、发廊，社会上一些人总把那些地方想成色情场所。也难怪，听妈妈说，就在离他们这里不远的一个小街道，有些奇怪的门面，白天半开着门，到傍晚就有三三两两的女娃在门口晃悠，屋子里的灯光暧昧昏暗。慈颜妈骂那些女子不要脸，没有羞耻心。慈颜没有吱声。现在这年代，真是啥事都有，人为了赚钱，都不要廉耻了。慈颜想她这个地方得干净些，她可不想让别人骂。

经过比较艰难的两年，会所运转正常起来，慈颜也赚了些钱。她在店旁边买了个二手房。有了自己的窝，慈颜感觉自己有点像西安市人了。在推拿治疗实践中，她不断发现自己知识的缺乏，真想到什么地方进修。托人问了中医学院，人家不愿意招收她这样的盲人。想拜个中医师父，又没有门路。徐大哥说帮她打听，大半年了也没有消息。他总是说，要拜师就得找个厉害的，不能随便。慈颜倒是同意。她后悔，当年在中医院的时候没有想着拜个老师，现在自学还是有些困难。她妈妈不理解她，她一个这样的残疾人，现在搞这个店就不错，还学那些东西干啥。给老人解释不通，她也不想说。

开春的时候，聪明但有些不安分的张明春跳槽走了。他给于平说想自己开个店。慈颜心里知道，他想去挣钱多的地方。她不怪他。人往高处走嘛。赵大夫又给她推荐了一个按摩师来，是沙龙里的朋友。其实，倪博想来，慈颜婉拒了。她不想被他再关注上。

赵大夫有次在沙龙上挨着慈颜坐，摸了她的手骨，之后高兴地悄悄给她说，她以后会发点小财，还会出点小名。慈颜笑着说，一个瞎子能出啥名，自然没把他的话当真。名倒是没出，按摩所出了点事，一件不光彩的事。具体说是老实巴交的于平出事了。

在慈颜妈说的那个巷子，一个阳光耀眼的下午，于平被警察收拾走了。

慈颜跟着他爸去派出所捞人，这才知道了事情的缘由。一个矮个子警察接待了他们，给他们说了于平的事情。

瞎子于平竟然去嫖娼了。

在那个巷子一个叫金粉阁的小店里，他当场被抓。于平哪见过这突击检查的阵势，马上招了。说他一共来过五次，都给人家钱了，从不欠账。听着警察说这些，慈颜脸红一阵白一阵，只是点头赔不是。警察嘲笑一个瞎子也会弄这事，还想风流。签字画押交罚款，办完了这些，慈颜觉得作为一个女人，来处理这事，简直羞愧到脚后跟了。

回到按摩所里，于平主动找慈颜承认错误，说罚款从他工资里扣。慈颜很生气，真想把他辞了。她从来没想到这里有人会出事，即使出事也只可能是走了的张明春那样的人才对呀。于平老实得跟块砖一样，不跟人争利益，不管别人咋欺负他都不吱一声。以前慈颜就觉得于平这样的人最好管理了，绝不会惹是生非。真是，老实人咥实活。两千块罚款，说实在的她不是很心疼，只是这人丢不起。这街坊邻居肯定有人知道了于平的事。人常说，好事不出门，坏事传千里。外面人该咋说这按摩所呢。一个瞎子不知好歹地弄那风流事了，而且还进了局子。慈颜想得更多的是按摩会所的名声。

于平闷着头一再道歉。“对不起”几个字就跟长在他嘴上一样，一张嘴就是这几个字。慈颜问他平时一个人都胆小得不敢出门，咋能找到那种地方。于平吞吞吐吐地说，有个他按摩过的客人笑话他三十岁了还是童子鸡，说带他去个地方快活快活。他也是鬼迷心窍，就跟了去。后来隔一段时间就想去，就像被人勾了魂儿一样。他都不知道自己咋摸索到那个巷子，反正到了那儿，那个女娃就来拉他了。跟约定好的一样，他成了金粉阁的常客，那个叫水仙的常客。在那个地方他获得了尊重，让他没有了瞎子的自卑。他想，反正也娶不到媳妇，钱花给自己也不心疼。

慈颜叹气："那你也不能弄这事嘛，好好找个女朋友不就行了。"

于平委屈地说："哪能找着。谁能喜欢我这样又没钱又老实的瞎子。"

慈颜没有接话，过了一会儿，她才说："每个人都有自己的姻缘，你要耐心。"

"耐心？我都三十多了，再耐心下去就老了。"

于平出去后，慈颜想了很多。她当年就是被一个老光棍糟蹋，改变了她命运的。这些人要发泄自己，谁又能挡住呢？好在，于平没有干啥损人的坏事。她经过了婚姻，那男女之事，现在她不再想了。可她的按摩技师不一样呀，每个人都有思春的时候。再说了，那也正常。她苦恼的是，她又不能给技师配对，解决他们的生理饥渴。唉，开个店，连这个都要操心，真是麻烦呀。慈颜心里的确有点烦。

在按摩所，于平成了大家取笑的对象。技师们闲着没事的时候，就爱拿他开涮。碰到这种情况，于平只是憨厚地笑笑，尴尬地说不出话。慈颜在月末开会的时候，扣了于平部分奖金，批评了他，但还强调大家在一起都是缘分，也不容易，要友好相处。

又过了一段时间，于平找慈颜说想离开。他说在这里都知道他那事情，每次他们玩笑都开得没有分寸，弄得他很没面子。慈颜笑了，知道于平不是真的要走，只是想买个她的面子而已。所以她说还是留着吧，到哪里都一样。在这西安，盲人圈里可能都知道那事，何必躲呢。于平也没实心走，有慈颜留他，他心里高兴地留了下来。

其实慈颜了解于平最近的情况，小麦给她打了小报告。说于平的那个相好，隔几天就到店外面等于平。客人少的中午，于平就被她接走了，一个小时后才回来。慈颜没有说什么，如果水仙真是于平的相好也好。只是这水仙是风月场上的女子，会不会既弄了于平的钱，又让他遭一回罪？听小麦说，于平还托她给那个水仙买发卡和珍珠项链。唉，这个于平，她都不好说他。他现在连在按摩的时候都哼起歌了，看样子他是快乐的。慈颜私下提醒他，谈恋爱可以，可不敢再惹出事了。于平爽快地答应。

慈颜不能给他说水仙是为了几个钱，也许于平也心知肚明，甘愿用辛苦钱买些快乐。

朱牡丹是过来人，常常有意地掐于平的屁股嘲笑他。于平不生气，哈哈地笑着，被一个女人掐着，很受用的样子。只是小百灵躲他远远的。单纯的小百灵现在喜欢上了新来的吴可。他是听了小麦说他是帅哥才喜欢他的。吴可是城里的孩子，他在这里很有优越感。虽然眼睛实实地看不见啥，但心气不减，他就没把乡下人小百灵放在眼里。但是朱牡丹不管那回事，常常乱点鸳鸯谱，拿他和小百灵开玩笑。

现在这个小小的按摩会所经常笑声连连，慈颜有着发自内心的喜悦。虽然她不想跟什么人动情，但希望他们都能快乐。他们快乐了，干起活来才有劲儿，她的生意就能保证了。她笑自己也成了地道的生意人了。

3

一晃，小米都上小学三年级了。最近，徐大哥替她们娘俩解决了西安户口。小米早已把徐老板当作家里人了。没有爸爸的她，喜欢偎在他的怀里。徐老板一拿胡子扎她，她就笑得咯咯的。

慈颜发现自己越来越信赖并依赖徐大哥了。对她来说，他好像就是老人常说的贵人。六七年了，总是他在付出，她慈颜在接受。她都习惯了身边有这样一个大哥的爱护和关照。说心里话，她对他已经没有任何芥蒂，没有了年龄的隔阂，没有了残疾人特有的自卑和偏执。她从心里喜欢上了这个大哥。很久了，她都知道了自己的心，但她一直装糊涂，她不想打破目前的平衡和祥和。她知道徐大哥爱护她关心她，就像照顾自家妹妹一样照顾她。他做得那么好，以前对她不轨的行为，像梦一样虚幻，一点都不真实。

徐大哥有自己的糟糠之妻，虽然他们谈不上多爱。大哥很少在慈颜跟前提起她，只说过她是个没文化的人，但把他们一家都照顾得很好，洗衣服做饭收拾家，所有的都弄得妥妥帖帖。他对她从来没爱过，也不心疼她。但她毕竟是孩子的妈，孩子爱她爱得不得了。年轻那会儿，想着离婚找个能说心里话、喜欢的人，还好那时没有冲动，现在他们过得很平稳，是亲人的感觉。他给慈颜说他现在待在家里很舒服，不像以前总想跑外面。大概他老了，他嘀咕着。

有时候慈颜有种给他说她喜欢他的冲动，但她抑制住了。她知道徐大哥以前有两个情人，有个还闹到她家里了，都没让他离成婚。想来，他那个没有文化的老婆自有她的魅力和能量。她从来没想过介入到大哥家里，扮演不光彩的角色。他没说过他老婆是否知道她的存在。如果知道自己的老公什么也不图，给一个女人不断地付出，肯定会吃醋的。她怎么可以伤害这个无辜的人呢。慈颜明白自己的心，但也明白做人的道理。

徐老板好像变得纯粹了。真是他老了吗？他跟慈颜的相处纯洁又美好，付出得很开心。慈颜不晓得他是不是真的对她消除了男人对女人的欲望，总之他的行为变得很单纯。这该是什么境界呢？慈颜有些想不明白。她知道他心里喜欢她，否则他不会付出金钱和时间给她。而且说实在的，她既不能为他创造利益，又不能给他虚荣心的满足，还不能像情人那样宽解他的身体。然而他就是对她好。

直到有一天她见了他另一个女友庄流苏以后，她才有些了解他的多面性。听音乐会，跟教授演奏家吃饭，慈颜从来都没敢想过。庄教授声音娇滴滴的，很好听，她琴也拉得好。她就喜欢这样有才华的女人。可能大哥也是因为这个才喜欢庄教授的吧。在饭桌上，她能感觉到来自庄教授的挑剔审视略带醋意的目光。大哥就像以前迁就她一样也很迁就庄教授，还在细微处讨好她。她也是他的情人吗？那顿饭慈颜吃得很有些不安。坐在身边的小二胡手，苏孝华，跟她一样是个盲人，他竟然是艺术学院的大学生，而且还是高材生，是庄教授的得意门生。那琴拉得那个绝呀，把人的心都拉碎了。慈颜想给他说，她更喜欢他的琴声。她没敢，怕庄教授没了面子。或者以后可以让小米跟苏孝华学二胡。这个念头在她脑子里闪了一下，很快消了下去。

一个盲人兄弟有这么大的作为，她心里很高兴。为他，也为他们盲人群体高兴。想当年她刚惨遭不幸的时候，是多么沮丧，甚至失去了生的勇气。现在看来，一个人，即使残疾了，即使眼睛看不见了，还可以做很多事情。除了从实际出发，现实地想到按摩推拿这等出力的活，她压根没想过盲人还有其他出路。

后来，徐大哥给她讲了孝华的故事。这年轻人真是有才华。没有了爸爸妈妈在身边，他成长得也这么好，而且他从不抱怨他的父母。他该是怎样的青年呀。她很有些好奇。

慈颜从没想到徐大哥是这样乐善好施的人。以前对她，她只是觉得他有私心，是因为喜欢她。现在看来，他有很多的爱心，他以金钱的力量展现着自己的爱心。徐大哥有次给她说，他很感谢自己有钱，有钱才能去做以前不能也不敢去做的事情，才能造福更多的人。慈颜知道他现在信佛，所以总会说些佛言佛语。他还爱跟她讲因果报应，轮回转世什么的。慈颜不怎么爱听。她以前健全的时候就不喜欢宗教，现在更不愿意相信这个。她才不愿意把自己的遭遇想成是因果报应。如果那样，就太可怕了。她只相信现在，相信科学，相信她自己。按摩会所发展得很好，也赚了些钱，现在她自信多了，不再对未来绝望。

那个神奇的毯子她一直珍惜着使用，铺在自己的床上，与肌肤相亲，她能感觉到来自那里的温暖和力量。说不出什么原因，她总固执地认为，一直以来是它带给她运气和支撑。

一想起毯子，她就想起那个白衣人。那人到底是神还是鬼，她现在都不知道，也无从打听。说实在的，她宁肯相信那是某种神灵。如果有神灵的话，她会得到他的帮助。慈颜笑话自己，她怎么可以相信这种伪科学的东西，她受的教育应该拒绝这种意识才对。然而意识和直觉，以及最后的思维总是不那么对应。她的重大惨剧，到后来的人生改变，她只觉得有某种神奇的力量在掌管。那力量让她不退缩，不倒下。或许她的徐大哥也是那神奇力量派来的。他给了她那么多的照顾，金钱的，精神的。而且去年他还给她找了个好的中医大夫，说曲大夫祖上是清朝御医，他传承了先祖的很多秘方。慈颜终于有了可以请教的中医老师。曲大夫坚决不收徒弟，但答应给她指导。不能拜师，慈颜有点失望，但还是很欣慰，曲大夫是名医，她终于遇到可问疑难问题的老师了，也不会像以前那样走弯路。

徐大哥真的是太理解她了，甚至每隔一段时间会派车把曲大夫接到慈颜的按摩会所，给她临床指导讲解。慈颜把自己实践中的疑难问题归类，有针对性地问老师。曲大夫对她的某些判断和治疗给予肯定，有的则很严厉地批评。真是当按摩大夫，胆子大了，居然没有想到如果治疗欠缺会导致怎样严重的后果。曲大夫让她进一步端正了作为大夫的思想。

有了曲大夫的指导，慈颜觉得自己中医理论增长了很多，对到她店里治疗和按摩的客人的疾病或者问题也能判断个八九不离十。人只有进步了，才知道知识永无止境。慈颜比以前更重视学习。

曲大夫对慈颜说，她有中医上的天赋，希望她能系统地学习一些传统的东西。他建议她背诵《黄帝内经》。像她这样的盲人读书学习真是个大问题，好在，有了电脑和录音机，大大地方便了。慈颜这一年习惯了听书。曲大夫说，做好中医，包括推拿刮痧，都得好好学习《黄帝内经》。中国传统的中医理论望闻问切，望本身很重要，而慈颜没有了视力，这大大限制了她成为一个大夫的可能。但曲大夫说，以她的天资和刻苦，有可能成为一个真正的中医大夫。慈颜以前的理想是赚钱，老师说了以后，她的想法有所调整，她想成为一个给人治病的大夫。

有了这个目标，慈颜开始加倍地努力。

“昔在黄帝，生而神灵，弱而能言，幼而徇齐，长而敦敏，成而登天。乃问于天师曰：余闻上古之人，春秋皆度百岁，而动作不衰；今时之人，年半百而动作皆衰，时世异耶？人将失之耶？岐伯对曰：上古之人，其知道者，法于阴阳，和于术数，食饮有节，起居有常，不妄作劳，故能形与神俱，而尽终其天年，度百岁乃去。今时之人不然也，以酒为浆，以妄为常，醉以入房，以欲竭其精，以耗散其真，不知持满，不时御神，务快其心，逆于生乐，起居无节，故半百而衰也。”《黄帝内经》开篇就以这优美的文辞吸引了她。说得多好呀，她有了背诵的兴趣。

慈颜早上总是早早起床，独自坐在阳台，反复听《黄帝内经》的某个章节，并跟着诵读。虽然进度很慢，但她坚持着，一点点地背。曲大夫说过，刚开始看似乎没有多大效果，等背得多了，烂熟于心，有些就能用上了。慈颜相信老师说的。

两年多的观察指点后，曲大夫开始教慈颜如何切脉。他说在《诊脉心法》里有这样几句话：“凡心浮气躁者，不可与之言脉巧；凡资质愚钝者，不可与之言脉深；凡眼见为实者，不可与之言脉理；凡不求甚解者，不可与之言脉奥。”他因为考察了她，知道她的资粮，才打算教她的。他从诊脉口诀教起。慈颜觉得好玩。“浮脉：浮轻取，重按无，浮如木在水中浮，浮而有力多风热，浮而无力是血虚。沉脉：沉重按，脉才显，如石投水必下潜，沉而有力为冷痛，沉而无力是虚寒。”这顺口溜，很有些意思。“记住，并用在实践中。”曲大夫这样要求她。

徐大哥笑话慈颜，快掉到书袋里了，都不管生意了，只知道学习。其实，她妈也在抱怨她。生意好不容易走上轨道，她就弄那些虚的东西。慈颜总是谦虚接受这些善意的批评，但还是依然故我地抓她的学习。不过她有意识地给会所投入一些精力，她知道那些老顾客就是因为她，才继续办会所的年卡的。

又一个念头在慈颜脑子里酝酿：她思谋着办一个按摩学校。她跟徐大哥商量，大哥这回投了反对票。他建议等会所稳上几年再说。过多地投入铺排会忙不过来，而他现在也没有那么多时间照顾她这里。慈颜听取了他的建议，只是她默默地准备着，从资金到人力。

她在等待时机。

第十章 孝　华

同人于野，亨。利涉大川，利君子贞

1

要毕业了，孝华有些忙乱。庄老师坚持，在他毕业时，给他和她准备一场音乐会，作为他四年学习的总结。

孝华看不见，很多杂事都是朱向阳来做。几年以来，他没有怨言地关照他，他的女朋友最初很不耐烦这样的事情。朱向阳发威说，女朋友可以换，死党他不会扔。因为这个死党情结，有几任女朋友离开了他，或者是他甩了人家。现在这个是个小乖乖女，服帖得像个跟屁虫一样在朱向阳身边。

音乐会要准备的事情琐碎而杂乱，朱向阳还动用了他的一些哥们儿。他们和庄老师的其他学生一起忙着做海报、整理节目单、配乐器等事。朱向阳常常忙得团团转。

大三的时候朱向阳在校门口和一个同学搞了个乐器店，平时就忙得不亦乐乎。他已经决定，不打算继续发展他的专业了，他的性格似乎也不喜欢一直摆弄这笛子。他想赚钱，看到街上有钱人趾高气扬、财大气粗，他手心也痒痒的。他的合作伙伴方宇是西安市的，父亲是个不小的官员，这个人本来是学大提琴的，后来不喜欢大型音乐会上总给人做配角，就改学钢琴。学校老师碍于他父亲的面子，答应了，但后来他才发现，自己也不是这块料。他没有跟家里说，而是悄悄地跟朱向阳搞了这个店。正是音乐被广泛重视，家长都热衷培养孩子爱好的年代，他们的小乐器店生意红火。一年后这个店扩展了一倍。虽然方宇在要毕业时被父亲动用关系安排到了爱乐交响乐团，但方宇还是愿意和朱向阳弄这个。除了乐团的演出，他大部分时间都在乐器店。方宇脑子灵活，他给庄老师、孝华音乐会节目单的背面还打上了他们乐器店的广告。

本来孝华考上了中央艺术学院钱教授的研究生，可他还是决定留下来跟庄老师。庄老师当然很高兴，这四年她在孝华身上倾注了太多感情。虽然说人往高处走，可她最具潜力的学生要离开，毕竟心里不痛快。最后关头，孝华留了下来。庄老师答应给他争取最高额度的奖学金。孝华当然高兴了。他没有给别人说，是什么原因最终让他决定留在西安。如果说是因为他的狗狗龙龙，可能没有什么人相信。

龙龙已经是十三岁高龄的老狗了，他不适合迁徙。他现在已经没有以前那样活泼了，他总爱卧着，静静地待在孝华身边。不管到哪里，孝华不可能扔下他。留在西安，是孝华思考整整一个星期下的决心。他不能为了他所谓的前途不要龙龙。虽然道长说过龙龙以后可以放在骊山，但他还是不舍得。有龙龙在，就好像和师父在一起的时光在延续一样。他是那样想念师父。本来这次音乐会是他的毕业独奏会，大概是庄老师奖励他留在西安，才决定和他同台演出。有了庄老师的上场，音乐会不再是学生的毕业汇报演出了，成了真正意义上的音乐会，连观看的人都发生了变化。

整个音乐厅座无虚席，出席的有西安音乐界的腕儿、学校领导、文化艺术界名流、附庸风雅的官员和商人、老师、学生，以及那些学习器乐的孩子的家长等等。人们聚在这里，欣赏一个音乐老师和她盲人学生的精彩表演。

庄老师技巧娴熟的表演赢得雷鸣般的掌声，孝华则是以极具情感的饱满的情绪感动着在场的人，很多人为他琴声的悲凉落下了泪水。当他们结束演出谢幕时，他们俩都接到了好多献花。连李梦君也款款走上台，给他送上了美丽的香水百合。那味道是孝华熟悉的，在琴房，李梦君就常常喜欢插一支在那里。她拥抱着孝华，对他耳语："太棒了，你是最棒的。"她的泪水浸在了孝华的脸上。一片口哨和欢呼声，李梦君羞涩地跑下舞台。

献花，合影，弄乱了结束后的舞台。坐在前排正中位置的一对男女没有站起来，也没有跟着他们起哄。男的有五六十岁的样子，涂了厚厚发油的头发向后梳着，质地良好挺括的西装显示着他的华贵。他的眼睛一直瞅着舞台上穿着华丽裙子的庄老师。他眼睛笑得神秘又亲切。他身边的女人三十多岁，戴着巨大框框的墨镜，很安静的样子，偶尔跟他耳语。他们像商量好的一样，坐在座位上，等着什么。

换了一身时尚套裙的庄老师来到他们面前，那男人站起来，伸出手笑着说："非常成功。流苏，祝贺你。"他们的手紧紧握着，他继续说，"你的学生也拉得好。"

庄老师抽出手，脸一红，道："谢谢，徐老板。感谢你的资金支持和捧场，还有那个漂亮的花篮。"

"应该的，应该的。"他扶起坐在身边的女人，给庄老师介绍，"这是我的妹妹慈颜，开了个按摩院。她的技法很好，你以后哪里不舒服可以去找她。"

徐老板侧过脸，给慈颜说："这就是我常常给你提起的艺术学院的庄教授。"

"哪里，是副的。"庄老师笑着小声说。

“慈颜，你好。”她伸出手要跟慈颜握手，恍然发现那只手向前迟疑摸索。她愣了一下，抓住那手，尽量掩饰方才的紧张，说，“你应该比我小，叫你名字不介意吧。”

“不会。庄老师，你琴拉得真好，感动得我都流泪了。”慈颜友好地笑着。

“谢谢。”她看着慈颜，眼里流露出对慈颜的同情来。她又转身看徐老板，徐老板满意地点头，说：“好了，流苏，叫上你的学生。请你们吃饭。”

庄老师表情有些不自然，即使是他妹妹，她也不想跟一个女人同时和徐老板一起吃什么饭。徐老板大概看出她的犹豫，拍了拍她肩膀说：“别乱想，女人就是想得多。我还想介绍慈颜和你的学生认识呢。”

庄老师“哦”了一声，说他们收拾好乐器一会儿在音乐厅门口见。

孝华本来不喜欢去参加什么吃饭活动，但因为是徐老板，他不能不去。徐老板是他的赞助人，他有什么资格拒绝一个恩人？他要带龙龙一起去，来接他们的司机有些为难。庄老师说就让他带着吧。司机有些不情愿地给他们打开车门，扶孝华坐进去，龙龙一蹦也进去了。庄老师坐在前座，嘴里嘀咕，有些不高兴。她心里抱怨徐老板没有亲自来。

车在南二环的一幢富丽堂皇的楼前停下，早有服务员迎出来。他们被带到一个叫作银座的包间。一进去，徐老板热情地走过来，揽住庄老师的肩膀，在她耳边小声说："不要生气，我知道你在想什么。"庄老师身子扭了扭，没有说话，直接要往慈颜旁边坐。徐老板忙拉她到自己座位边坐下，让服务员招呼孝华坐在慈颜身边。

人少，桌子大，显得空荡荡的。在徐老板介绍下，慈颜和孝华摸索着握手。慈颜笑着对孝华说："你拉得真好，特别感人。听徐大哥说，你也看不见，咋学这个的呀？"

慈颜的手粗糙中透着绵软，多年来孝华第一次这样感受着一个女人、一个姐姐温暖的手。他不好意思地说："就是喜欢呗。"

"好了，先吃菜。以后再慢慢聊。"徐老板爽朗地招呼。

徐老板说了慈颜的情况，孝华想象慈颜的样子。一个盲人怎样在这大城市立足呀。凭着他现在的情况，他想着都难。

庄流苏吃的间隙不自觉地把眼睛瞟向长相漂亮的慈颜。她是盲人，这个年轻的女人是怎么瞎的？她和徐老板到底是什么关系？残疾的她怎么在这世上艰难地生存？太多的问题出现在她脑子里。她已经知道慈颜的年龄，按摩院也开了四五年了，她还有个女儿。这些年来，庄流苏身边一直有个盲人学生，她知道残疾的人，心思往往很多，敏感，而且自卑背后是比常人更多的要强。她不想再有一个这样的朋友，她怕累，怕哪句话没说好伤害了谁。有一个孝华已经足够了。按她洁癖的性格，如果不是孝华太有天赋，她不会要这个学生的。因为怕男人污浊的身体，她甚至都不愿意结婚。她选择的独身生活，似乎跟她的性格很相符。

和这个徐老板有了许多年的交道，从最初他公司年终联欢会上她去拉琴，到后来她参加他私人饭局，再后来有些私密的约会，再后来他给她赞助。他们没有越过雷池，没有身体接触，都缘于她的洁癖。而今，看到徐老板带着另一个年轻她六七岁的女人、一个残疾的盲人，她心里竟生出莫名的醋意。她也奇怪自己的心态。徐老板是两个孩子的爸爸，孩子现在都已长大，一个读大学，一个已经在他公司做他的副手。她几乎是看着徐老板的公司一步步壮大的。从最初的小建筑商发展成了大型的房地产商，而且还涉及陕北的煤矿等资源性产业的投资。不管他是带她到香格里拉吃饭，还是把她招待到昂贵的私人会所，她总是坚持自己的底线，保持着某种纯洁。不管别人怎么说她，说她是二奶也好，说她爱慕虚荣也好，她心里始终坦坦荡荡的。可是，今天她怎么心里就不是滋味呢。这些奇怪的念头，使她失去了往日在徐老板面前的高贵和矜持。这个慈颜到底是什么样的人呢？她想不明白。

两个盲人，两个正常人，这样的饭局奇怪又别扭。徐老板殷勤地招呼两位女士，而且不停地给慈颜夹菜，并说着菜名。每给慈颜夹一次，也会友好地给庄流苏夹。慈颜很受用徐老板的照顾，也许是习惯了这种关心吧。这里的服务生很周到，也给孝华夹菜，像徐老板一样低声给他报着菜名。人吃饭的时候，龙龙一声都不叫，依然乖乖地卧在孝华的脚边，不时地舔一下他主人的脚。

第一次把几个不相干的人聚在一起，徐老板极力调节气氛，说着笑话和家乡的老故事。一点都不好笑，没有人配合他去笑。而且庄流苏这种高雅的教授一点都不喜欢那些俗谚俗语，她喜欢的是儒雅人士的情调约会。而孝华第一次被带到这种场合，年轻的他心里有点烦烦的。本来朱向阳给他专门弄了个小型派对，庆祝他的毕业演出。现在倒好，被弄到这个莫名其妙的场合。吃饭还是和朋友在一起自在些。两个长辈，一个陌生的女人，怎么就会在一起呢？徐老板刚才简略地介绍了她，林慈颜，一个按摩师，也是个盲人。她又是怎么瞎掉眼睛的，怎么一天天过生活的？他有些好奇。大他十岁，开了自己的按摩院，一个跟他一样看不见东西的人怎么做自己的生意呢？

席间，徐老板在表扬庄老师的同时，也表扬了孝华。而且表态会继续支持孝华的学习，说如果孝华有能力去北京演出他会全力支持的。孝华忙站起来说着谢谢。徐老板很是满足，甚至走出座位，过来给孝华拥抱的鼓励。他肥胖的身体，让孝华感到陌生，也让他感到父亲般的温暖。

徐老板用了好些话赞美慈颜。从他的言语里庄老师和孝华都听出了怜爱、关心和赞赏。自己带小孩，学习按摩推拿术，后来自己开按摩院。虽然徐老板没有说她的心酸，但是可以想象，一个女人、女盲人，在她看不见的盲夜，该是何等艰难呀。庄老师问了些女人关心的话题，慈颜小心避开，巧妙地回答了她。

孝华没有问她什么，他则是仔细回忆方才和她握手时，她手骨的凸起和凹陷。那温软的手掌，令他想起师父说的那句话："掌厚骨软幸福不浅，掌粗骨硬横蛮任性。"没有摸到她更细微的骨相，她真的能幸福不浅吗？不知怎的，他下意识摇了摇头。一个眼睛看不见的人，究竟能有多大的福分？就如他，连个恋爱都不能谈。

即使像今天这样吃到鲍鱼、海参和口感奇怪的鱼翅，又能如何呢？似乎跟他平时吃食堂没有两样。孝华现在想的是他的伙伴们，他们还在校门口那个火车酒吧等他呢。在刚才来的时候，他们就说了不见不散。

终于结束了，终于徐老板说让司机送孝华。为了不伤庄流苏的心，他自然要亲自送。他能看出来，她刚才发点小脾气，就是因为他指派司机接她了。而且他还给她准备了礼物，一条前段时间他去欧洲买的镶了钻的铂金项链。庄流苏喜欢这些东西，衣食无忧的她喜欢锦上添花。所以徐老板决定先送慈颜回家，免得庄流苏有意见。慈颜当然也极其敏感，但从不会吃他的醋，也不会给他提什么过分的要求。他喜欢她，就是因为这些。徐老板这样想。

真想今天能搂着庄流苏睡一个晚上。他知道自己又想多了。这个女人，已经交往十年了，都没有应他一次。可以牵手，可以抱一下，可以一起吃饭，就是不能那个。而且她还那么理直气壮地吃醋，提要求。不过，他还是喜欢。他喜欢身边有这样优雅的女人，教授、著名演奏家的称号也让他满意。就这样吧。

慈颜下车后，他看了一眼副驾驶上的庄流苏，缓缓地打了下方向盘，拐向艺术学院的方向。现在他不再那么想那种事情了。

苏孝华到酒吧时，几个同学都喝得有点高了。酒吧老板有只黑色的牧羊犬，也是接近暮年的老狗，龙龙和它玩得很好，躲到柜台那边的角落去了。朱向阳有些装醉地打了孝华一拳，抱怨他的晚到，其他同学也开始起哄，特别是朱向阳的合作伙伴方宇，更是对孝华不依不饶，非要孝华一口气喝掉一瓶啤酒。这是孝华第二次坐在这个酒吧，朱向阳喜欢这里，他开店挣钱以后，就爱到这里来，说这才是时尚。孝华不喜欢这种弥漫着酒精烟雾和女人化妆品味道的封闭地方，空气令人窒息。所以他总是不来。今天朱向阳和方宇出钱给他办庆祝派对，他根本不可以拒绝。

趁着他们划拳起哄的时间，孝华想自己的心事。

他爸爸去年来了学校一次，唯一的一次。孝华想不明白，如果以前他是包袱的话，现在他已经是出息的大学生了，爸爸为啥还不待见他呢？后来他爸爸吞吞吐吐地说他结婚了，他没敢给人家说孝华的存在。

“你现在可以养活自己了，我放心了。我们就各走各的路吧。”当父亲真正说出这句话时，孝华还是流下了眼泪。师父说得好，不要抱怨，他也有他的人生。知道爸爸又有了另一个儿子，孝华理解他拒绝自己的理由了。他再也不可能回那个渭河边的仁厚庄了，他已经没有了家乡。父亲母亲都不要他，他成了有着父母亲的孤儿。那天晚上，他狠狠地趴在床上痛哭了一场，之后就把那事当作翻过一页书一样翻了过去。

到九月份，他就是研究生了。假期他要回到骊山，去跟道长继续学《易经》和剑法。那里是他唯一的去处。思绪突然被方宇打断，他又举起瓶子要跟孝华碰杯。

听朱向阳说，李梦君晚上也来了这里，一直等不到他，才和男朋友走了。孝华没有说话，他心中的李梦君终归是别人的女人，这也是命定的。现在的他没有以前那种难过了。喝高了的同学缠着孝华摸骨算命，孝华只是摇头，说在这神鬼出没的深夜，不能摆弄这种事情，不准，也不好。同学有点失望，于是喝起酒来。

正好，迪斯科的音乐响起，他们拉起孝华，在拥挤的空间扭了起来。孝华笨拙地随鼓点扭动身体，他知道自己的举止多么笨拙，可他没有停，今天的他不愿意驳同学的情面。龙龙也跑了过来，蹭在孝华脚边，缓缓地蹦跳。

2

研二的时候，孝华跟随庄老师到北京做过一个二胡专场演出，苏孝华宛如一颗新星在北京音乐界冉冉升起。他的演奏引起了中央艺术学院民乐系钱教授的褒奖，他极力建议孝华读他的博士。还没等孝华回答，庄老师便替他答应了。

孝华当然想去北京读书，想在那个中国的文化中心得到承认和重用。可他心里不轻松，他想着在西安的狗狗龙龙。龙龙十六岁了，它年迈得折腾不起。上次读研的时候，他就因为龙龙选择留在西安，现在他又要继续放弃吗？一边是他的前途，一边是他的伙伴、他的伴侣，他难以选择，难以割舍。

在回西安的火车上，庄老师语重心长地给他讲做钱教授关门弟子的大好前景。那天她话有点多，大概也因为北京演出的成功而兴奋吧。她说，等孝华读了钱教授的博士，他将成为最核心的音乐人演奏家，基本上可以进北京的高校当老师，而且是好学校。他的前途将比她还要好。

孝华淡淡地应着，没有爽快地答应什么。在庄老师一再追问下，他才吞吞吐吐地说出龙龙的问题。庄老师生气地拍他的胳膊，说："一只狗有那么重要吗？比你的前途都重要？"

孝华低下头，紧闭嘴巴不说话。

"真是不明白你。你要知道你的自身条件，没有哪个教授愿意收一个盲人学生，是因为你的才华。你要懂得珍惜。"庄老师的声音听起来有些激动，也有些生气。孝华脸憋得通红，小声道："我会考虑的。"

"什么？你会考虑的？真是不知道孰轻孰重。"这回庄老师真的生气了，起身离开了铺位。

孝华的眼泪禁不住落下来，他把头扭向一边。他想，难道真要让他舍弃他的龙龙吗？他知道西安这个学校没有博士点，如果他想继续深造的话，就必须去北京或者上海。不然，研究生毕业就得去工作，去民乐团吗？听说那里生存都是问题。他必须考虑生计了，总不能一直接受徐老板的资助。

因为他的固执，庄老师除了上课，都不理他，大概觉得他不可理喻。然而一次课后，教他箫的狄老师私下把他叫到一边，也说让他珍惜机会，庄老师还给他准备了考博的曲目，并一直积极跟钱教授沟通。“有庄老师这样的导师给你帮助，你应该感恩，不要把福踢走了。”狄老师按住他肩膀的手，是那么有力和温暖。孝华再一次感到了压力。

暑假在骊山道观住时，孝华无意间和道长说起北京上学的事情，道长也赞同庄老师的意见。龙龙留在骊山，他可以假期回来看它。道长说，念了博士，他就具备了更好的谋生手段，他的身体情况必须考虑这个。看他不说话，道长又强调，龙龙放在骊山，不是你扔了它，是生活上必须的选择。

就在那几天，孝华做出了考博的决定。他给庄老师打了电话，她很高兴，让他假期结束提前来学校，要给他辅导那几个重点曲目。

孝华研三仲春的一个下午，龙龙在没有任何预兆下平静地睡了过去，再也没有醒来。它如此安静，如此放松，孝华以为它仅仅是在睡午觉，没想到等他练琴回到宿舍，却再也叫不醒它。

它的身体已经由温变凉，没有了温度。孝华还是不愿意相信龙龙就这样悄悄地走了。他踉跄地走到桌前，拿起电话，拨通了朱向阳的手机。朱向阳一听，吃惊地啊一声，大喊起来，说他马上过来。在等待朱向阳的漫长时间里，孝华坐在地板上，轻轻抱住龙龙，似乎想借自己的体温暖热它。他没有大声哭泣，只是默默流泪，身体瑟瑟抖动。

其实，很长一段时间了，孝华都在做着龙龙离开他的准备。两个月前，龙龙饭吃得少极了，也总是发懒，不愿意动弹。朱向阳和他带龙龙去了小寨的一家宠物医院。给龙龙仔细做了整套的检查后，医生给他们说龙龙老了，所有的器官都在衰弱，而且还有动脉硬化的征兆。医生怕他们听不懂，用人打比方说："这个狗已经很长寿了，相当于人的九十岁，快到结束的时候了。"当时，朱向阳和孝华都哭了，他们多么不舍得龙龙啊。狗狗怎么就这么短的寿命呀。

按医生的嘱托，孝华给龙龙减了饭，也不再带它东奔西走。他就让它待在宿舍，他除了上课和去琴房，不再长时间离开宿舍。他每天都在做准备，可就是不能想象这一天的真正来到。

龙龙真的走了。

朱向阳抱住龙龙，哭得比孝华还要伤心。孝华带哭腔哽咽地说，他不能把龙龙扔在垃圾场，他想找个清净地埋了它。朱向阳用手抹掉眼泪，想了想说："有一个地方可以。你觉得呢？"孝华和他异口同声地说："定国禅寺？"

有了这个决定，朱向阳抱着龙龙，孝华拉着他的衣角，趁傍晚管理不严时，从小门溜进寺庙。在寺庙院子墙角一簇月季花旁边，朱向阳找了块低洼的空地。他去僧房找他认识的师父借了把铁锨。师父很慈悲宽容，来和他一起挖坑，半小时后，他们就葬了龙龙。师父双手合十，给龙龙念了超度的经。那叽里咕噜的经文慢慢地平复着孝华伤感的心。

等寺院查夜的人巡逻时，他们已经做完了所有的仪式。师父向他们摆摆手，朱向阳搂着孝华的肩膀向小门口走去，他小声给孝华说："龙龙的身边是美丽的月季花，而且在有佛祖的寺庙里，它是有福的了。"

孝华点头，跟着他默默地走着。

回到宿舍，室友问龙龙到哪里去了，孝华淡淡地说："它走了。"

"什么，什么？是跑了吗？"室友声音急促。

孝华摇头，叹了口气说它去了，去了那个地方。室友惊讶地捂住嘴，追问龙龙死的细节。孝华轻轻摇头，不再说话。

在这噼啪落雨的深夜，孝华久久不能入睡。室友的呼噜声像他学的乐器一样还是有节奏的，这些都不能影响孝华此时的心绪。今天刚埋了龙龙，这雨好像是为它而哭。两周前他接到了中央艺术学院的录取通知，他就要成为钱教授的博士生了。龙龙仿佛知道这一切，不想跟他分开，也不想让他为难和遗憾，这样无病无痛平静地走，大概是不想给他瞎眼的主人添麻烦。龙龙就像通灵的动物，这十六年两个月只是来陪伴他、愉悦他的。孝华嘤嘤地哭了。他哭自己为了前途背叛龙龙，哭这个世界他再也没有了亲人。

他希望师父能托梦给他，可师父仙逝近十年了，没有一次来到他梦里。他倒是两次梦见那条龙。这又有什么预示吧。道长说龙是吉祥，跟他的预测一样，孝华的眼睛虽然看不见，但前程光明。

睡不着觉的孝华，又想起那个叫林慈颜的姐姐，她真是个善良的人，经常托人给他送来她包的包子和煮好的饺子。后来徐老板又张罗了两次饭局，庄老师、慈颜姐姐和他。徐老板倒是喜欢他，又给他做了演出服，买了笔记本电脑。不知怎的，孝华觉得他和慈颜有一种惺惺相惜的默契，大概因为他们都是盲人吧。

庄老师后来嘀咕说，这么漂亮的女孩眼睛都瞎了，还遭遇过那么惨的事情。话不是说给孝华听的，孝华想问也没敢。他想慈颜姐姐可能有过什么悲惨的身世吧。他其实不想知道，知道了也于事无补，只会让人心里平添一份堵。他还被慈颜介绍到那个赵大夫的沙龙。他只去了一次，他们总说那些让他害羞的黄段子，二胡演奏纯粹是逗乐，粗俗不堪，他受不了。他不知道慈颜怎么能忍受那些骚扰性的玩笑，他真想替慈颜揍他们一顿。当然了，别人也没恶意，他干吗那么认真。现在在被窝里想起这事，他都觉得好笑。

庄老师让他在研究生毕业的时候在学校的音乐厅做一场独奏。准备工作要麻烦那么多人，孝华很有些烦恼。一想到又会让朱向阳出钱又出力，他着实有些内疚和不安。

毕竟朱向阳是商人了嘛。

是啊，朱向阳已经是挣了钱的老板了，他的生意除了经营乐器外，还参与演出策划、演员经纪、舞台音效等，甚至他们自己还做了个小型剧场。钱挣了不少，但他的专业彻底废了。他现在穿的是意大利名牌阿玛尼西装，跟剧团领导以及当年的老师称兄道弟。钱多，腰板也硬了，只是他对孝华还是一如既往地照顾。他看好孝华的才华，说一定要把他捧成中国一流的二胡演奏家。对他的话，孝华一笑了之，心里想，一流，能靠捧吗？中国这么大，山外有山，优秀的人多了去，他一个瞎子争什么一流，会被别人笑掉大牙的。

所以他决定，独奏在学校的小音乐厅办，不声张，也破费不多。庄老师这回顺了他的意思。他当然知道老师的想法，庄老师这个要求完美的女人，肯定希望什么都做到极致，极致的美、极致的精彩。

演出那天，音乐厅虽小，但不影响演出效果。人来得很多，连过道都站满了人。孝华的演奏精彩绝伦，简直是凄美的绝唱。结束后，有观众欢呼："太棒了，阿炳。""阿炳，阿炳。"现场出现了整齐划一的喊声。孝华不得不一再地谢幕，又加演了两首曲子。他在母校画上了个圆满的句号，幸福的感觉在他心中不断闪现。

3

真的要远行了。

孝华有着说不出的激动。在暑假里，道长给他准备了被褥等日常用品。徐老板也来到骊山，送来生活费。

其间徐老板已经来过两次道观了。他一方面是看孝华，一方面是拜访道长。高人道长，徐老板以前就借着孝华这层关系和他攀上了。道长赞赏他的乐善好施，也会给他点化生意场上可能出现的暗流。道长说的话充满玄机，这玄妙的语言，正是徐老板所推崇和喜欢的。他的神秘、高深莫测吸引着徐老板这样的生意人。不光是徐老板喜欢来，连小老板朱向阳也喜欢凑这个清凉的热闹。

有时候感觉好，道长不在场的时候，孝华也会给他们摆一卦，显显他神仙徒弟的本事。口诀、《易经》原文那些深奥的东西，听起来让人云里来雾里去。原本模棱两可的预测也说得让人似懂非懂，孝华一想到这个，就有点恶作剧般的快感。他以后都不会靠这个为生了，但是当年跟师父学的本事，谁也别想把它偷走。这对于他来说，是笔财富。即使他以后是音乐家，因为懂得这个易经八卦，他也将是与众不同的音乐人。

到北京读书，其实一直是孝华的梦想。在钱教授的努力争取下，学校破例给孝华一等奖学金。徐老板也说他要继续资助，他托庄老师给孝华重新买了把二胡，是虎丘的红木琴，价格十几万元。庄老师笑徐老板真舍得给孝华投资，徐老板则自嘲："我是学当年欧洲那些富人，都会找机会赞助一个优秀的艺术家。我看好苏孝华。"庄老师没有吃醋，孝华是她的得意门生，他发展得好，她脸上也有光。

孝华现在有了三把二胡，这个新的虎丘，一拉音色就不一样。他知道徐老板这回出血了，虽然他嘴巴笨，但还是一次次地说感谢，他不知道自己怎么报答这个贵人。徐老板手一摆，说没想让他报答，钱总要散出去些才心安。孝华当然明白徐老板的意思。道长经常敲打徐老板，钱聚在手上，都是祸端。有钱人应该以各种方式回报社会。孝华想徐老板终归是活得明白的生意人。可不管徐老板是散钱求个心安，还是真的在帮助他，孝华都从心里充满感激。他一生都会感谢徐老板。

就要去北京了。朱向阳说要开车送他，徐老板也说要送。孝华觉得徐老板年龄大了，这样的长途奔波会有些劳累。最后在道长的安排下，朱向阳开车，徐老板坐飞机。他们在北京会合。

入学手续，朱向阳帮着孝华办，一切顺利。徐老板为了让孝华更好地学习，还避过孝华找人约钱教授，想通过轻松的饭局，让钱教授很好地接受孝华。他其实知道钱教授对孝华的态度，但生意人总喜欢走关系。谁知钱教授压根不出席。下午和孝华、朱向阳一起吃饭的时候，徐老板遗憾地说起这个，孝华就说徐老板没有必要这样请，教授对他很好，是主动想收他做弟子的。孝华没敢说，下午他给钱教授打电话时，教授还让他明天下午去家里吃饭呢。如果知道这个，徐老板一定会觉得没有面子。

徐老板没有过多地说孝华什么，年轻人的事，还是他们自己拿主意好。特别是有朱向阳在，他完全可以放心。其实他这次来北京，一方面是为孝华，另一方面是为正在筹划的北京分公司。有消息灵通人士预测，北京房价近几年要大涨，他是想办法分这块蛋糕。其实道长在暑假期间给他卜卦时，也说他在北京有大财运。徐老板想借这大好形势，在北京站稳脚跟。

朱向阳羡慕徐老板的大手笔，徐老板欣赏这个小伙子的脑子灵活。徐老板邀请他到自己的公司，说让他直接当副总经理拿年薪，比卖乐器挣钱。朱向阳犹豫了一下，还是委婉地拒绝了。他现在想自己当老板，在艺术领域做生意还不错，他想进一步开拓自己的领域。去徐老板那里，他永远是个打工仔，他才不愿意呢。

为了生意，徐老板不断地忙着请客。

在东三环旁边，他们公司买了一层商住楼，现在只剩拍下那块他看上的地块，就可以开始北京的项目了。已经六十岁的徐老板仿佛年轻了十岁，他就喜欢这样有刺激、具有挑战性的工作。

朱向阳带着孝华熟悉学校。从大门口到宿舍怎么走，宿舍到最近的食堂是怎样的，以及到琴房的距离。学校很照顾孝华，钱教授也让学生过来帮助他。打扫宿舍、整理行李、购买饭卡，孝华的师兄文庆峰想得周到，也做得细致。他高孝华一届，住在孝华宿舍的楼上。孝华说着感谢的话，他的室友还没有到学校呢，听说是湖北过来的学生。

朱向阳一直在等孝华的室友来，想给他交代一下孝华的情况。然而这个主修作曲的室友一直都没有露面。几天后的一个下午，朱向阳带孝华出去后回来，发现宿舍有了住进来人的迹象，到晚上才见到这个人。但不是传说中的湖北人，而是来自甘肃兰州大学。

他说一来导师就让他换到这个宿舍。他把衣着体面的朱向阳当作他的室友了。没想到是孝华，一个瞎子。他愣愣地看他，几乎忘记打招呼了。好在他过了多年的宿舍生活，如果是刚上大学，肯定要吓呆的。怪不得别人把这个宿舍换给他，人家是怕麻烦。他很快调整好心态，爽朗地跟孝华打招呼。孝华抱歉地说以后可能会给他添麻烦，但尽量会什么都自己做。这个叫扎西的藏族小伙子热情地说，他会帮孝华的。“你一定非常出色，否则到不了这个学校。”看着孝华被墨镜遮住的眼睛，他说。孝华知道他说什么，没有说话。朱向阳有力地握着他的手，说：“那当然，他可是被教授看上，极力要过来的。”扎西羡慕地点头。

扎西学的是藏汉音乐比较。他也会拉胡琴，歌也唱得很棒。在宿舍听了孝华拉的琴后，扎西激动得抱住孝华。藏族人就是这样感情热烈。“你是天才。”扎西这样夸奖孝华。腼腆的孝华没想到他会这样，有点羞涩，不好意思地点点头又摇摇头。

4

博士生的生活是松散又忙碌的。大家都忙着为导师或者为自己做项目，有的是论文，有的是演出，有的是调研。

孝华的导师钱教授除了辅导他的演奏技巧外，更多的是推荐他读书，好在图书馆有大量的盲文书，孝华每天按导师开出的书单进行阅读。琴都拉得少了，也没了龙龙，在北京的他反而没有消闲，比在西安忙了许多。徐老板给他买了个手机，还让司机来看了他几次，送些常用的衣物和食物。

孝华曾经答应每个月给道长、庄老师打电话，刚开学的两个月，他忙得晕头转向，几乎忘记他这是在北京了。电话打过去，庄老师有点抱怨，但还是表扬了他的刻苦学习，并建议他参加下一届的民乐大赛。钱教授也提过这个，说虽然是世俗的比赛，但因为是央视举办的，影响广泛。

钱教授为他选参赛曲目做准备。而道长总是那么若即若离，即使电话打晚了，也没有任何抱怨，还说一些玄妙的话，给孝华提示。孝华现在已经很懂他的说话方式了。似乎近来，李神仙师父的一些功能突然在孝华身上显现了，甚至有点他心通的迹象。孝华没给任何人说过，包括他的好友朱向阳。

专注音乐的孝华不愿意自己在那种神秘学中打转，他现在需要踏踏实实地学习。忙是忙，好在他具有超常的记忆力，经他手触摸过的盲文书，他不费什么力气几乎都能记住。他把大量的信息储存在脑子里，然后分类整理。

他甚至在琢磨有关西洋音乐和东方音乐的差异。他的观点得到了钱教授的赞赏。教授说，没想到孝华还有做学问的特质。一个残疾的学生，导师要收为弟子，是要下狠心的。当然钱教授也不希望自己对孝华的希望落空。

平时孝华都是自己学习，教授会不定期地给他上课。他能感到自己的进步。导师是严厉的。孝华知道明眼人注重眼神交流，而他则是靠第六感。他甚至能切实感受到老师的心理，以及老师将要说出的话。教授对孝华的红木二胡挺满意的，说用这个可以参加大型演奏，以前那个有点差。孝华说是他的赞助人一个房地产商给他买的。“商人还有这么好的？”教授几乎不信。孝华笑着说：“徐老板人很不错，经常资助人。在西安，他还帮助一个盲人姐姐开了按摩所，一帮就是十年。他也资助了我十年。哦，他是个学佛的人。”

“是吗？那倒是要会会。”

孝华说：“开学时他还约请过您呢，您那会儿拒绝了。”

教授笑着摇摇头，说：“不记得了。我是不搭理商人的，满身的铜臭味。”

后来有一天，孝华给徐老板打电话。谁知徐老板去了欧洲，徐老板说回来他就请钱教授吃个饭。

然而，还没等徐老板回来，他公司就出事了。是西安那边的总部，他儿子涉嫌行贿被弄进去了。这消息是慈颜给孝华电话说的，说徐老板在欧洲的行程没有结束，就买了第二天的机票赶回国。

他儿子的案子是因为一个副区长的受贿案被牵出来的。慈颜说具体细节她也说不清楚。不过，孝华从她的语气里听出了担心。孝华也有些担心，毕竟是徐老板家的事情。

孝华沐浴净手，给徐老板的儿子摆了一卦，不过从卜出来的卦象看，他儿子应该没有牢狱之灾呀。这是咋回事？除了和慈颜说说徐老板家的事，他跟谁都没有提。

孝华的资助款，徐老板公司依然按月打到他卡上。孝华曾经给徐老板说，有学校的奖学金，他生活没有问题，不用再破费了。但徐老板执意说，艺术家不要过得太局促，艰难的人没有心情弄艺术。孝华想给他说阿炳的故事，但最终没有说，怕伤了徐老板的面子。徐老板真诚，孝华和他真有些家人的感情，所以他希望徐老板的生意越做越大。

在孝华准备民乐大赛的尾声，徐老板的儿子放了出来。徐老板一下子苍老了很多，头发几乎都要全白了。这是后来慈颜给他絮叨的。徐老板不会说这些。以前都是隔段时间孝华给徐老板打电话。但是，在这时候，孝华觉得说什么安慰的话都有点虚情假意，于是给徐老板留了语音短信，没有提他儿子的事，只说他年龄大了，工作又这么忙，要注意身体。徐老板也没有回。经过这样的大事，大概所有的人都会受冲击刺激吧。孝华想等到假期让徐老板到骊山邱道长那里休养一段时间，道长或许可以用道家的养生秘籍给他整体调养一下。他在给道长的电话里提到了徐老板的情况。道长说，他会安排的，让孝华安心学习。

还有两周就要参赛，钱教授继续给孝华指导打磨演奏细节，希望他有一定的提升。

一个下午，孝华手磨出了血泡，导师坚决让他休息，命令他接下来的几天不能动琴。闲着无聊的孝华，想着比赛的事情，心情有些烦躁。

在无人的宿舍，他索性给自己摆一卦。他很少给自己算卦，据说这样不好。可是，奇怪得很，卦象不明，一连摆了三次，都是这个卦。难道这次参赛有什么问题吗？从卦上看，也不是失败的卦，但就是无解。他在脑中搜寻当年的记忆，师父对这个卦有套解释。奇怪的是，他怎么都记不起来了。会是什么呢？这个卦搞得他坐卧不安。琴又不能练，书又读不进去，总觉得心里像有个猫爪，使劲在挠他。他心里烦，怎一个烦字了得！

难道他会有什么事情？待在学校里，他能有什么事？前段时间听说清华有同学中毒住院，警察调查怀疑是她室友投毒。这也太可怕了。在宿舍都不安全，那哪里安全呢。何况他什么都看不见，别人要陷害他，还不是一弄一个准。他当然不能怀疑他的室友，扎西一直很关照他，不像汉族人心眼那么多。他直率、热情，就是男女之事混乱些。他常常带女朋友到宿舍过夜。大概是想着他看不见，就放心大胆地做那种事情。扎西忘记一点，眼睛瞎的人，往往耳朵特别好使。每次扎西搂着女人的夜晚，孝华都是假装睡着，安安静静的，翻身都轻轻的，甚至连厕所都不敢去。一开始，孝华很为这事烦恼，后来想人家扎西也没把他当外人，也就习惯了。那总比陷害人的同学强吧。他左思右想，都觉得自己不应该有什么危险。

而且奇怪得很，从不打电话的道长晚上打来电话，问他的情况，最后叮咛他出门做事要小心点。电话来得蹊跷，挂断电话后，孝华很有些不安，他闭上眼睛寻找能破这个卦的法子。奇怪，那些熟之又熟的《易经》里的话此时竟这么模糊。整整一个小时都没有想出答案。孝华洗漱后，干脆被窝一捂，睡起大觉。

这种不安状态折腾了他两天。扎西总是不在宿舍，孝华一到下午就蒙头大睡。这一天，就在他睡得迷迷糊糊时，隐约听见有人推门进来。他想可能是扎西，并没有起来。扎西总是丢三落四，常常忘记带钥匙，所以孝华在宿舍的时候，一般把门掩着，不锁死。

可是没有扎西开心的说话声、笑声。孝华觉得蹊跷，然而仅仅是一闪念，很快他又迷糊了过去。

静悄悄的，静得让人害怕。没有开灯，也没有音乐，月光从玻璃窗洒进来，虚幻得像梦，也像是某种恐怖片的片段。两个黑影，一个拿着刀，一个拿着木棍，向孝华的被窝打去。孝华先是后背一阵疼，继而是肩膀。他腾地坐起，那个瞬间，刀子在他脸上划过去，血流了出来。他顺手拉起被单捂住脸，喊道："你们干吗？是谁？为啥杀我？"

"你抢了我们老大的女朋友，来教训你。"一根木棍抵住孝华的腰，狠狠地说。

屋子很暗，他们也不看孝华的脸。孝华忙喊："停！停！你们认错人了。"

"你不是那个老藏？"声音柔和了很多，棍子也撤了下来。

孝华气得喊道："你们疯了，到学校撒野。你们好好看看，我是瞎子。"

那两个人"啊"了一声，有个人小声嘀咕："打错了，赶快跑。"说话当间，他们呼啦跑走了。

孝华忍住痛，给扎西打电话。扎西一听，说他在校外，马上和他哥们儿一起过来。

孝华被扎西送到医院，脸上缝了十二针，后背是软组织挫伤，需要卧床。还好，不用住院。扎西把孝华背到宿舍。扎西一再道歉。

回到宿舍，扎西才给孝华说了他最近的女朋友是表演系一个妖艳的女生。他知道她跟社会上的人有些来往，她在一个夜总会驻唱一年多了。不过他没想到她会跟那些人有那么深的纠葛。扎西手捏得巴巴响，恨恨地说道："我要叫几个老乡，给你报仇。"

"不要，扎西。他们不是善主，你会受伤的。再说，你这样去打群架，学校知道了你就上不了学了。"孝华躺在床上，平静地说。

"可是，我咽不下这口气。"扎西依然气鼓鼓的。

正说着，学校的校警来调查。原来，宿舍的管理员报了警。他们让孝华详细地说当时的细节。孝华没有说那些人是找扎西的。他简单地说了情况。因为他眼睛看不到，校警不能从他这里得到更多的线索，说他们去调宿舍楼入口的录像，调查清楚后再做处理。

扎西很感激孝华没有说出他。孝华说事情已经发生，不能再让他受什么伤害。

对孝华遭遇这事，钱教授非常生气，但又不能过多责怪孝华，也不是孝华的错。可是，孝华这次不能参加大赛了。他们的精心准备，就这样泡汤了。

去医院拆线那天，正是比赛的时候，孝华很有些伤感。这是他求学以来第一次受挫。他怕扎西看到，在医院过道，背过身悄悄抹去无声的眼泪。

第十一章 慕青

素履往，无咎

1

如是在寺院如鱼得水。她的藏语说得很好，几乎没有了汉人的口音，她现在诵经和日常交流都是藏语。她在寺庙进行了系统又严格的藏文训练，已经能写漂亮的藏文短文章了，里面的修饰用词很有些索朗多吉的味道。

如果不是她回家要和慕青说汉语，故乡的语言大概都要忘记了。

她已经出落成一个大姑娘，光头和宽大的袈裟不能遮蔽她美好的容颜和修长的身材。她童年时的高原红渐渐褪去，脸蛋白里透粉，眸子清澈纯真，看上去让人感觉美好欢喜。

她一般两周回一次慕青的家。她给慕青做藏族的饭食，而慕青则给她改善伙食，做老家的饭，包饺子、炒菜、火锅什么的。她们往往会叫上索朗多吉。索朗多吉没有任何陌生和拘束，他几乎把慕青这里当作自己的家。

慕青还是没有接受他的爱，他为此很苦恼，甚至求如是帮忙。如是捂住嘴笑他，当然如是还是会劝她妈妈。慕青嘴上也不反对，但依然一如既往，不回应多吉的热爱。

如是向多吉摇头，表示她没有办法。三十多岁的慕青当然有自己的人生观，她的主意定定的。在索朗多吉面前除了在学藏文或者请教其他藏民族的问题时，慕青态度柔和委婉，平时她待他总有些强势，硬邦邦的，像个战士。

慕青通过唐卡画赚到不少钱。她上街或者到牧区采风的时候，开着她巨大的墨绿色越野车，帅气得像个走四方的旅行家。她在上吾屯村靠近寺庙也临近马路的地方买了个院子。原有的两层藏式小楼，她进行了精心的装修和改造，安装了可以二十四小时供热水装置、抽水马桶、现代化的厨房。佛堂像所有的藏族人家一样，是最好的房间，她不画画的时候就在里面修习。旁边是藏汉结合的茶室，榻榻米的上面是从上海订来的草席，下面用了藏族人爱用的火坑装置，冬天坐在上面暖暖的。花梨木长茶几，四周散放着花色绚烂的软缎缝成的坐垫。墙的一边是花梨木的柜子，放着她从网上购买的或者唐卡收藏家带来的茶叶。柜子旁边是索朗多吉帮她在西宁兰州那边收来的清朝老家具，方桌和两张宽大的太师椅。

慕青喜欢这个屋子，常常在这里接待订购她画的客人。阿姨达娃家里有事，她重新雇了个阿姨——格桑梅朵，帮她料理家务。花园里花草的打理则是她自己做。她喜欢在阳光下劳作，藏地阳光的味道常常让她忘记紫外线的毒害。索朗多吉也常来帮她。她有钱以后，开着好车，衣服也不再穿隆务镇和西宁的。她常常通过电脑网络以及她订的服装画册从北京、上海和深圳预订。她变了，开始注重品牌，甚至给如是的袈裟也要买纯毛或者上好的呢料做成的。看到这个，索朗多吉感到不舒服，渐渐减少到她家来。

对寺庙的活佛慕青倒是越来越熟了，甚至比索朗多吉还熟。慕青常常会留在某个活佛家吃饭、喝茶、聊天，活佛也会兴师动众地来她家。每次有活佛来，慕青都要请来师父和多吉，她会亲自下厨，做他们爱吃的饭菜。

第一批国家民间工艺大师评出了，慕青的师父更敦群培榜上有名。师父亲自画的唐卡价格一下子飞了上去，慕青也开始得了利益。虽然没有师父的唐卡价格高，但慕青在这里人气很旺，找她的人多了起来。

十年过去了，慕青在这里扎下了根。在这期间，她只回了一次西安，是前年。她很有点衣锦还乡的味道，给父母拿回去了买房子的钱。爸妈当然高兴，也不追问她的生活，还说想去那边看她。慕青制止了，她说藏地海拔高，有高血压的他们不适合。有了钱，哥哥爽快地承诺照顾老人。慕青这下真正没有了后顾之忧。

长久没有与和之联系，再打电话已不通。慕青联系了郭毅凡，他说方和之去了北京，为了孩子读书。郭毅凡结婚了，他和慕青生分了许多。当听说如是真的出了家，郭毅凡更是气得满脸通红。他那好激动的样子跟以前一样。慕青笑了笑，没有给他解释什么。

像是回西安做了结一样，慕青不打算再回那个城市。她已彻底、没有任何矫情地喜欢上了藏地。这次她做着去拉萨的计划。

有一次，她去布尕活佛家里喝茶，他当着她的面给一个人显示他的神通，让慕青大开眼界。

来人是个接近中年的男子，他的母亲刚刚离世半年，他找活佛是想知道她母亲有没有转世。

活佛焚香，摆弄着法器，几分钟后，说出那个男人母亲的去处。她还没有转世，她虽然衣着良好，但目前只是个游魂。“她现在就在这里，你想跟她说话吗？”

慕青觉得自己的头发往上走，头皮发麻，心脏紧张得揪在一起。那男人摇头，泪从他的眼睛里流出来。过了一会儿，他缓缓地说："母亲离去的时候我在印度朝拜，等我回来，已经天葬了。家里只给她做了简单的亡灵超度。"

活佛点头。那人顿了一下，问道："现在做可以继续吗？"

活佛还是点头，站起身，到一个柜子取出一块红色的布，说："回去把这个挂在家里，去找寺院的师父念超度亡灵经，需要念七七四十九天。"

那人站起来，双手接过红布，恭敬地触了一下额头。折好，放进口袋。然后从另一个口袋掏出一个信封放在茶几上。说着"土吉切，仁波切"弯着腰恭敬地退了出去。

那人走后，活佛和她都没有说话。慕青看着沉静的活佛，渐渐缓过神，就像是灵魂游走了一阵，刚刚回到身体一样。

在藏地待久了，她似乎被这样神神秘秘的事情摄取了魂魄。那些能显示神通的人，总让她刮目相看。此刻，她怕那个四处游走的魂灵。

"活佛，您怎么知道那人的母亲没有转世？"

"我能看见她，她就在这里呀。"活佛笑着说。

慕青吓得一激灵，小声问："什么？她在这里？她现在还在？"

活佛点头，向前俯过身子神秘地说："在，就坐在你旁边呢。”

慕青腾地站起，跑到活佛身后躲起来。活佛哈哈大笑道：“你这么胆小。没事，不害怕。我刚刚请她出去了。现在跟着她儿子去了，她也渴望超度投生呢。”

慕青这才长舒一口气，缓缓坐下。她说：“活佛，您不要吓我。我刚才被吓得魂儿都跑了。”

“不怕。等以后我去牧区做法事活动，你去看看。看得多了，就不怕了。”

慕青点头：“我是想去牧区，师父和多吉老师都说我一个人去不安全。”

活佛笑得意味深长。

那天慕青回家的时候怎么都发动不起车，最后活佛下来亲自给她发动，派他的管家送她回家。

本来慕青还想去看看如是，可那状态，她到哪里都害怕。

一到家，她就按亮了所有的灯。她怕黑暗，给索朗多吉打电话，让他过来陪她。一听是因为这个，索朗多吉大笑，笑得眼泪都流了出来。

“人都要死的，你怕什么？”

慕青说不出，总之，她浑身不自在。多吉笑话她是心中有鬼，气得她更是无话可说。不过多吉还是握着她的手，为她念经。慢慢地，她焦躁的情绪消失了，随之而来的是难以言表的困倦。她不知不觉睡了过去。

那个晚上，她不记得自己是怎么到床上的，怎么换的衣服。她睡得很沉，一夜无梦，或者是梦太多太繁复，她没有了记忆。她一早醒来，看见索朗多吉蜷缩在床前的中式红木椅子上。他也睡着了。难道他就一晚上这样睡着？慕青动了恻隐之心，蹑手蹑脚下了床，给他盖上毛毯。

清早的慕青没有昨夜的抑郁，她像什么都没发生一样，继续画昨天未完成的唐卡画。

格桑梅朵阿姨正在厨房做饭，如果她看见索朗多吉从她的卧室出来，会怎么想？不过只是一闪念，慕青觉得自己好无聊，担心这些在藏地习以为常的事情。

2

在如是去色达五明佛学院学习的那两年，慕青继续她的唐卡画事业。她一再地推迟去拉萨的计划。她的唐卡在青海甘肃四川藏地乃至西藏都有不小的影响，她甚至被四川的一家寺庙请去画间唐。

那幅占一面墙的巨幅间唐，慕青和助手画了整整六个月。完工后，她开着自己的车在寺庙活佛的陪同下去色达看如是。

色达佛学院那里盘查很严，如果不是有洛桑活佛在，她的车根本开不进去。

洛桑活佛的弟子在佛学院是讲经老师，而他在这里也有一定的影响。

如是没有电话，他们打听着找到她的小房子，挤在众多觉姆错落的矮小丑陋的小房子中间。车开不到跟前，必须步行近十分钟。活佛没有去，只有慕青跟着他弟子找来的一个觉姆一起。

小路狭窄、泥泞，慕青几乎是踮着脚尖走路。她的名牌衣服，高贵骄傲的表情，都市化娇情的样子跟这里朴素的一切很不和谐。

好不容易走到了如是的屋子，当慕青看到那狭小逼仄的屋子、简陋的陈设时，顿时伤心地别过脸。

屋子只有十平方米左右，被隔开里外两个空间，里面升起的台子铺了藏毯，靠墙是柜子，有个学习用的矮桌，上面放着经书。里面是睡觉和学习的地方。外间锅碗瓢盆整齐地码在一个没有油漆的木架子上，炉子，案板，一个小饭桌。人进去几乎无法打转。这一切，令慕青落泪了。

她抱住如是，嘤嘤哭着，像个孩子。倒是如是冷静，拍着她的后背轻声说："妈妈，你怎么来了，不要哭。我在这里挺好的，不要伤心。"

慕青推开她，道："就这个样子算挺好的？"

如是拉住她的手，笑着说："妈妈，我是来学习、修行的。再说了，我现在是出家人，苦修是必须走的路。”

慕青抹掉泪盯着如是的眼睛说：“看见你这样苦，我就是心酸。回同仁吧，在那里一样可以学习，也不耽误你修行。”

如是摇头：“我要完成这里的学习。索达吉堪布在讲《时轮金刚》和《大圆满》，我要学完这个再回去。而且他还让我做现场翻译呢。在这里学习佛法的汉族人很多，许多人都不懂藏语。”

“孩子，你是汉族人，老家在西安。你要记得喔。”慕青不知怎的，突然强调起这个。

如是闪了闪她的大眼睛，平静地说：“妈妈，我现在是出家人，好好修行才是最重要的。”

慕青本来想在色达这块神奇的土地上好好看看与同仁迥异的风景，没想到这种艰苦的修行方式她根本接受不了，也使她没有看其他的兴趣。她当然无法说服如是，给她留了些钱，仅仅住了一个晚上就要走。

慕青一直生活优越，特别是近几年，越发讲究起生活品质来，根本忍受不了不能洗澡、没有蔬菜的生活。看样子她永远不能成为真正意义上的修行人。

第二天，她去找洛桑活佛说要走时，活佛纳闷她为什么不多住几天。她没有说其他，只说回家要赶做别人早已预订的唐卡画。活佛遗憾地说：“这里是非常殊胜的地方，你该在这里多多沐浴佛光才对。”

慕青点头，但还是执意要走。活佛没有一起走。如是送她到路口，她一个人开车下山。慕青开得很慢，从倒车镜看到如是修长挺拔姣好的身材，绛红色宽大曳地的袈裟随风飘舞，是出脱尘世般美丽的画。她禁不住眼泪往下落。车要开到山门的时候，一个年轻觉姆向她招手，想搭车。慕青停了下来。

闲聊中，知道她曾经是内地一个大城市电视台的记者，前年来色达采访时，一下子被那种强烈神秘的佛教气氛感染，节目没做完就削发出家了。

看着她那种平和幸福的笑容，慕青不知道自己是什么心理，她就是高兴不起来，她甚至连聊天的兴趣也失去了。看着这个比自己小差不多十岁的觉姆，她不由得叹了口气。想当初，她是支持如是出家的，而今看到这种苦修，她真的不那么喜欢了。

慕青一直沉默，觉姆也只好不说话。慕青甚至连她的女儿如是在这里都没有提，她不想交流这个话题。把她放在县城的一个路口，慕青头也不回地加大油门往马尔康方向开去。她要去成都。她想去购物，并享受那里的美食。在藏地物资匮乏，她已经疯狂想念那种大都市的繁华和辣翻她味觉的麻麻辣辣的火锅。

在马尔康住了一晚，慕青又用了一天时间开到了成都。在成都她美美地享受了三天成都小吃后，才想起她有个大学同学在四川音乐学院当老师。她犹豫很长时间还是决定不去联系，她已经完全脱离了以前的朋友圈。她给在这里传法的布尕活佛打去电话，之后一个星期她都跟着活佛活动，看活佛做法事、讲经，跟活佛朋友的俗家弟子喝茶聊天。奇怪得很，她没有了当时在色达的不适感。一切都很美好呀。慕青想不明白自己的问题所在。

这种小儿科的事情，她没有给活佛说。人人都顶礼膜拜的活佛对她很关照爱护，她感到的仿佛是来自佛的温暖。

事情忙完后，他们两辆车往同仁开去。活佛坐慕青的车，说是怕她一个人开容易走神。其实大部分时间都是活佛在开，他开得比慕青还好，也更稳。慕青坐在车上很安稳，有时候都舒服得睡着了。

活佛主动说起他的弟子如是，问慕青要不要去色达。慕青摇头，这才说她刚从色达回来。她不喜欢那里的艰苦，如是太苦了。活佛笑了，说，所有的出家人都要经过苦修阶段。等如是回来，他还要安排她去闭关一年。

慕青大眼睛一眨不眨地看着活佛。活佛继续说，如是以后经过闭关修行，修习上会有质的飞跃。“如是是佛的孩子。你不要再心疼她了。”活佛拍了拍她的手说。

慕青点头。她身上穿的是一件配色大胆的藏式改良版的衣服，是尼泊尔一个著名服装设计师限量版的出品，是活佛通过他那边的弟子搞来的。衣服和慕青的艺术气质很配，平添了她一分异域的高贵。这种华丽的软缎和粗麻的搭配，也只有慕青这样的人才能穿出味道和品质。面对好朋友活佛，慕青是放松的，她不需要戴任何假面具。

慕青突然有倾诉的渴望，看着活佛她突然说出多年的秘密："活佛，我没有结过婚，如是也不是我的孩子。"

活佛来了个急刹车，把车停在路边，看着她，嘴巴张了张，但什么也没说。

慕青眼睛看着窗外继续道："如是是我去山里玩的时候捡的。在路边的石头上，小毯子包着的小生命，一个四个月大的婴儿。我不顾父母的反对，收养了她。也因为她，我不得不离开了我任教的大学。"

"为什么要离开学校？"

"学校认为如是是我的私生女，这在道德观极强的汉地，是不允许的。我被除名了。"

活佛握住慕青的手安慰道："没关系，你现在很好，不用再担心什么。"

慕青看着活佛慈祥的眼睛幽幽地问："活佛，我一直自责。如果如是是我的亲生女儿，我会让她出家吗？我会不会也像内地大城市其他母亲一样送她读最好的学校，最后送她到美国或者欧洲留学？"

"不要这样，如是卓玛出家是她的命运，她本来就是佛的孩子。我曾经给你说过吧，她是拉萨那边一个活佛的转世。一个人能出家是她的福报，是多种因缘的聚合。”

说出这个秘密，慕青一下子释然了。郭毅凡就因为如是出家而远离她的。他没有明说，大概也是想如是不是她亲生的孩子，所以才放手的。慕青没有给郭毅凡解释，其实她也弄不清自己的心。她想现在她讲究奢华排场的状态可能就跟这种心态有关。她希望丰厚的物质能弥补她内心的不安。

慕青清楚地知道自己现在之所以这样是内心不宁。活佛看懂了她，笑着说，过段时间他要去泽库的一个大法会，让她也一起去，在那里感受一下。

慕青知道泽库，是完全牧区的高海拔地区，慕青曾经去过那里写生。还好，她会藏语，否则根本就无法交流。她喜欢那个没有任何污染的地方。

有了活佛的宽慰，慕青心里轻松了许多。在接下来的路段，慕青驾驶。她比活佛开得疯狂而猛烈，就像她唐卡画的色彩，绚丽而流畅。

3

慕青是典型的艺术家特质，有了去泽库的想法，她就等不及活佛安排自己只身驾车前往了。那个地方她还算熟悉，也有感情。

曾经有泽库牧区里的十户百姓凑钱从她这里定制唐卡，现在就供奉在草原深处的一个寺庙。公主庙，其实跟公主没有任何关系。当年文成公主进藏走的是月亮湾倒淌河玉树那条线，从没踏进过泽库草原。只是藏族人喜欢来自大唐的文成公主，继而建了像这样的公主庙。

慕青在她当年的客户尼玛的向导下，先参拜了公主庙，游走在泽库大草原。慕青的苹果手机在牧区成了摆设，在那块神奇的大地它没有任何信号，人们过着朴素原始的游牧生活。草原深处的牧民喜欢慕青，也喜欢她带来的油画。兴致好的时候，慕青也会给他们画炭笔肖像素描。那些朴实的人，竟然用祖辈传下来的昂贵的天珠和蜜蜡换慕青的油画作品。慕青用的是写实手法，细致精确的笔法，把草原上的女子神态逼真地表现出来，那就是她们呀。有一个皮肤已经枯萎的老妇人，爱上了慕青的画，用她家的老唐卡换她的。慕青不好意思，说她的画不值得她用这个换。老妇人坚持，等把慕青的画踏实地捧到手里，她才说，画中的女人像极了她的妈妈。她老泪纵横，抱着画再也舍不得放下。

在泽库的十几天，慕青收获了友谊，也收获了无价的珠宝和珍贵的唐卡。她送给尼玛一张肖像，还把她的苹果手机送他。尼玛不要，说这个东西在这里用不上。慕青点点头，答应尼玛来隆务镇时给他买实用的棉靴。

尼玛咧着嘴笑，两颗金牙在阳光下闪烁，天真可爱。

回来后，慕青没好意思给师父和索朗多吉说泽库的收获，她怕他们说她贪婪。她也担心自己在蜕变，从一个纯粹的艺术家变成了利益至上的文化商人。师父从没有过多地批评她。

去年她给师父翻修了房子，对卫生间彻底进行改造，做成了适合老人的舒服又干净的现代化盥洗室。慕青对师父的房子很用心，材料是进口名牌，做工优良，很多细节是她精心设计。师父挣的钱不舍得花，几乎都用在寺庙供佛上。光慕青知道的，师父委托弟子去拉萨，给大昭寺释迦牟尼佛贴金三次，在他家乡修佛塔一座。师父曾给她说，这样很有功德。慕青只是应着，赞叹着师父，但心里总在犯嘀咕。

慕青对寺庙的捐赠也不少，不过她不会像藏族人那样一生为佛而活，把挣的钱都交给寺庙和活佛。即使她在藏地住了十几年，她还是不完全理解藏族人的宗教观。

如是终于从色达回来了。她的上师活佛赞叹她的修行效果，然而慕青发现如是身体差了好多。带她到医院检查，说得了风湿。活佛也让他的藏医去给如是号脉。藏医说她是严重的营养不良，需要长时间调养。

活佛同意如是住回家，慕青托人买了大量的补品，给如是炖汤，改善生活。她还专程去西宁，凭着金钱的威力请来了有名的老中医宫大夫。宫大夫也住在慕青家，她专门给他收拾了一间屋子。

宫大夫的诊断和藏医基本一致。他除了开汤药外，还运用了针灸和拔火罐。宫大夫治疗得很用心，从没说过想提前回西宁。慕青知道都是钱的功效。在西宁她就给宫大夫爽快地拿出了五万块。大夫知道这个年轻的女人为了女儿很舍得花钱。通过一段时间治疗，如是脸色开始红润，也不那么喊腿疼腰疼了。宫大夫私下给慕青说，好在如是在那地方待的时间不长，听说有许多内地觉姆在那里都染上了更严重的风湿和心脏病，那里生活条件太差了。他还说，像藏地高海拔地方，不适合汉族人。慕青知道宫大夫的意思，那是建议她把如是接回来。但出家已经八九年的如是不可能听她的话。对如是来说，她的使命在藏地。她固执地认为，她的前世一定是藏族人。

豆蔻年华的如是在寺庙也罢了，如果损伤了身体，慕青可是万万不能答应的。母女俩为此争执过，最终谁也说服不了谁。即使调养时期，如是还是坚持每天的课诵，长头她更是要磕三个一百零八。除了吃饭治疗睡觉，她几乎都待在佛堂。

布尕活佛来看她，如是像在寺庙一样行大礼。这次活佛带来了个好消息，他说有弟子给他在北京建了个修行道场，他打算让如是卓玛负责那里。

“太好了。”慕青激动地抓住活佛的手。

活佛像佛一样笑着，说：“我就是考虑到了如是卓玛的身体，北京的气候比较适合她。道场现在在做最后的装修，应该再有几个月就可以使用了。”

“谢谢活佛，还是您想得周到。现在如是也只听您的话，我和她说不通。”

慕青是典型的艺术家，即使当着如是的面，她都没有控制自己，泪哗地流了下来。如是表情淡然，没有兴奋，也没有不满意。上师永远是对的，她对上师的尊敬如同对佛。

经过宫大夫近两个月的治疗调养，如是身体基本得到了恢复。大夫走的那天，她也回到了寺院。慕青挡不住她，因为她还要开车送宫大夫。

索朗多吉搭她的车，说去西宁办事。慕青在西宁又给了宫大夫五万元现金，还把他送到家。宫大夫笑得很好看，把她当朋友一样，握着她的手说，只要慕青有需要，随时给他打电话。

送完大夫，索朗多吉极力让慕青跟他一起参加朋友的婚礼。慕青很为难，最后还是满足了他。在宴席上，大家都拿他俩开玩笑。因为多吉的哥们知道他一直在追她。慕青没有表现出生气，她只是礼貌地回应。大龄剩女的她，仿佛没有焦躁。其实她并不是独身主义者，只是一直以来没有合适的人出现。是命运把她变成了现在这样。她现在对男女之情好像没了兴趣，即使索朗多吉这样的康巴汉子，也不能吸引她。应付了场面，回来的路上，慕青没有话说，只是专注在开车上。索朗多吉看了她两眼，知道她是因为什么，所以无趣地打开CD听起扎西尼玛的歌来。

玉树那边有个堪布来电话说有个印度来的大活佛，邀请慕青去玩。

布尕活佛北京的道场已完工，她前天把如是和活佛送到西宁机场，看着他们上了飞机。年前定的唐卡也都交了工，现在正好闲暇。她本打算独自去尼泊尔旅行，顺便考察那里的唐卡画市场。

事情总在变化中，包括她的旅行。

堪布说，那个从印度来的活佛是修行很好的大活佛，很难遇到，希望她去。

慕青给师父告了假，叮嘱格桑梅朵阿姨看护好房子。这天一大早，她就早早地把收拾好的行囊放进汽车，准备驾车去玉树。她没有告诉索朗多吉。近来，他话很多，总喜欢对她的生活指手画脚，俨然她的保护人一样。可是冤家路窄，在村口，她看见他端端正正地站在那里，似乎在等她一样。

一听说她要去路途危险的玉树，索朗多吉一下子皱起眉头。他理直气壮地拉开车门，坐到副驾驶座上。他要跟着她一起去。

慕青不能赶她多年的朋友下去。长途跋涉，有个伴也好，她想。绕道去县城加油，刚到县城路口，索朗多吉还是下车了。他遗憾地说，他最近工作忙，真真实实走不开，否则一定跟她去。慕青点头，没有要求，也就没有失落。

没有小路可走，她只好先到西宁，再从那里跋涉一千多里。她在西宁给车做了彻底检修，之后才在一个飘着小雨的早上上了路。

过了著名的日月山、倒淌河，那荒凉的景象，让慕青理解了当年文成公主为什么要摔碎镜子痛哭流涕。那种荒凉和繁华的长安怎么能比呢？海拔逐渐升高，路况也差了很多，如果她开的是轿车的话，肯定要打道回府了。路边的草是枯黄的，不时遇到风驰电掣般的摩托车，牦牛羊群在远处的山峦间若隐若现。在一个小镇，慕青吃了暖和的牛肉粉汤。一路上颠簸、疲劳，慕青有了轻微的头痛。她索性投宿在人称黄河源头第一县——玛多县。她挑了条件最好的宾馆住下，去对面的医院打了防止高原反应的点滴，在房间大睡两个小时后，这才渐渐恢复了精神。她第一次来这个县，很新鲜，开着车到黄河沿边跑了一圈，意犹未尽地在一家小川菜馆吃着她喜欢的抄手。可那奇怪的味道根本与她的记忆南辕北辙。

还好，这夜她睡得不错，使她有精力长途奔波。快到玉树的结古镇时，到处可以看到成群的藏民，衣装簇新隆重，拿着哈达，似乎在迎接什么活动。堪布在结古镇他的寺庙等着她，高兴地握住她的手说："我知道你会来。"

"那个活佛来了吗？我看到很多盛装的藏族人。"慕青迫不及待地问。

堪布点头，说早上刚从这里去了囊欠那边他的寺庙，活佛要在那里住一个月。"那些人都是为了觐见活佛的，你要不要去？"

慕青点头："来这里，就是为了见活佛，当然要去了。"

堪布表情严肃，说："路很烂，海拔又高，而且我还要给佛学院上课，不能陪你，你行吗？"

慕青经不起激将法，握了握拳头说："没有问题。"

在结古镇短暂休整两天后，慕青和堪布的女弟子旺姆一起出发了。堪布给活佛写了封信，大概意思让她接待好他的朋友慕青，她是艺术家。

然而旺姆在临近囊欠县城的一个小路口下了车，说她要回家。哦，原来她是搭她车回家的。慕青无语，但还是笑着给她拿了些水果，让带给她父母。

一路打听，印度活佛很有名，即使他的寺庙在一个小沟的深处。在下着雨的晚上，慕青赶到了那个著名的小寺庙。

静悄悄的，看不出住有大活佛的气息。慕青在寺院旁边的一个藏民家投宿。没有洗澡设备，她用热水简单擦洗后，钻进自己的睡袋里。

那个晚上她彻夜不眠。听房东阿妈说第二天寺庙有活动，印度大活佛要给信众摸顶祈福。

像所有参拜的人一样，慕青起了个大早，顾不上吃饭，就在雨中排起队。大家静悄悄的，没有喧哗吵闹。手捧哈达或者酥油觐见尊贵的活佛。

活佛容貌清丽，眼神可亲，已经不很年轻。慕青将自己的围巾当作哈达献上。活佛双手为她摸顶。询问她来自哪里，竟是好听的伦敦口音。慕青用英语简单回答，画家，唐卡画师，目前居住在藏地。“欢迎你来。你可以住在寺庙。”慕青没有递上堪布的信。即使没有那信，他们的心也是相通的。

慕青当天就搬到寺庙，活佛殿堂下面一个设施完备的房间。

慕青直觉有一种神秘的力量促使她安心地住在这山沟里。与活佛眼神的第一次交会，仿佛有着前世的记忆。以慕青现有的知识，她想不明白那种奇怪的气息和感觉。

之后的几天，她每天到活佛的屋子拜访，活佛也喜欢和她说话。活佛温软的话让她有种服帖的温暖。他说是佛的加持力，也讲持咒的功效。

第一天活佛就给她传了莲花生大士心咒：嗡 阿 吽 班 杂 咕 噜 叭 嘛 悉 地 吽。让她每天念一百零八遍。第二天又给她传阿弥陀佛心咒。

第三天又给她集中传文殊菩萨的咒语，说那是增长智慧的。几遍后，慕青就念得很流利了。他还为她传文殊菩萨心咒手印。以前就听布尕活佛说过持咒的果效和功德，但从没想过学这个。真的是一切自有因缘，顺缘才是对人生最佳的诠释。这难道就是藏族人传说中可以称为上师的人吗？一见到他，就有回家的感觉，在他身边是那么自在安心甚至幸福。慕青那个瞬间不由自主地顶礼膜拜活佛，泪水模糊了她的双眼。

活佛接受了这个女弟子，给她灌顶，为她诵经，给她取法名，康卓拉姆，是太阳仙女的意思。慕青喜欢这个名，喜欢活佛“拉姆拉姆”地叫她。

喝酥油茶，喝红茶，吃尼泊尔和中东坚果，他们总是那么惬意。

一天晚上，慕青像往常一样来到活佛的客厅。鞋子脱在门口，盘腿坐在活佛对面。活佛那天眼神奇怪，盯着她看，好像发现了不曾发现的问题。喝茶的时候，他突然说起她可能今年会有灾难。慕青想本命年过了几年了，一直都很好呀。她瞪大眼睛看活佛。活佛说起藏语，预示她未来的变故。他没想到慕青能听懂藏语，慕青马上要送到嘴边的茶杯定格在那里，她知道了。活佛闭了下眼睛，说："我自有破解的办法，你不要害怕。"说着从他脖子上取下念珠递给她，说："这一串珍贵古老的血珀念珠，是上师的上师这样传下来的，有极强的加持力。"慕青诚惶诚恐地接到手上，那个瞬间，那美丽的珠子竟然颗颗裂开。活佛身子抖了一下缓缓地说："裂开的珠子让你免掉了第一个灾难。"

慕青问还有什么灾难。活佛摇头，不再说话。像红酒一样漂亮的红色茶汤在乳白色的杯子里美若琼浆。

与活佛相处的这美好时光，慕青有说不出的安然。他们不用说话，不用热烈地讨论，他们如此和谐，像前世走来的伙伴。

月光在上，那个晚上慕青在梦中见到了大朵金色的莲花。

她一直都没有跟活佛提玉树堪布，然而他们之间是那么熟知。

在一个凉风清厉的早晨，慕青在活佛门口放了一封信，不告而别。

手上攥着那挂佛珠，活佛最后一次喝茶时候给她的价值不菲的九眼天珠，她把它戴在脖颈上。

那挂佛珠她也缓缓挂上。她回头看了一眼明珠一样放着光芒的寺庙，缓缓发动了汽车。

第十二章 慈　颜

离：利贞，亨。畜牝牛，吉

1

省妇联和残联对慈颜报上来的材料很感兴趣。一个残疾人不仅实现了自己养活自己的梦想，还挣钱不忘兄弟姐妹。慈颜要办盲人按摩学校的想法，他们很赞赏，也积极联系政府其他部门，给她更多的支持。

在妇联残联领导的支持联系下，市政府在一个公园的一角给她提供了一幢两层小楼。这次，吴新明也出了力。他现在是个不小的媒体官员，跟市政府领导也有不少交往。慈颜的成功，就像是他打造出来的作品。省报、省电视台、电台又开始新一轮对慈颜的宣传报道。这一轮的关注，使慈颜以盲人女子自强不息的成功典型走进大家的视野。

按摩学校的最初打理，她交给一直在会所默默做事的小麦。受到重用的小麦工作非常卖力，踏踏实实贯彻着她的盲人老板慈颜的办学旨意。第一批学员招了十二个人。除了残联妇联的补贴，慈颜在学校的运转上每个月几乎要贴上万块钱。能让更多的盲人兄弟姐妹学门手艺，慈颜愿意贴钱做事。她不灰心，会所的生意很好，她暂时可以通过那边来弥补。半年后除了徐老板赞助外，又有个陕北来的油老板赞助慈颜的学校。慈颜亲自上课、示范，和其他老师一样认真。学校为回馈社会，还挂出每周免费义诊按摩一天的宣传广告。

新闻报道的效果是巨大的，慈颜的善举被广泛宣传着、赞美着。她还参加妇联组织的讲师团奔赴一些县市，做励志演讲，声情并茂地讲述她悲惨的经历，以及自强不息艰苦奋斗的创业史。那一年她是市劳模，第二年她被评为省级新长征突击手。失明的她风光地走在聚光灯下，荧幕上。她成了成功的典型，众人学习的楷模。

徐老板，她的大哥，却不喜欢她抛头露面，提醒她说还是就默默赚钱好了，不要花太多精力去揽别的事。

想法子赚更多的钱，然后移民，是徐老板目前的想法。他已经悄悄地给自己儿子、孙子和老婆办了加拿大移民，自己就差最后一步。他打算在北京大赚一笔就撤离。这个他没有给慈颜说。当然他不可能带慈颜走，就是他的情人也不会带。他目前能给慈颜做的就是金钱上的资助和有限度的感情上的抚慰。

他当然知道慈颜对他的感情。好像过了最初的激情一样，他对她成了纯粹美好的兄妹之情。即使大夏天，慈颜穿着又薄又透的丝质裙子坐在他身边，修长的大腿露在他眼前，他也不会有那种性欲的冲动。也许是老了，也许是希望他们一直是一种美好的关系，就如同他和庄流苏的交往。富商和美女教授，往往要被别人想歪，而他们是纯粹的朋友。当然他对流苏是有想法的，只是接触时间长了，他又不喜欢打破现在的格局，一旦打破，关系的发展将不可预知。他不喜欢把握不住的状况。

只是这个慈颜，看不见东西，还这么高调地做事宣传，会不会有什么问题呢？他对她担心好一阵了。

事情或者事件的发生毫无征兆，给最近一直春风得意的慈颜当头一棒。

一件是龌龊事。那个老实巴交用力气赚钱又把钱花在水仙身上的于平，慈颜一直知道他隐秘的事情。男人都有那种冲动，他拿钱悄悄地解决，这也行，只要不弄到公安局就好。因为她需要于平，于平精到的按摩技法给会所稳住了许多固定客户。然而，前段时间严打扫黄，那条小街可疑的暗娼都被严打的大笤帚扫得没了踪影。水仙也不知道沦落到了什么地方。于平像急疯了一样，四处找水仙。可是偌大个西安市，上哪儿去找，何况是一个瞎了眼的人去找？水仙就这样没了。于平顿时像泄了气的皮球，没心思干活，连吃饭都有滋没味。要命的是他竟控制不了自己，在慈颜最长久的老客户身上动起手脚。那个老富婆本来也不是啥高贵的人，喜欢于平按她敏感地方，也常用言语挑逗于平，于平本来就憋得难受，她一撩拨，就在按摩床上搂住她，干了起来。这可了得？被一个瞎子揩了油，占了便宜，富婆当然不愿意了。她是生意人，没有喊，而是完事后把于平拽到慈颜的屋子。慈颜气得牙关直咬，低三下四地赔礼道歉。富婆就是不依不饶，说要告到公安局。于平怕像那富婆说的弄他个强奸罪名，他“扑通”跪下，哭着求饶，慈颜也差点儿下跪。最后那富婆要求赶走于平，并给她一年的免费贵宾优惠。慈颜没想到富婆仅要了这点补偿，马上同意私了。

于平当然不能待在会所了，他惹这样的事情，她实在没法子留他。给他多拿了三个月工资，让他走了。这是慈颜第一次开除一个员工，那几天她心里很不好受。

慈颜后来知道那个富婆不是什么好人，常常点年轻帅气的吴可给她服务，引诱吴可，血气方刚的吴可差点儿出事。吴可找慈颜说了这个，慈颜一下子明白了当时于平那桩事。慈颜不好说顾客，但从那天起就只叫牡丹为她按摩，吴可不再在她面前照面。大概是觉得无趣吧，那个富婆渐渐不来了。慈颜这才舒了口气。

而另一件动了刀子的血案，慈颜摆平得就没那么容易了。

慈颜以前的丈夫金锁是听了广播找了来的。这让慈颜怎么都没想到。

自从把慈颜休了以后，金锁也没娶到媳妇儿，成了他们山里众多老光棍中的一员。老娘也去世了，俩兄弟娶了媳妇常年在外，家里就剩下瘫痪在床的老父亲，金锁突然想到慈颜的好来。当然他羞得去慈颜娘家找。也活该他有运气，那天下午他在院子晒太阳听广播，无意中听到慈颜在宝鸡做励志演讲。他一下子听愣了。他高兴地跳起来，拿着收音机跌跌撞撞跑回到黑洞洞的屋子，给老爸听。他们都听哭了，特别是下不了床的爸爸，他坚决要求金锁把慈颜接回来，说哪怕是能要回来一个娃娃也行。

金锁就这样找到了慈颜的按摩会所。门口接待的小姑娘晓芳问他找谁，还不待见地轰他走，说山里人想开洋荤，也不数数有几个子儿。他粗粗的声音强壮胆量喊道："我找你老板，她是我老婆。"晓芳嘴一撇："不看看你几斤几两，在这里撒泼。"拿起笤帚就往外赶他。正巧慈颜从里间出来，慈颜还是那么年轻，而且打扮得跟城里人一样，虽然眼睛看不见，但一点不像农村的婆娘。金锁冲过去，抓住慈颜的胳膊。慈颜听着声音熟悉，确认是金锁后，没有好气地说："早都一刀两断了，你这会儿来干啥？"

“我看我女儿。”金锁要起赖来，腾地坐在等候的椅子上，眼皮往上翻。

“你走，你跟我没关系。”金锁突然冒出来，还在这里耍赖，慈颜当年的委屈一下子回来了，她浑身发抖，气得再也说不出话来。

眼疾手快的慈颜爸忙把金锁拉到里面他的房子里，好劝歹说。知道金锁就是想弄俩钱后，悄悄跟慈颜说给一点，让他走。慈颜也是这样想的。虽然她一分也不想给，但想着这脏兮兮的山里人乱了她的场子，就想着还是用钱打发算了。她从里间保险柜里取出五千块，正要交到他手里时，小米放学回来了。小米出落成了漂亮的大姑娘，典型的城里娃。金锁听到有人喊她小米，所以瞅着小米，不接慈颜递过来的钱，而是抓住小米的手不放。小米被他这奇怪的举动吓呆了。

“我是你爸，小米。”金锁抹了抹眼睛说道。

小米愣愣地看慈颜，慈颜一把将小米拉到她背后。

“小米，红豆咋没有跟你在一起?”金锁又来抓小米的袖子，小米藏到了慈颜后面躲了起来，拿眼瞟他，一脸的恐惧。

“妈妈，红豆是谁?”小米睁着大眼睛小声问慈颜。

“进里屋去学习，不要管闲事。”慈颜把小米往里面推。

慈颜爸纳闷地摇头，红豆不是留在山里了吗，金锁咋这样问？慈颜知道今天的事情摆不定了，她只好给他们说了当年的事情。一听慈颜把红豆遗弃，慈颜爸老泪纵横，说再难都不应该丢了娃。金锁更是大闹起来，抓起桌上的东西就砸。慈颜也哭了，哽咽着说："当年有谁管我，你们像送瘟神一样丢弃我、躲着我，我一个瞎子有啥能力照顾两个娃？"

不管慈颜咋解释，金锁就是得理不饶人。凭着他穷光棍一条，他索性没脸没皮地闹起来。现在慈颜拿五千块钱摆不平了。金锁发疯一样掏出藏在裤腿里的刀子就要砍慈颜。亏得慈颜爸推了一把，要不然慈颜就被结结实实地刺伤了。刀刺到慈颜爸胳膊上，血汩汩流出。大家都吓坏了，不知道谁报了警。

110 来了。慈颜爸被送到了医院，慈颜、金锁都被带到派出所。慈颜不想在这里声张她过去的事情，也不想把文盲金锁弄到看守所，所以一心想私下解决。录口供，调查，按手印。还好，当时她悄悄地让晓芳给徐老板打了电话。在警察对金锁动起警棍的时候，徐老板来了。在徐老板的调和下所长把他们放了。

回到按摩所，徐老板软硬兼施，吓唬着金锁做出承诺，让他拿了两万块钱以后保证不再来骚扰慈颜。如果再敢来，就把他塞进局子里。金锁怕这个，揣着钱，高兴地梗着脖子走了。临走撂下的那句话，让慈颜心碎。

"红豆，红豆得想法找着。不然，我没完。"话虽然是金锁扔下的，但久已不提的红豆成了慈颜又一块心病。风光了好一阵子的慈颜突然明白了自己的悲哀。那天晚上她给爸爸妈妈和徐大哥说了丢下红豆的详细情况。她妈倒是宽慰她，红豆一定生活得好，娃自有她的命。

徐大哥一直在抽烟，半天没有吱声，最后按了按慈颜的肩膀，没有说一句话就走了。

慈颜心里痛，那个夜晚她清醒得就像执勤的警察，想着她的红豆。

2

慈颜本来不想让人知道丢弃了红豆的事，但到这个份儿上，从技师到工作人员都知道，后来竟然有老客户问慈颜。慈颜不好回答，索性有了新打算。

通过广播和电视，慈颜开始寻找红豆。吴新明来到她的会所，说这种寻亲方式找到孩子的可能性微乎其微。慈颜说她知道，其实就是想尽一下心。

整整一年没有任何消息。红豆的事也不再有人说起，生活又归入平静。

这一年，政府继续实施惠民工程，协助引导残疾人自主创业是一个重要的板块。省残联、妇联都看中了慈颜的按摩学校，最后与慈颜沟通后决定合作。政府在北郊给学校划了一块地，很快有几个大老板投资，不到两年学校就建起来了，还是沿用慈颜他们以前的校名——慈航中医按摩推拿学院。

学校挂牌那天，市长亲自揭牌，好几个政府官员到场讲话捧场。市长还给慈颜戴上红花，赞扬她的办学精神。慈颜依然被任命为校长，学校正式纳入政府的事业单位。这次慈颜有了她梦寐以求的事业编制，开始拿公家的工资。虽然这几千块钱对已经是老板的她来说是毛毛雨，可她毕竟是农村出来的，能吃上国家的俸禄，是她从小的梦想。

有政府强有力的支持，大财团的赞助，学校办得很红火。残疾朋友有许多是慕名来上学的，当然更多的是各区县残联、妇联推荐的人。有这么大的学校，慈颜不再只是按摩会所的老板，而是有着光鲜身份的文化人了。她经常出席各种会议，有教育系统的，有妇联、残联的，还有新闻媒体的各式沙龙酒会。

每当在那种风光的场合看到慈颜，吴新明都会高兴地跟她久久握手祝贺。他给周围的朋友说慈颜是他的作品。慈颜点头，说："没有吴领导的支持和帮助，就没有现在的我。他一直是我的恩人。"其实慈颜一直在寻找报答吴新明的方法，多次说了这个意思。吴新明摇头，说："你能像现在这样成功，就是最大的报答。我很欣慰，你能走到这里。"不需要再讨论这个，老朋友手握在一起就足够了。

徐大哥，除了私下的会面，在一些场合也会遇到。徐老板还是那样爽朗，给他的富豪朋友引荐慈颜。慈颜已是带有交际色彩的明星，人们都在夸赞她。特别是徐老板，总是很维护她。当然，到现在这个地步，即使他不做什么，慈颜也是光鲜地出现在一些重要场合。市人大代表的牌子挂在了她身上，她很有希望成为新一届市残联副主席。

然而，爱情，始终缺席。一开始是她为生计奔波无暇考虑，后来是生意做大了，一般人她看不上，特别是找个和她一样的瞎子，她受不了。当然，她还是念念不忘对她有恩的徐大哥。

一天下午，徐大哥来看她时，她让他带她出去兜风。在车上，她哭了，说出了一直以来压抑在内心深处的话。说她爱他，这些年一直等他接受她。徐老板没有惊讶，也没有说话，继续开车。直到车跑到环山路上，一拐弯进了几乎没有汽车出入的一个小峪口，他才停下车。他看着还在抹眼泪的慈颜，犹豫片刻，缓缓抱住她，爱怜地轻轻拍着她后背。他想安慰她，不喜欢看到她伤心，但是他并不想继续发展成某种关系。他要离开这个国家了，他不想给自己添麻烦。那两个情人，他给她们各买了一套房子了结了关系。现在一直保持纯洁关系的慈颜，他当然还想依旧像家人一样，所以他仅仅是有克制地拍着她后背。

然而事情的发展出乎了他的意料，慈颜摸索着寻找他嘴唇，就这样他们吻到了一起。

此刻，靠在他肩膀上，他握着她的手，陷入沉思。他不可以再继续，他控制着自己。他怎么可以把好端端的妹妹变成某种关系，怎么可以不能给她名分让她承受外来的流言，怎么可以这么不仗义地资助了一个女人而要了她这种回报？徐老板心里有些奇怪的感觉。最初他对慈颜和庄流苏都有男人方面的非分之想，经过多年的交情，他就想保持某种纯真的友情、单纯的兄妹关系。想要那事，他有那两个女人呢。他不自觉地摇头。然而他知道自己，他拒绝不了这个他以前爱过的慈颜。特别是知道她在那么多伤痛后面还有遗弃女儿的负罪感，徐老板在心里更疼她了。是啊，以前还想跟老婆离婚，把她娶回去。唉，一切都已时过境迁。他除了钱，又能给她什么？他现在只有叹气。

敏感的慈颜注意到她的徐大哥细微的变化，她也稳住了自己的心绪。她抚摸着他粗糙年老的手，充满爱怜，但语气又像一个妹妹一样。“大哥，带我到个清净的地方，我想休息休息。”

徐老板看着已经不再年轻的慈颜，捧住她的头，轻轻地亲吻她额头，说，好。

没有问去哪里，也没有说要去哪里。车在飞奔。

车停在秦岭深处的一个豪华宾馆宽敞的院子里。由于是淡季，大大的停车场空无一车。从下车起，慈颜就一直挽着徐老板的胳膊，俨然一对情侣。徐老板在前台办了手续，牵着慈颜的手走进电梯，在五楼的一个门前停下。他刷卡开门，房间是他常住的豪华套房，上个月他带客户爬山还住过这里。他就喜欢这个宾馆的幽静。

烧水，泡茶，坐定后，徐老板给慈颜介绍秦岭深处的这家酒店。

“在山里还有这等好地方?”慈颜小口喝着茶问。第一次和徐大哥单独坐在酒店的房间，她有些羞涩，像个不谙世事的小姑娘一样拘谨。

“是啊。这些年城里人爱山里的野味和幽静，在秦岭里修了许多高档会所和酒店。”徐老板看着慈颜说。

到了没有任何人干扰的房间，俩人好像找不到接吻时候的激情和感觉了，都只是紧张地喝茶，或者不言语。最终，慈颜站起来，摸索着找徐老板。徐老板也站起，拉住她的手，还是缓缓地扶着她，让她坐在沙发上，说:“慈颜，我有话要说。”他顿了顿，看慈颜的表情，慈颜脸泛着红晕等着他的话。他继续道:“你知道，到这把年龄，我不可能离婚了，也没法给你承诺什么。”

“大哥，我没想要啥。”慈颜抿了一下嘴唇，小声说。

徐老板没有接她的话，而是继续他的:“我北京的项目也已开工，过几年，我很有可能收山不干，也许我会离开这个国家。”

慈颜这下有些激动，急急地问：“你去哪里？”

徐老板想了想，说：“孩子妈和儿媳妇、孙子现在都在加拿大，我给他们办了移民，我以后应该是去那里。”

慈颜脸上现出讪讪的表情，幽幽地说：“原来你早都安排了。”

徐老板抱歉地拉住慈颜的手说：“慈颜，实在对不起，我不能带你去。你这边也一大家人呢。”

说实在的，慈颜虽然有遗憾，但徐大哥说得有道理，再说他凭什么带她，她这样一个瞎子只会给他添麻烦。在西安，她的生意和生活，徐大哥已经关照太多了，她不能再要求什么。想到这层，慈颜顺着徐老板的手劲儿站起，然后紧紧抱住他。

一切那么自然，简直是水到渠成。

就这样他们走到了一起。

不需要再说什么，他们一起喝茶，默默地交流。宁静美好的氛围穿越了兄妹情谊，将爱升华。

回来后，慈颜给爸妈说她出差了。他们也没多问，只是他们发现慈颜笑得多了，也开朗地跟人开玩笑了。

小米考的是中医学院的按摩针灸专业，她本来不喜欢和病人打交道，但慈颜执意让她学这个，说她的生意以后必须由小米来继承。

慈颜继续风光地活跃在各种会议和媒体的舞台上。徐老板大部分时间都在北京，偶尔回西安，他会带她出去兜兜风。他们好若当初，比亲兄妹还要亲。但毕竟是老到的成功男人，他总是很好地把握着节奏，不扰乱他固有的生活。

除了生意和学校，慈颜毫无怨言地守着她认为是爱情的男人。这个名义上不属于她，实际上也不完全属于她的男人。当她独自睡在她宽大的床上，盖着那个一直陪伴她的毛毯时，她竟然很满足。她一个瞎子，有这样的人生，已是上天的造化了。她早已学会感恩、知足，即使孤单，她也不幽怨。在睡意消失的茫茫黑夜，她依旧感谢上苍对她的宽宥。

第十三章

孝 华

黄离，元吉

1

那次孝华终究没能参加民乐大赛。

去医院拆线那天正是他比赛的日子，他还想去，教授不同意。年轻的脸上让人恐怖的刀痕实在是不能上舞台的。

孝华哭了。他知道这于他是重要的机会。如果他发挥好，取得名次，毕业后就能留在北京，进而解决北京户口。在北京待了这一年，孝华喜欢上了这个大都市，和其他同学一样知道了北京户口的重要性。社会上竟然有人为了解决北京户口不惜花几十万上百万元。可是，就这样不明不白地丧失了一次机会。扎西给他道歉，说都怪他。扎西是个血性汉子，才不管那些人的威胁。可是那个女孩最后还是背叛了他，投靠了那些有势力的人。

导师交代孝华不要灰心，准备下一年的比赛。孝华像其他博士生一样继续帮教授整理论文，搜集资料和编曲，他也开始给本科生带二胡课。学生都很喜欢他。大概是他看不见，对学生认真又友好吧。

特别欣赏他演奏风格的一个朋友还给他找了份兼职，在学校附近的一家茶吧做每天一小时的演奏。一天一百块，加上可能的小费，孝华几乎每天都可挣得一百五十块。做这个兼职，他没敢给导师说，因为教授一再交代，孝华以后是走音乐家的路线，音乐家只能在剧院或者音乐会上出现，不能随便降低自己的档次。可是，孝华有自己的想法，认为去茶吧演出是锻炼自己，也是为了丰富舞台经验。半年后，孝华在外面有了一定的名声。最重要的是在一个诗人团体诗歌朗诵会上，有人注意到他。

那是深秋的一个晚上，孝华如期来到茶吧，发现静悄悄的，跟平时不同。服务员告诉他，刚给他没打通电话，有个诗歌朗诵会在他们店包场，他今天可以休息。孝华倒是有点想听诗人朗诵些什么，索性独自坐在角落。

朗诵开始了，一个、两个、三个诗人的朗诵后，孝华发现自己不那么喜欢那些没有韵律的口语诗。就在他打算离开的时候，主持人竟然隆重地介绍到他。掌声四起，他不得不站起来给大家鞠躬，在主持人的极力邀请下，他缓缓走上舞台。

椅子、话筒都已就绪，看样子是提前安排的。孝华调了调音，拉了他最近喜欢的《睡莲》。这首极具煽情色彩的二胡曲是当代音乐家贾鹏芳的作品，被孝华演绎得如泣如诉。跃动的韵律中有一种窒息感，像一个压抑的灵魂，万般情愁，无法用语言表达，只能透过这琴声，袅袅萦绕，找回某种记忆。

有人喊道："二胡之悲，二胡之怨，在这支作品中登峰造极。""再来一曲，阿炳。"是个女生，竟这样喊他。

孝华腼腆地抿了抿嘴巴，声音极小地说："那我再演奏一曲《二泉映月》。"他知道这个是大家熟知的，也是他最喜欢的二胡曲。每个音节他都处理得透彻而美妙，那伤感的情绪像一滴摇摇欲坠的清泪，在深夜清幽的寒潭中低沉回转，惆怅哀伤的音符顿时飘进了诗人的心里。

有人提议不搞朗诵，直接改成二胡独奏好了。孝华摆手，忙忙跌跌地走下舞台。他可不能讨人厌，给鼻子就上脸。他能感觉那些诗人的疯狂，他们才需要舞台上的表达呢。他装好琴，穿好外套。就在他出了门，想着怎么过马路时，有人扶住他胳膊。

"我送你。"是个女孩的声音，声音温柔得就像刚刚他演奏的《睡莲》。

孝华下意识地退缩，说："不用了，谢谢。我自已行。”

“是坐公汽、地铁，还是走路?”女孩不由分说拉住他的手。

那丝丝清凉细软的手掌，顿时让孝华失去了方寸，一下子手心冒出汗来。他吞吞吐吐地说:“走路，就在不远的大学。”

“哦，你真是那里的学生?”这回女孩的声音清亮，继续道,“我是网络小编，一个诗歌爱好者，笔名叫迷糊。”

“哈哈,”孝华不由自主笑了起来，说,“迷糊能是名字吗?”他突然想起把《易经》研究得很透的学者曾仕强的话，说该迷糊时就要装迷糊。人是不是真该装装糊涂呢。

迷糊回应他道:“我从小到大做事都迷迷糊糊，招来了好多嘲笑，干脆把笔名叫迷糊，自嘲一下好了。”

迷糊是个开朗的女孩，孝华喜欢。

这个叫迷糊的诗人还真把孝华送到宿舍。孝华想留她上去坐会儿，但从没跟女生在宿舍单独相处的他着实紧张。现在这个时代，想遇到一个舒服的人都不容易了呢。最终，还是迷糊说她要到公司加班，编稿子。他们互相留了电话，迷糊说明天就去那里听琴。孝华爽快地应着。

等孝华坐定到宿舍的床上，他的心跳才恢复到正常。他奇怪自己的异常。不能这样，他是眼睛看不见的人，不能奢望一个女孩的爱。他甚至不舍得洗手，因为那是迷糊握过的；也不想坐在电脑前弄那个论文，只是想继续回味迷糊说话握手的细节。他索性躺到床上，让自己心空一空，只是为了丰盈地想刚刚认识的迷糊。开门的声音，扎西又带女朋友过夜来了。孝华假装睡着，翻过身，面向墙，继续睡觉的姿势。他们弄得声音很大，以前那些东西好像影响不了孝华，而这个夜晚，直把孝华的春心摇起。想着迷糊，他的小弟竟然蓬勃而起。

没想到，迷糊跟他的交往是迷糊采取了绝对的主动。她不光是去茶吧听琴，也常常来孝华的学校找他。迷糊说她极其喜欢音乐，可就是五音不全，没有那方面的细胞，只能做一个听琴人。因为迷糊喜欢，孝华常常单独为她拉琴，琴房、宿舍、学校的花园都是他的舞台。迷糊常常因为这动人的琴声动情流泪。她把对他的印象记发表在她主持的板块上，她甚至为他写下这样的诗：

我向来有着不同凡响的激情
犹如瀑布，绚烂而不计后果
我婴孩的手充满信赖
可是在我的指间被谎言溢满

世界变得晦涩难懂
从白天到黑夜
有怎样的爱情可以提供

我是否正在消失
菩提树在哪里？那些无花果呢？
从自己的眼睛
我看到那不能看到的眼睛
以及音乐的梦想
也看到开花的时辰
花蕾骤然老去

那么多的悲凉曾在脚下
我怀疑，我的执着有没有意义
我是一个女子
有着栀子花的芬芳水的精神
但请问你凭着怎样的细节吸引了
我饱含泪水的双眼

在幽静的小花园听着迷糊充满感情的朗诵，孝华热泪盈眶。那是在他们认识了一个月的夜晚。那个瞬间，孝华想抓她的手，他抬起放下，又抬起放下，他犹豫自己这样的瞎子有没有资格抓一个女孩的手。他不知道此刻，迷糊也在深情地看着他，泪花在眼眶里打转。他的犹豫让迷糊感到了一个男子的单纯。诗人圈子混乱不堪，他们常常莫名其妙地牵手，莫名其妙地接吻，莫名其妙地上床做那种苟且之事。“我爱你”这种话彻底被诗人糟蹋了。迷糊怕了诗人朋友轻浮地谈情说爱。在那次活动中，遇到孩子般单纯的孝华，她回去高兴了好一阵。特别是后来她多次听他琴声以后，她才知道什么叫天才。瞎子的现实，的确让她犹豫了很久，可最终她还是阻挡不了想亲近孝华的心。一天天明晰了，她写博客，写诗，以一个文艺青年特有的方式表达自己的爱。看着孝华不安的表情，她抓住了他的手。她清凉的小手，与他火热的温软的手握在一起。颤抖、紧张、心跳加速，爱在他们的心中和手掌间酝酿并疯涨。

2

孝华终于和迷糊谈上了他梦寐以求的恋爱。迷糊下班后经常来他的宿舍，给他用热水壶煮挂面吃，也会从食堂买来饭菜一块吃。他们像所有的情侣一样过着最初甜蜜青涩的时光。

扎西对孝华找到女朋友大吃一惊，当他看到迷糊是极其聪慧的明眼正常人，还是个诗人时，简直说不出话了。他知道孝华是音乐天才，但即使是天才，会有哪个女孩喜欢上这样眼睛看不见的人？而且迷糊还是有水准的文化圈子的人。他看到迷糊真心实意地爱着孝华，打心眼里羡慕起这个瞎子室友。他谈了无数次恋爱，上床的女人也有二三十个了，可他心里怎么空空的呢，怎么就没有什么爱的感觉呢？走马灯式的恋爱让他忘记了什么是真正的爱情。他趁孝华上洗手间时，问迷糊她对孝华是否是爱情，迷糊对这个用奇怪眼神看她的扎西坚定地点头："当然，爱呀。因为有爱，我才在这里。"

"可是，他眼睛看不见呀。"扎西极其小声地说。

迷糊笑了，说："一开始我就知道呀。我能接受这个。"说完，她又点点头。

扎西无趣地摇摇头，自言自语道："难道这世间真有爱情这回事？"

扎西真想和迷糊探讨探讨爱情，但一个神秘电话打来后，他抓起外套慌慌张张往外走，回头给迷糊说："佩服你，佩服你。"说完打了个响指，刚打开房门，差点儿和回来的孝华撞个满怀。

迷糊迎过去，扶孝华坐在床上。孝华说不用这样，他对宿舍很熟悉。

"我是你的明杖嘛。"迷糊笑着说。

"那个扎西好奇怪，他被女人甩过吗？"

"扎西是万人迷，女朋友跟走马灯一样，一个又一个。"孝华没好意思说扎西常常带女人在宿舍过夜，他怕迷糊觉得他在暗示什么。他和迷糊现在除了接吻，还不曾有过身体的接触。

迷糊“哦”了一声，耐心地剥着橘子，然后一瓣瓣送到孝华嘴里。孝华也给她往嘴里喂。也许是说起扎西，孝华突然身体有了反应，抱住迷糊，手不自觉地往她的胸口摸。为躲避孝华的手，迷糊推他，无意中触到他的身体。她手刷地收回来，脸腾地红了。其实，她也不是没有过这种经历，跟第一个男朋友就同居过一年多。可是，面对孩子一样的孝华，她不知怎的也奇怪地纯洁起来。这么快就做这种事情，她觉得不好，特别是在诗人圈子混久了，厌恶起轻易地上床和分手。她想跟孝华长久，她不想现在就破坏这种纯净。

与孝华恋爱没多长时间，她就渐渐离开诗人圈子和她几个要好的朋友。她的朋友对她找孝华很不满意，经常轮番给她开批斗会，好像她爱上孝华跟要下地狱一样，好像她是傻瓜在毁坏庄稼一样，好像一个瞎子也要把她拖进盲夜之中再也见不了光明一样。其中做娱乐编辑的蒙蒙嘲笑她，说她跟她的笔名一样迷迷糊糊。他们对孝华尖酸刻薄的议论评价，伤害到了迷糊爱孝华那颗最柔软的心。她们威胁她如果不结束，就和她断绝交情。其实，迷糊也对她们伤心，离开就离开，她就要她的孝华。就这样，迷糊在这个北京城除了同事，只剩下孝华了。

她没有给孝华说这个，但敏感的孝华感觉到她心中的痛和对他爱的那种不易。他拉住她的手，给她承诺爱情的忠贞，还说了以后的他会保障她的生活。迷糊用唇吻住他的嘴。她说，不需要再说什么，她相信他，一直都相信他。

在孝华收获爱情的第二年，他也获得了事业的大丰收。他先是如愿以偿地参加了民乐大赛，而且获得青年专业组第一名。两个月之后，他和导师又受邀到日本巡回演出。载誉归来，他越发成了媒体的宠儿。电视台录节目，对他做访谈；电台也要放他的二胡曲；连网络也对他厚爱起来。他的二胡独奏曲点击率竟然超过了他的导师。之后，北京有家文化娱乐公司提出优厚的条件跟他签约，说今年要给他办二十场独奏音乐会。迷糊成了他的经纪人，在导师的鼓励下他和那家公司签约了，并和教授在国家大剧院做了首场演出。这次的主角是他，钱教授是伯乐，不过是配角。他的天才得到了广泛的承认。看着他的成功，导师钱教授表现出由衷的欢喜，孝华是他的作品。

徐老板给林慈颜、庄老师订了飞机票，她们从西安赶来看孝华在大剧院的首演。他们都为孝华的成功高兴欢欣。音乐会结束后徐老板更是给孝华一个结结实实的拥抱。孝华把女朋友迷糊介绍给他们，大家都喜欢迷糊的懂事和可爱。徐老板像个大总管一样，还给了迷糊见面礼，一台笔记本电脑，说希望迷糊和孝华有美好快乐的人生。

钱教授临近退休，他极力推荐孝华留校。因为孝华是残疾人，学校进行了多次讨论和研究。

孝华可能会留校当老师，迷糊比孝华看上去还要高兴，她给孝华策划演练面试和应对学校领导的台词。后来有人事部门领导找孝华谈话，孝华表现恰当，言谈举止都让领导满意。

有舞台经验的孝华很有表演天赋，在有些情况下甚至不会让人感觉他是盲人。他高大帅气，走在熟悉的路上步履轻松，没有摸索着惹人怜嫌的举动。特别是有迷糊在的时候，他更是自信满满。她就好像是他的力量、他的支撑。

终于孝华留校的问题得以解决。学校给他破例分了个一室一厅的小公寓。房子是按迷糊喜欢的风格简装的，迷糊把她的积蓄都用在了这个房子上。简单又细致地收拾后，迷糊也搬了过来。因为要住在一起，孝华犹豫了一下问迷糊结婚的事情。对孝华没有任何浪漫地说到结婚，迷糊有些不高兴，爱好文艺的她希望孝华能给她罗曼蒂克的求婚。孝华想过这个，但不敢，其实他一直对迷糊是他女朋友这件事感到不真实，直到她真正搬了过来。

迷糊本来是想和孝华同居上一两年再考虑结婚的，看到孝华对她总是不放心不踏实后，她决定尽快注册结婚。

他们的婚礼是在学校附近一个小小的教堂办的。孝华信佛不想在这里办，但迷糊是一出生就被妈妈带去受洗的天主教徒。

神父衣着庄重，主持婚礼面孔和善又严肃。孝华和迷糊站在他面前、上帝的面前，突然真正感受到婚礼的肃穆来。来宾很少，钱教授、徐老板、扎西、从西安赶来的庄老师、朱向阳和慈颜。道长本来也打算来的，可就在要出发去机场的时候，他突然昏倒在地，被 120 直接送医院了。钱教授做证婚人，迷糊的父母没有从老家苏州来。他们对女儿找孝华这个盲人女婿很恼火，不接受，还说了要跟她断绝关系的狠心话。在洞房花烛夜，孝华柔声宽慰迷糊，说等过一年他赚到钱再回去看二老，他一定不会让他们失望的。

为了实现给迷糊的承诺，孝华除了精心在学校上课外，还积极参加经纪公司给他安排的各种演出。在商业演出上，他的眼盲又是很好的宣传点，人们往往就是为了看一个盲人天才音乐家而观看音乐会的。孝华从不推掉一场演出，哪怕他很疲惫，哪怕手指疼痛，哪怕迷糊心疼他。孝华挣到了钱。有了这个钱，孝华首先给钱教授和庄老师买了感谢礼物，之后又给徐老板买了一个玉观音，他喜欢这种带有神秘性的物件。剩下的，他全部交给迷糊保存。他说年底就去看她的爸爸妈妈。

他还和迷糊专门回了趟西安，去看在医院住院的道长。道长已经病得不怎么认得孝华了。没想到一世活得极其清楚的道长在生命临终的时刻，脑子竟变得有些糊涂了。医生说是脑溢血造成的后遗症。孝华握着道长的手哭了，他想起了师父李神仙。师父那种仙风道骨的样子在他脑子里像十几年前一样清晰，他是升成仙人了，那道长也会那样升天吧。孝华默默地为道长念诵《老子》，并借助他的功力为道长祈福。

迷糊不去网络公司上班了，专门打理孝华的事情。就在他们正意气风发地赚钱的时候，北京房价开始有了涨价的趋势。迷糊投出他们所有积蓄在学校附近首付了一套公寓。孝华跟迷糊回来生气，说这钱是要带回苏州孝敬她父母的，都被她糟蹋去了。迷糊解释说，现在人们都在疯狂地买房子，房价以后肯定会呼呼涨起来。孝华则说，学校会继续盖福利房的，房子根本就不用操心。迷糊一看说不通，索性结束这个话题。她积极与孝华的签约公司协商，给孝华策划出了第一张 CD。借助这一两年积累下的名气，孝华的 CD 销量不错。现在孝华天才音乐家的地位被坚固地确立。钱教授退休了，学校开始进一步重用孝华。适合书斋的孝华乐在其中，其实他也属于舞台，他二胡的表现力很有名家的风范。

孝华打算过年拜访迷糊父母的钱被迷糊买房子后，他只好计划来年春节再去拜访。迷糊的爸妈当然知道现在已经成名的孝华，很多人都在议论他，把他当作教育孩子的励志典型。但他们还是不能接受他，毕竟是他们女儿要跟这样一个人生活一辈子。所以，一直以来，他们不接迷糊的电话，也不过问他俩的生活。迷糊倒是不担心，对孝华说没有赢过孩子的父母，极其溺爱她的他们迟早会张开双臂欢迎她的。几乎没有过母爱的孝华甚至忘记妈妈可以怎么爱孩子。他的妈妈，他还清楚记得那个名字——胡枫芸，自从扔下八岁的他，就再也没有出现过。他早已把她从生命册中抹去，不要了，就像也从他生命册中毅然逃出的他的父亲——苏红卫一样，统统不要了。就让他以孤儿的身份立命于社会吧，他现在最亲的人是迷糊，接下来是道长、徐老板、庄老师、钱教授和慈颜。他的死党朱向阳是他一生的朋友。这些跟他没有任何血亲的人，比生他的人要亲得多，重要得多。只是渐渐成功起来的孝华在夜里常常想起黄河岸边的童年，那已经退化成梦一样不真实，而又有着明亮色彩的童年。

第十四章 尾声

不恒其德，或承之羞；贞吝

1

春天换届选举，慈颜如愿以偿地当选为市残联副主席。她身上的光环越来越多，省政协委员、市人大代表、优秀企业家、三八红旗手。她甚至比资助过她、与她交好的徐老板还要风光。

说起徐大哥的离开，慈颜心里很不好受。在北京赚足几个亿后，他毅然卖掉公司所有股份，华丽退去。他儿子不肯离开，继续着西安的生意。他要去加拿大的温哥华跟自己的老婆会合，安度晚年。他给慈颜卡上转了五千万元，说以后不能再陪她了。不管慈颜如何留他，伤心地哭，摔打房间的东西，都没能留住他。他临走时要把她介绍给他儿子，慈颜断然拒绝，她不能接受这个安排。

徐老板是在一家五星级酒店跟庄流苏和慈颜吃的最

后一顿饭。灯光璀璨，场面豪华，菜品高贵，喝的也是来自法国波尔多有名酒庄的红酒，可气氛总是充满告别的伤感。他们说起去年在北京看孝华大剧院的首演，孝华是他们喜欢和爱的人，他的成功令他们兴奋。也说起那个能豆一样的迷糊。庄流苏开玩笑地说，迷糊一点都不迷糊，是个非常聪明的女孩。慈颜点头附和着。徐老板不停地喝酒，身边坐着他爱的两个女人，他不愿意表现出身体的病痛。已经有一段时间了，他的胃老是隐隐作痛。年龄大了，他也变得胆小了，不敢去医院检查。他怕是不好的病。怕他的不好，让周围的人伤心。他是大男人，男人不应该让女人为他流泪。他尽量表现得多情又不失分寸。跟她们说着当年打拼的故事，也回忆着跟她们在一起的幸福时光。庄流苏说要回请一次他，她第一次请客，也算是给他饯行。徐老板摇头拒绝，说今天是最后的晚餐。不经意的这句话，让人听上去像是开玩笑。

那天晚上他让司机送庄流苏回去，自己则和慈颜直接上了酒店顶楼的房间，他早已预订好的房间。最后的夜，最后的爱，使一场欢爱变得像舞台上让人流泪的悲剧。他们话很少，轻柔的爱后，是长久的爱抚。

他们静静地躺着，享受传说中就这样迫降的最后夜晚。

慈颜想哭，徐老板制止了，说就让这最后的时光快乐些，不要把告别搞成悲伤的事情。慈颜强作笑颜，亲吻她这一生唯一爱过的男人。

过了些天，庄流苏突然给慈颜打电话，说想请徐老板和慈颜一起吃饭，但是打不通徐老板的电话。慈颜赶快挂掉立即拨徐大哥的，果真十多年来一直都通的电话突然成了空号。她拿着手机的手戛然停在半空。他就这样去了，消失了。慈颜颓然地坐在椅子上，顿时泪流满面。

她的女儿小米已经大学毕业，她安排小米来到自己的按摩会所。学了医，又有些活泼的小米很适合经商。小米说管理按摩会所对她来说是小菜一碟。

没几个月，新上任的小米所长开始搞起改革，先是嫌姥爷姥姥对她指手画脚，让他们退了休。继而对会所进行了全面整修，以时尚又温馨的风格迎接会员。

慈颜现在很少有精力能顾上会所，她基本上是一周来一次，只给跟了她多年的老顾客按摩。一方面是为了拉住顾客，更重要的是享受与老朋友交流闲谈的快乐。她编著的盲文书《按摩推拿八十法》刚刚出版。这样的喜悦，她最想与之分享的人是徐大哥，那个已经离去的人。省残联给她开庆功会，她感恩般接受了。

闲暇之余，她常常想起红豆。她应该也大学毕业了吧。如果能见到她，让她在身边生活几天，这一生就再没有大的遗憾了。她想把自己的经历写出来，但转瞬打消了这个念头。她不能再去揭那个伤疤。那些残酷的过往已经长成了她身体的一部分，那羞耻、那惨痛、那人人不待见的悲凉，都融入了她过往的生活，继而打造出现在的她。

慈颜在西安城混得好，常常有乡亲攀她来看她。当年不喜欢她的嫂子也来过好几次，提着鸡蛋、新鲜的蔬菜。她希望慈颜能帮她给初中就辍学回家的儿子找工作。慈颜没有记当年的仇，安排了她的孩子，把他放在按摩学校，让他学了驾照。有亲戚来，慈颜总是尽自己的力量招待。

连金锁的亲戚也来找她，她压根没想到。他们该是多难，才不顾脸面地求她。慈颜想起当年自己所受的苦，也不忍给人冷脸，能帮的就帮，帮不到就给他们带几个钱回去。最近一次，山里村中同门的大叔来向她借钱买化肥，无意中说起金锁，说金锁犯事了。慈颜一愣：老实巴交的金锁能犯啥事？那大叔不好意思地说是他把村里的那个瓜女子糟蹋了。说完唉声叹气地直摇头，慈颜眼泪刷刷地流了出来。她让小米给了那老叔一千块钱，就赶快躲进自己的小屋子。

这都是啥事情呀。慈颜自言自语道，她咋要遭这罪，自己让人糟蹋了，前夫又去害了别的女子，真是让人欲哭无泪。她实在不好意思说，小米的亲爹是这样的混蛋。以前还可以给小米说她爹是老实的农民，现在啥都说不出口了。

唉，这可怕的世道。

在这偌大的西安城，她现在连个说心里话的人都没有。很长时间她都不去赵大夫的沙龙了，大家鼓动她搞个定期聚会，她想了又想，最后在她会所和按摩学校的总顾问吴新明的极力撺掇下，终于下决心出头搞一个每月一期的沙龙。

她的影响力，吴新明媒体的号召力，让他们的沙龙很有些官方色彩。精彩的话题，常常被来凑热闹的电台主持人素素录去播出。素素是吴新明的好朋友，经常来慈颜这里护理颈椎，她们后来也交好了起来。看准了慈颜手到病除的魔力，素素请慈颜结合她的《按摩推拿八十法》，做了半年健康节目嘉宾。

慈颜在民间也火了起来，她的慈航按摩学校有了许多慕名来学习的人。学校在宝鸡、延安、汉中办了分校，政府说要把这项惠民工程长久推广。慈颜用她的实力实践了政府的政策。

孝华常常给她来电话，他说在北京又有一场重要演出，希望她能和小米来。安排好残联、学校的工作，这天中午，她和小米早早让司机送到机场。演出是晚上七点三十分，她们此刻充满期待，特别是还没有看过孝华现场演奏的小米，兴奋得像只啄木鸟，在慈颜跟前叽叽喳喳念叨孝华的天才。

2

在上海，刚一结束大剧院的独奏演出，孝华就被请到卫星电视台，他们要给他做访谈性的采访。迷糊也参加了节目。

在节目中，一些孝华不愿意被提及的私人话题被主持人挖宝一样问到。一想到，在这个国际化的大都市有他的妈妈和姐姐，孝华含着泪说出他的童年。他如何眼瞎，母亲怎样离去，他拜师李神仙学习周易八卦，以及学习二胡的起源，他父亲为了新家庭扔下他的事情，他统统说了出来。有些迷糊都是第一次听说，听得她泪流满面。善于煽情又敏感的主持人立刻问孝华想不想找她的母亲和姐姐，孝华沉思了好一会儿才点了头。他一字一顿地念出那个名字——胡枫芸。说她就在上海，她是上海知青。胡枫芸的名字被主持人连念了两次，她说希望这个母亲以后能出来见见她优秀的儿子。

气氛极其伤感压抑，主持人请迷糊谈她和孝华的恋爱经过。迷糊抹掉泪，读了她写给孝华的诗，说他是她一生的挚爱。迷糊巧妙地绕过话题，赞美着她的丈夫。孝华接过话，说："一切的爱都有因缘。世间所有的事情都有它的定数，有因才有果，种啥因，得啥果。”他笑着说，“这是我师父李神仙说的，这个道理对极了。”

主持人机智地接过他的话，转过话题，适时地邀请孝华再来上海演出，也欢迎他来他们台做客。孝华学会了说客套话，礼貌的客套话令大家都很舒服。

孝华没想到欧洲一个国家在上海领事馆的外交官要宴请他。外交官是通过他的经纪公司联系预约的。来接他的车等在电视台门口，孝华没有拒绝的可能。

外交官罗伯特先生，他夫人是个大眼睛高高瘦瘦的女人，她还特意穿着中式旗袍。好在他们今天服装正式，孝华是中式长袍，迷糊则是改良版的汉服。他和迷糊的英语都能对付，所以大家用英语交流得愉快又放松。聊到后来，才知道是罗伯特的夫人苏珊喜欢二胡，想拜孝华为师。本来孝华的一切活动都要通过经纪公司，但他们如此投缘，孝华当即收了他真正意义上的第一个徒弟。苏珊还给孝华敬茶，以示郑重。因为是在上海，苏珊表态她会每个月去一次北京，专程学习。

一场欢宴，孝华和外交官结下了友情，也为他日后去欧洲巡回演出种下了善因。

回到北京不久，迷糊身体有了奇怪的反应。到医院一查，才知道是怀孕了。这个大好消息让孝华激动了好一阵子。在喜悦的情况下，他写出了他的第一首二胡曲——《大谦》。他希望自己的孩子懂得谦虚，继而，尊而光。他甚至给宝宝取了名——天佑，这两个字来自他熟悉的《系辞》——自天佑之，吉无不利。迷糊笑他不管男孩女孩就起了这样的名。孝华则说，他算准是儿子。迷糊缠着问他卦辞怎么讲，他故弄玄虚地摇头，说是天机，天机不可泄露。他把这个好消息打电话告诉了慈颜姐姐，他需要有人分享此刻的喜悦。

考虑到孝华和即将降生的孩子，迷糊决定回苏州父母家待产。她没有给他们打电话，直接坐飞机回去了。面对大肚子的女儿，二老只能张开双臂欢迎。当然，他们现在也基本认可了这个女婿。媒体到处报道孝华，把他夸到天上了，什么天才音乐家，什么当代阿炳。连迷糊也一起和他上了电视，公开在公众面前秀恩爱，他们还怎么再拒绝？现在他们只是表面强硬，女儿回来，其实他们心里高兴得很。

孝华留在北京，他有学生要教，而且演出活动也很多。迷糊走的时候专门给他请了个保姆，工作这么忙碌的他需要有人照顾。现在他们天天通过网络 QQ 聊天，以无线的方式牵挂着彼此。

就在孝华结束了学校的课程，在紧张地准备一场独奏音乐会的时候，他突然接到一个女人的电话，竟然是他消失了近二十年的母亲。那边哽咽着说不出话，孝华也是双手哆嗦，泪水止不住哗哗往下流。都没法说话，彼此听着呼吸和哭泣。那边一连说好多个对不起。孝华无语，不知该怎么回应。他沉默着，等着母亲情绪平复。半个小时，他们几乎没有说什么，孝华只记得，她说要来看他，要给他做饭，要给他洗衣服，要给他做一切。她也问起迷糊。孝华说回娘家待产了。她高兴而踊跃地说以后要给他们带孩子。孝华其实不那么想见她，这么多年了，彼此太陌生。但是受师父李神仙的影响，他不想伤害母亲的心，哪怕是迟来的爱心。孝华把他的住址告诉了她。

他没想到，母亲能在他要演出的那天上午赶到。这天，慈颜姐姐和小米都会从西安赶来，朱向阳因为生意前几天已经来了。钱教授最近身体不好，孝华特意打电话说不用他老人家费心再出来。朱向阳一听孝华的妈妈要来看他，愣了好一阵，有点不快地嘀咕了几句，但最后还是说他来招待她。

孝华真不知道怎么面对母亲，他演出前没有见她。朱向阳接机并安排了住宿。一听说可以看到孝华的音乐会，胡枫芸高兴得不得了，像孩子一样有些手舞足蹈。朱向阳这下可见识了上海女人，头发卷得时尚，衣装高贵有型，说话嗲声嗲气的。怪不得孝华是天才，他觉得遗传了其母亲的艺术特质。他给孝华打电话说，看样子你母亲过得很好，是个优雅的女人。孝华哑然失笑，优雅的女人能遗弃自己的孩子吗？他真怀疑。

演出很成功，有人想宴请孝华，孝华想推掉，可是经纪公司不同意。忙完那个应酬已是夜里十一点半。孝华给朱向阳打电话，说明天再见他们。

慈颜急着回去参加残联的会，和小米坐早班飞机回西安了。他们都没来得及和孝华见面。朱向阳一大早开车来接孝华。

在酒店房间，母子相见。胡枫芸哭着搂住孝华，再也不肯松手。朱向阳知趣地退出，给孝华耳语，一会儿电话。

孝华一米七八的高个儿，长相英俊，而且现在还是天才音乐家，这些让胡枫芸很有些满足。她絮絮叨叨地说这些年对他的想念，也说了他姐姐的情况，她是个会计，嫁给了一个公务员，有个女儿，生活幸福。她没有问苏红卫，好像是看了那个节目，知道了他做的事情。她说她后来也有了工作，生活能过得去。她没有谈及她后来的婚姻。她要看迷糊的照片，孝华拿出手机给她看。她说这女孩不错，找你对了。孝华想说，人家好端端的女孩嫁给他，是人家下嫁了，而不是沾他什么光。孝华尽量控制情绪，不让自己显得委屈悲凉。后来她继续唠叨的时候，他似乎有点走神，满脑子想养他爱他的师父去了。

没让她去他住的屋子，孝华是因为怕自己摆不定这刚刚续起来的母子缘。迷糊后来狠狠地说他，说毕竟是妈妈，应该接回家的。孝华不接她的话。他不想说这个，也不想讨论谁对谁错。能和她一起吃饭、听她唠叨，和朱向阳一起送她去机场，这在孝华已是他能做的最大限度了。一个陌生的亲人想要再一次亲近起来，需要时间。他给迷糊说了这个意思。

一个晚上，迷糊突然肚子疼起来，她父母急急地送她去医院，也给孝华打了第一个电话。孝华激动万分，岳母主动给他电话，他情不自禁地喊她妈，比叫自己妈还要亲。

等孝华坐了第二天的飞机到苏州的时候，迷糊已经生产，果真是个儿子。他和迷糊的爸爸妈妈拥抱在一起，说着感谢的话。感谢他们接受他，感谢他们生下美丽的迷糊，感谢他们帮他照顾迷糊。

握着他刚刚出生儿子胖嘟嘟的小脚丫，孝华泪流满面。

他孝华有儿子了，一个瞎子有了自己的血脉。

他给妻子迷糊说，以后要找个时间带上天佑去看道长，道长身体不好。他要让天佑知道关中那块厚重古朴又美丽的土地。

他和迷糊的手紧紧握在一起。他一再亲儿子的脸蛋，爱得想含在嘴里。

3

慕青几乎是迫不得已离开那座寺庙的，那个山沟深处的庙宇。

听活佛谈佛法，一起喝酥油茶、红茶，听尼泊尔藏族歌手琼英卓玛的歌，下一盘围棋，吃顿简单的饭菜，等等。慕青发现自己的心在发生变化，而活佛的眼神也不同起来。他常常过分关注她、爱护她，说世俗男人说的那些关心的话。他们会一下午沉默不语，也可能某个晚上话多得管不住嘴，笑声毫无遮拦地冲到茫茫旷野。他握她的手，将他祖传的珍贵佛珠和首饰挂在她的脖子上。看她着凉咳嗽，就为她发功治疗，亲昵得就像是情侣，美好得宛若天国的画面，虚幻而不真实。

慕青留恋这优雅美好纯净的交往，有时候也会短暂地放纵一下自己的情绪在活佛的房间长久地逗留，整夜整夜地说话。怎么会有那么多的话？慕青想不明白。

活佛为什么要对她这么好，她也没有答案。

然而这是一种危险——纯净的爱情遭遇高不可攀的宗教。

已经不那么年轻的慕青知道什么不可逾越，什么时候必须停止。然而，在这深山里，精神上如此契合的他们真能把握住自己吗？说实在的，一个老处女的她渴望那个围裹在美丽宽大绛红色僧衣下的身体，那应该是结实的、光滑的、美好的、洁净的。她甚至能感到来自活佛的魅力，他的渴望、他的炙热、他无所不在的爱。

那个晚上，熟睡的慕青梦到一朵莲花，一道璀璨的蓝色光束以光的速度刺向她身体。她身体一震，陡然醒了。什么都没有，一切都成了虚空，可她清晰地感觉身体有了异样的变化。她吓坏了。那一刻，她决定逃离。逃离这茫茫黑夜，逃离这悄悄编织起来的爱情之网。她给活佛写了简短的信，收拾好行李，趁天未大亮就驾车逃去。

一贯早起的活佛知道她。看见她来到他门口，没有敲门，只静静地站着。那个瞬间，他差点儿为她开门，一把拉她进来。

万事皆有因缘。活佛深呼吸，控制自己的情绪。他看见慕青拎着箱子，放进车后备箱，然后悄悄地驾车跑了。这个女子，就这样走了。他们这一生再也没有相见的可能。他忍不住流下两滴清泪。他上到屋顶、房子最高处，看那在黎明渐渐放亮的天光中逐渐离去的越野车。

有追回她的冲动，也有随她而去的念头。可一转念，一切枉然，如佛说的空。喝掉的茶是空，吃的饭是空，花是空，树是空，山峦是空，爱情是空，梦想是空，所有的都是虚空的虚空。因为明白这个，身为活佛的他没有离开他的府邸，没有奔赴那勾掉他魂魄的爱情，那与他亲近的女子。

慕青回到同仁没多久，发现自己总是犯困、不思饮食。那些天她很忙碌，有个收藏家要买她的唐卡，她没有存货，只好夜以继日地画。

师父更敦群培身体不好有一阵子了，有时候还吐血，但他就是不肯去住医院。他总说生死不应强求，是什么就要接受什么。慕青又把宫大夫请了来。宫大夫仔细给师父把脉后表情很严肃，什么都没说。回到慕青家里他才说老喇嘛已经很虚弱了，不好治，说他也没办法。第二天，宫大夫就走了，说他留在这里没有多大用处。临走时，他吞吞吐吐地说，慕青的面色有点奇怪，要给她把脉。按着慕青的手腕，他表情一会儿严肃，一会儿惊讶。慕青问是不好的病吗，她最近总是犯困。大夫意味深长地笑了，摇摇头，说没什么，很好，饮食上要加强营养，不要太过劳累。

是好事。什么好事情呢？

宫大夫走后，她回味他那意味深长的笑，那是什么意思呢？慕青百思不得其解。

她的画还没赶完，更敦群培师父就在一个月光极好的晚上圆寂了。他身边的徒弟给慕青打电话，慕青立即叫了索朗多吉，一起来到师父的房子里。寺院的活佛也刚刚被请来了，正在给师父做亡灵超度。索朗多吉，慕青，师父的其他几个徒弟都盘腿围坐在师父的周围。活佛、喇嘛们念念有词，活佛一手轻按在师父的额头上，一手朝上向空中做着各种手势。大家都很平静，随着活佛念着经文。只有慕青眼泪哗哗的，但她尽量控制自己的情绪。索朗多吉握了一下她的手，示意她安静。

活佛和带来的喇嘛们整整念了一夜的经，他们几个弟子也守了一夜。第二天是寺院全体喇嘛在大经堂为更敦群培师父念度亡经。第三天便是到天葬台天葬。

临近天葬台时，天葬师对慕青大吼，让慕青离开。直到有个喇嘛过去给他解释了慕青跟师父的关系，他才不再说什么。

慕青第一次看天葬。燃松枝，剥离衣裳，拿刀砍尸体，呼唤秃鹫。几十只秃鹫呼啦围扑上去。不长时间秃鹫吃完退去。天葬台没有了尸块，干干净净，就像刚才不曾在这里做什么。慕青捂住嘴退到外围，但她还是呕吐不止，一个阿尼把她扶到人头骨垒起的小房间，慕青吓得更是毛孔直竖，吐得更厉害了。仪式没结束，慕青已经瘫软在地上，索朗多吉背着她下山。

慕青病了，她也像她师父一样不肯去医院检查，吃什么都吐、无力、浮肿、神色黯淡、还有点恍惚。她觉得好像是什么鬼灵趁着天葬师父附体在她身上。她不要索朗多吉照顾，自嘲说吉人自有天相，没有什么大不了的。

布尕活佛最信任的藏医次仁布赤，也是慕青的朋友。有一天来看她，喝她这里有名的大红袍，他喜欢茶。一来，他就发现她整个病恹恹的。一把脉，“啊”地失声叫起来。慕青不明白他，看他的眼。

次仁喇嘛沉思了一会儿，笑着说：“慕青，你怀孕了。祝贺你哦。”

慕青比他还要惊讶，她怎么可能怀孕？直给他摇头，说：“绝对不会。”

次仁这回更为仔细地为她把脉，坚定地点了点头。

慕青一听次仁如此确定，把手指放进嘴里，发起愣来。难道真是传说中的天孕。难道是那个印度来的活佛借某种力量进入她身体？她虽然想念他，但始终把他当做梦，梦是虚幻的，会散去的，不真实的。可是，这妊娠又从哪里发端的？慕青像傻子一样呆了过去。次仁依然不动声色地说：“有孩子是好事。如是卓玛去了寺庙，你需要一个人陪。”他从来没问过她的婚姻，他们不大看重这个。慕青恍然回过神，向他笑笑，没有说话。

次仁喇嘛走后，慕青脑子像马达一样快速转动。汉族人的她，认为没有结婚而怀孕丢人而羞耻。即使在藏地，她也不能忍受自己以后挺着大肚子在索朗多吉和布尕活佛他们面前晃。那样给他们是打击，对自己也实在不光彩。必须离开。有了这个主意后，慕青加快整理她的珠宝细软。

她要尽快去北京，然后离开这个国家。

她把房子的钥匙交给索朗多吉，并请他照顾。她给了格桑梅朵阿姨一笔钱，说以后回来再请她来。她没有给索朗多吉说她怀孕的事，只说北京有重要活动，她必须尽快过去。索朗多吉问她需要多长时间，她躲掉他的眼神，含糊说现在不能确定。

在北京，她在如是那个禅房住了一些天，和女儿说着几年都不曾说的私房话。她也和布尕活佛喝了几次茶，偶尔他们还一起去看音乐会和话剧。闲谈中慕青不经意叮嘱活佛一定要照顾好如是。活佛爽朗地笑了，说这不用她说，如是卓玛是他的徒弟，就跟他孩子一样。慕青感恩地点头。

其实那些天，她还两次去X国大使馆办签证。她隐瞒了她怀孕的事实，打算以旅行者的身份去那个国家。她运气真好，竟然申请到三年期间多次往返的签证。这样她真有可能在南半球生下孩子。一想到这个，她心里骤然放松了许多。

她给父母打去电话，说她要出国旅行，会很长时间。她只这样说。

她没有给活佛和如是说任何离去的话。在他们去活佛弟子家做法事的一个清晨，慕青不辞而别。

她胸前挂着印度活佛送她的佛珠、天珠，拉着一个很轻便的行李箱，登上了去 X 国的飞机。

坐在头等舱舒适的座椅上，慕青闭上眼睛，回味着四十年在故国的这一切，几滴清泪缓缓从眼角溢出。

她甚至想到，以后的某一天，也许她会带这个孩子去印度，去那个可以看到喜马拉雅雪山的神秘庙宇。

——去见他们的活佛。

她的孩子也会是佛的孩子吗？慕青闭上眼睛，思绪万千。

后记一

手写星辰　照亮黑夜

——读唐卡小说《黑夜之上是星辰》

芷　泠

与唐卡相识、相知至今已经十几年了。想起来恍如隔世。我们的邂逅，是在艾青的故乡，在金华诗会上。在诗人聚集的人群之中，优雅从容的她，长辫垂肩，布衣素淡，举手投足之间，气质有如三毛。我们相视而笑，仿佛已经等彼此好久了。之后的那些天，手牵手，在金华的大街小巷中漫步，三言两语的闲谈，轻轻对笑，默契的眼神，我们已成为永世的好友。

再后来，我们一起去很多地方旅行。我去西安，在她明亮而宽敞的家中长住，她到深圳来看我。来来往往，停停走走，我们总有分享不完的故事和憧憬。我们常常对彼此说："以后要待在同一个城市。"可是，这个梦想好像永远只能停留在梦想。2004年，我游学法国，而她，则常去藏地行走。那一段时间，貌似洒脱的游走中，我们都在挣扎，我们都在摸索。面对生命的沉重与感情的失落，我们都不知所措。我们生活在同一个地方的梦想似乎越来越遥远，不可及。幸运的是，时间和空间的相隔，并没有使我们陌生。尽管生活充满了苦涩，尽管我们相隔两地，我们总是靠一条电话线，照耀彼此的黑夜。

长夜不会漫漫，只要我们慢慢地去回归自己的内心，寻找一切可能的路。经历曲折，经过几年的求索与思考，我们终于沉淀下来。有一天，她欣喜地告诉我，她正在读《心经》，心有戚戚焉。她还向我推荐《金刚经》这一部甚深的经典。

除了写作，读佛经，修行，行走于藏地和其他异域，她还背诵《论语》和《老子》，习古琴，推广传统文化，到大学去讲课。在生活方面，她从最初不擅长做家务，到把屋子收拾得窗明几净，到能做出好吃的菜，到晨起去寺院打扫，体现出她与思想同步的力行。唐卡是幸运的。她能够从历尽繁华到淡泊处世。她能够以写作来表达对生命的热爱。她开朗而大气的性格，吸引各种各样的朋友。她的生活充满了美好和希望，如我们从前期待的一样。

唐卡热爱西藏。可能是缘于父母援藏所传下来的情怀。也可能是前世的因缘未了。她对藏传佛教充满了敬仰之情，与藏族人情投意合，甚至轻而易举就能结交喇嘛和活佛这样神圣的导师和好友。就连她的名字也是与西藏有关!《黑夜之上是星辰》中的慕青，虽然不是唐卡个人经历的写照，但却足以显现她对西藏生活的亲近与熟悉。为了更深地融入藏族文化，几年前，唐卡开始学习藏语。她请一位藏族好友作为藏语老师，每天安排固定的时间来学习语法和对话。她与藏地的缘分造就了她与众不同的魅力，当她写到西藏的时候，文字如清泉般潺潺地流出，充满灵性，自然而亲切，仿佛是她生命不可或缺的一部分。

唐卡是用生命在写作的女子。通读她所有的小说，可以读出她情感的波动，也可以读出她思想的嬗变过程。从早期一个诗情画意、孤芳自赏的小女子，到一个体悟生命、感怀生活和悲悯众生的思想者，从最初几本小说对情感不停地追问与求索，到《活佛之死》《莲花度母》及《黑夜之上是星辰》这些后期大气的作品，唐卡的视野变得更开阔、深远，笔触更有力，更关注人类的宿命与生命的意义。修习佛法之后，我缀笔多年不写作，而唐卡每年都在写。有一段时间，我们见面时，我笑着对她说:“有一天，你成为鲁迅，我就是你笔下的润土。”玩笑归玩笑，但我相信，经历了多种磨炼与自我成长的唐卡，已经完全具备一个优秀作家的才情与品质，足以肩负起文以载道的使命。

有一段时间，唐卡常常和我谈起一些人的遭遇与苦难，她希望能够帮助这些人走出黑暗的困境，但却因为个人的力量微薄而叹息。几年过去了，我想她已经找到了答案。那就是文字的力量，那就是文学的价值所在。《黑夜之上是星辰》就是这样的一本书。它关注弱势群体，但并没有只是单纯地怜悯与惋惜他们的命运，而是向他们传递一种声音：不管你们遭遇多么大的不幸，都要勇敢地走下去，你们的心和所有的人的心是一样的，坚持自己的精神，一定能够争取到该有的幸福和快乐。

在这部小说里，唐卡是清醒的，她描述了现实生活丑陋的一面，人性的弱点，社会的肮脏。但她并没有停留在这里，她并没有只是长吁短叹。她还写出了纯美的感情，生存的勇气，对真善美的追求。两种反差，使得这部小说呈现出丰满而大气的特质。

在小说中，甚至还穿插了宗教体验等一般人无法猜测的情节，让小说充满了神秘力量，成就了小说的另外一种魅力。在这部小说中，既有世俗的爱情及温暖的人间之情，还有一种超越肉体的默契的情感，更有僧俗之间不可逾越的情感纠葛。人类总是被种种的情感所困惑，所纠结，所牵扯，所动摇。但这些感情的描绘已经超越了唐卡早期的情感小说，达到了一种引人深思的高度。

在唐卡的笔下，《黑夜之上是星辰》的人物个个都有血有肉、个性分明。慈颜的遭遇最令人泣泪。慈颜是一个普通的美丽女子，怀胎数月的她不仅受到了女性最痛苦的糟蹋，凶手还下更狠的毒手，使得她双眼失明。生下双胞胎女儿之后，她在夫家和娘家之间被驱来赶去，步步艰难，不得不舍弃其中一个女儿，在黑暗中摸索着生存。她以坚韧的意志和逆来顺受的态度，难忍能忍，难行能行，终于在按摩行业站住了脚，拥有了自己的一番事业。她把徐老板对她的骚扰，机智地转化为对她的同情之心，这一切都是她柔韧胜刚强的体现。她善良，富有同情心，不吝于照顾与她有着同样境遇的盲人兄弟姐妹。她感情丰富，经过多年的交往，爱上了视她如亲妹妹的徐老板，却因为现实的差距，而让爱情升华成纯美的感情。经历沧桑和剧烈的痛苦之后，她没有怨恨，知足与感恩的心点亮了她的漫漫黑夜。

年少的孝华则是因为生病而双目失明的。他是不幸的，因为母亲舍他而去，父亲再婚后也弃他而不管。而他又是幸运的，因为他遇到了李神仙、孙二胡、邱道长、徐老板和庄老师等这些生命的贵人。当然，只有当你自己拼命地努力，当你的精神达到一定的高度，这些贵人才会在你生命中出现。孝华就是这样的人。他情系二胡，不言放弃，将自己全部的身心投入到演奏中，而获得了许多人的共鸣。最终，他不仅收获了友情、亲情和师生情，还捕获了女诗人迷糊的芳心，事业上也达到了巅峰。孝华告诉我们，不管路有多么艰难，你只要心系一件事，如是你用你的生命全力以赴地去实现它，你一定能够把它做到极致。

小说中的慕青神秘又有文化气质。穿插慕青的故事，让小说变得更有张力和吸引力。慕青与另外的两个主人公并没有任何相遇的缘份，他们唯一的连结是慈颜舍弃的女婴，慕青所收养的小如是。年轻未婚的慕青，为了这个小女婴，放弃了舒适的大学老师的生活，远赴藏地去学习绘制唐卡。她到藏地接触了各种修行人，事业上，从初学唐卡到成为享有盛名的画师。慕青的情感坚定却又丰富，作为剩女的她，与钟情于她的两个男子若即若离，最终却陷入与一个异域的活佛之间迷离、默契于心的精神恋。她选择了忙乱的逃离，却意外地无性而孕。作为生活在欲界中的修行人，情欲是很难度过的一道关卡，慕青与活佛之间的情感已经从现实生活的交错淡成一种思想上远远的牵挂。他们是否能够超越情关，淡定修行，唐卡给我们留下了一道无法解开的谜。

这不仅是一部为盲者而歌的小说，也是滋润所有人心灵的作品。

透过它，唐卡告诉我们，不管你是谁，不管你有多么平凡，不管你多么富有才华，每个人都会遭遇到自己的黑夜。但是别忘了抬起头来，看看顶上的苍穹。要坚韧，要勇敢，要有耐心，你总能找到属于你的星辰，总能看到一片照耀你的光芒。

这部充满精神力量的小说，希望有人把它做成盲文，把它做成有声书，让它不仅用文字，也用触感，用声音，把光芒传播给大地上所有的人。

后记二

我心里的那个唐卡

韩　琳

我在这头——法国鲁昂或者比利时安特卫普，她在那头——古城西安或者海南海滨，或者其他飘远不定的某个神秘地方。我大多宅于家中，她则是游走的行者。

她是唐卡。一个作家。

读过她的一些作品以后我已经深信，她是为写作而生的女子。

她拥有的才情，在诗歌、散文、小说里，挥洒得淋漓尽致。特别当读她那篇有如史诗般的长诗《哭泣的长安》，我惊异于她取之不尽的词汇、无限的想象，更惊异于看似如此安详柔弱的女子，竟有着如此犀利的笔触，把一座城池的古往今来，以诗的韵律吟唱得如此回肠荡气，余味无穷。

她吸引着与她交往的人，以她的才华，她的柔情。

几年前，她突然停顿下来，全身而退。甚至为了退得彻底，还从供职的政府部门悄然离职，归隐于市井。她说，她需要静思，需要反省，需要重新整理，沉淀过后再上路。她是认了真的，于是，这才有了我们相逢、相识、相知的可能。

三年前的那个深秋，我回国探望母亲，期间应小妹的好朋友芳的邀请，开车进秦岭赏秋。那是一个有雾霾的日子，红色的小轿车里，挤着四个女人，其中就有唐卡。她刚习琴结束，随约而至。

“作家唐卡”，当芳向我们介绍的时候，因为她坐在副驾的位置，我没有看清她的脸。但她说话的声音别致，有一种磁性的柔婉，娓娓道来，这让陌生的距离感顿时消失。车窗外异常混沌，弥漫着带气味的浮尘，车窗内清爽洁净，洋溢着快乐与轻松。

车在上山的道上缓缓回转，几个女人很快热络起来，说着一些无关紧要的趣话。话题不断切换，从古琴，聊到人情，聊从前，也聊当下。当聊起现如今名利场的百态，唐卡淡淡地说起：一位有些名气的名人出席真人秀，受到追捧，先是被冠以大师，进而又生生提升至骨灰级大师。名人不高兴了：别介，对不起，我还活着，怎么进入骨灰级了！在溢美之词泛滥的当下，该不该较真？她一字一顿，说得平淡，倒平添了些许幽默。于是，我们讨论起可爱的“骨灰级”，到底该不该用，怎么用，这也成了我们一路逗趣的佐料。

到达秦岭山口的那边，下起蒙蒙细雨，我们在半山腰挤进一个小客栈。在一个小单间里，大家围着小火炉就坐，啃着热呼呼的大饼，大口品尝着山里人地道的农家菜。话匣子敞得更开，内容翻飞跳跃，好不尽兴。不过是些逸闻趣事，但唐卡的每每表述都让我感觉出她的聪慧睿智，知识渊博。听她说话，有如倾听一股清流小溪的轻唱，时时又能拍激起剔透的浪花，让你的心自然而然跟随着走，很舒坦，也多有收获。我在不知不觉中被这个小女子吸引了，甚至有些相见恨晚。

返回途中，打开车窗，呼吸着被雨水冲刷过的空气，山峦层林尽染，绵延起伏，好个看不够的深秋。脑子里又冒出了“骨灰级”这个多次被当成笑点的词。

秦岭山里的相聚竟这般奇特，难不成会是一次“骨灰级”的友情碰撞？缘分从来都是悄然而至的。大千世界，相遇的人很多，相知毕竟有限，可遇不可求。于是我有了预感，唐卡会距离我越来越近。

果然，我们开始了书信往来。特别当回国逗留期间，由于我们都有十足的自由空间。我这个社会边缘人，对其他的社会交往圈子又没有多大兴趣，好多次，竟撇下忙碌于工作的小妹和芳，开始与唐卡单独约会。我们一起去参加文化博览会，去看画展，去美院的湖边散步，去长安大学的操场行走……也去她宽敞温暖的家里，闻藏香的馨香，品她的茶艺，听她弹奏古琴。她自我调侃，京城的四大俗“学古琴，开会馆，修密宗，喝普洱”她占了三俗。当我坐进柔软舒适的沙发里，欣赏她养壶、洗杯、沏茶，聆听《阳关三叠》从古琴里缓缓流出，娴熟中的端庄、恬静中的优雅尽显。如果这是俗，俗得大气，我欣赏。

每次相聚，我们都会觉得时间过得飞快，有说不够的话。渐渐地，我们已经越来越深入地走进对方，关于感情世界，关于个人生活，关于读书写作，也关于出行和修养。我们本来是生活在两个完全不同世界里的人，但我还是被她折服，这大概就在于她的人格魅力。

后来才知道，在她的家里，时常接纳着各种各样的朋友。年轻的，年长的。有才艺的，平淡无奇的。男男女女，形形色色。她喜爱的写作一刻也没有停下来过，她贴近各色人等，感受多样的心灵。自从离职以后，她有了充分的时间，通过多面地观察与交流，积累着更丰富的素材。在她，写作一直是事业。

她告诉我，交流除了积累，更多的是彼此受益。能感觉到，在开解人心方面，她有春风化雨般的能力，有的朋友居然带着自己的孩子来，让唐卡和他们谈心，做心理辅导。我调侃她的忙碌，你是知心姐姐呀？这浇灌心灵的工程可谓浩大，就算你有老幼通吃的本事，可毕竟劳神耗力！她说，开心快乐的结局有绝对喜感。她还说，至善是她修行的理想。

热心和善良的本能，让她停不下来。

她也确实是一个修行人，虔诚得让我肃然起敬。她用心读佛经，踏实行动。她多次前往西藏拉萨，安营扎寨，去做最朴素的清扫佛殿的义工。

有一段日子，我们间没有了语音交流。正在疑惑，终于又听到了她的声音。原来，她实践修行中的“止语”。我这个无神论者感觉新鲜，信口问：该不会在闭门思过吧？心底话：现在哪里会有人真正检讨自己呀。没想到，她非常认真地告诉我，“思过”确实是“止语”功课的一部分。这段日子里，她也认认真真回顾自己的所想所言所行，检讨不足和如何修正。她和我说这些话的时候，表情至诚至真，让我好生惭愧。

现在的人们，经常挂在嘴边的是“我想、我要、我能”。在这个充斥着浮躁和功利的大环境里，何尝不需要那份单纯，沉静下来，理清头绪，自我修养一番，做一个真正纯粹的人，高尚的人，有道德的人，脱离了低级趣味的人。时代需要这样的精神境界。

唐卡的自律是自觉的，无论是做事还是做人。她曾经发表的作品，几乎都是在工作的业余时间完成，而她当时的主业，则是风马牛不相及的某专业杂志编辑。

即使在离职后没有了朝九晚五的坐班，她心里也有一个时刻表，每天的安排更为严格。为了强化记忆，加深理解，她背诵《论语》《老子》等经典。在拉萨，她除了请教僧人，还和老师保持常年语音互动练习，坚持学习藏文。习琴陶冶情操，修养性情，数年前她开始学琴。从那时起，就没有停下来过。即使每年冬天，移居到南方，在那里也备了古琴，天天习琴。

阅读与写作，是她用心最多的。她的笔不曾停顿，现在只是对作品要求更严苛，创作的范围与形式更广泛。她甚至也尝试了剧本、童话等体裁的写作。她说，她更看重的是过程，坚持去做，让每一天都过得踏实，她就满足了。

我信，一颗安静的心，一种淡泊名利的人生态度，加上自觉自愿的坚持和勤勉，足以让她的生活充实饱满，还有什么比这更美好的！

唐卡是我的榜样。我开玩笑对她说，在你面前，突然觉得“鞭策”这个词好有范儿。你就做抽我的鞭子吧。这个感受可能源自于我性格的缺陷，随心所欲，虎头蛇尾。一个人看重别人的那些品质，往往是自己最缺乏的。

唐卡，本是遥远藏地的圣画。而在我心里，是那个温婉端庄、安静娴淑且又充满才情的女子唐卡。

她本身就是一本值得细细品味的书，我会时常翻阅，滋养我的心底世界。